母体代码

THE MOTHER CODE

CAROLE STIVERS

［美］卡罗尔·斯蒂弗斯 著

王一鹏 译

台海出版社

北京市版权局著作合同登记号：图字 01-2020-4744

THE MOTHER CODE

Copyright © 2020 by Carole R. Stivers

Published by arrangement with The Book Group, through The Grayhawk Agency.

Simplified Chinese edition copyright © 2022

China Pioneer Publishing Technology Co.,Ltd

All rights reserved.

图书在版编目（CIP）数据

母体代码 /（美）卡罗尔·斯蒂弗斯著；王一鹏译 .
—北京：台海出版社，2022.7

书名原文：THE MOTHER CODE

ISBN 978-7-5168-2711-6

Ⅰ.①母… Ⅱ.①卡… ②王… Ⅲ.①长篇小说—美
国—现代 Ⅳ.① I712.45

中国版本图书馆 CIP 数据核字（2021）第 278006 号

母体代码

著　　者：〔美〕卡罗尔·斯蒂弗斯		译　　者：王一鹏	
出 版 人：蔡　旭		责任编辑：俞滟荣	

出版发行：台海出版社

地　　址：北京市东城区景山东街 20 号　邮政编码：100009

电　　话：010-64041652（发行，邮购）

传　　真：010-84045799（总编室）

网　　址：www. taimeng. org. cn/thcbs/default. htm

E － mail：thcbs@126. com

经　　销：全国各地新华书店

印　　刷：大厂回族自治县德诚印务有限公司

本书如有破损、缺页、装订错误，请与本社联系调换

开　　本：620 毫米 ×889 毫米　　　1/16

字　　数：237 千字　　　　　　　印　　张：17

版　　次：2022 年 7 月第 1 版　　　印　　次：2022 年 7 月第 1 次印刷

书　　号：ISBN 978-7-5168-2711-6

定　　价：59. 00 元

THE MOTHER CODE

对于年幼的孩子来说，

母亲意味着散发香味儿的皮肤、

带着光晕的轮廓、充满力量的手臂，

以及跟随情绪跃动的声音。

后来，孩子醒了，发现了母亲。

于是，

事实印证了印象，印象变成了对事实的历史理解。

1

2054 年 3 月 3 日

　　胎儿体重：2.4 千克

　　呼吸频率：47::: 脉搏血氧饱和度：99%::: 收缩压：60::: 舒张压：37:::
体温：36.8 摄氏度

　　子宫排水：启动 03:50:13，完成 04:00:13

　　供料管断开：启动 4:01:33，完成 4:01:48

　　呼吸速率：39

　　脉搏血氧饱和度：89%::: 收缩压：43，舒张压：25

　　苏醒：开始 4:03:12，完成 4:03:42

　　呼吸频率：63::: 脉搏血氧饱和度：97%::: 收缩压：75，舒张压：43

　　转移：开始 4:04:01

　　新生儿舒适地躺在纤维密实的防护舱内部。他扭动着身体，挥动
着双臂。当他的嘴唇找到柔软的乳头时，富含营养的液体立即充盈了他
的口腔。他的身体放松下来。他睁开眼睛，映入眼帘的是一片柔和的蓝
光，以及一个模糊的人脸轮廓。

2060 年 6 月

凯感觉到晨间的热气顺着罗西的舱盖涌入他的防护舱。他揉了揉眼睛，试图消除残存的睡意，手指碰到了额头上一块粗糙的凸起。那凸起的皮肤中嵌入了一块芯片。

"你的芯片很特别，"罗西告诉他，"它是连接我们的纽带。"她说正是通过这块芯片，他们才能了解彼此。这也是她和他交谈的方式——除了在凯的语言课上，她从不使用能让人听见的声音。

凯伸出手，触摸着光滑的舱盖表面，手指所到之处，原本透明的表面变得不再透明。一张图片出现了，上面是一群皮肤被日光灼晒过的男人，他们佝偻的身躯上披着五颜六色的编织长袍。

罗西讲过关于人们在沙漠中生活的事情。那片沙漠和凯如今所在的沙漠很像，但远在地球的另一端，而且时隔久远。罗西说，照片中的人是卷轴的守护者。上面的古文字和大瘟疫暴发前一百多年从洞穴中出土的古文字非常相似。"那是什么？"凯指着其中一个男人问道。那个男人的额头上用一条细长的皮革带子固定着一个小盒子。

他的脑海中回荡着罗西那熟悉而低沉的嗡嗡声和点击声。她正在查找她所需要的信息。"它们被称为经文护符匣（tefillin）。每个经文护符匣里有四个小卷轴，上面写着从一本名为《托拉》的书中截取的段落。"她的系统在控制装置下急速运转，"这本书描述了他们赖以生存的一套信仰。"

"你通过我的经文护符匣教授我知识，"凯指着自己灰突突的额头说，那里是包裹着芯片的地方，"你是我的《托拉》吗？"

罗西顿了顿。她在思考。每当凯提出一个难题，她总会这样整理答案。"不是，"她说，"我提供的信息完全基于事实。将信仰与事实区分开来至关重要。"

凯从屏幕上缩回手，图像消失了。他凝视着舱盖，直到它再次变得透明。外面，熟悉的岩层巍然屹立在营地周围，巨大而狭长的红色岩石伸向天空，它们就像罗西一样坚强，不畏风霜酷暑。凯给这些岩石一一取了名字——红马、大鼻子人、大猩猩，还有父体。父体永远能让他巨大的膝盖上那个胖乎乎、圆滚滚的石头宝宝保持平衡。罗西对他说过人类过去是如何生活的。她是凯的母体。当时的凯认为，岩石就是他的家人，它们和罗西一起，从他出生那天起就作为监护人一直守护着他。

凯将闩锁拨到左边。舱盖打开了，阳光迎面照射而来。他踩着防护舱外面的阶梯往下爬，来到地面上，看着倒映在罗西表面凹凸不平的金属镜面上自己的身影。凯的皮肤被晒黑了，遍布着雀斑和灰尘；他的脑袋上长着一圈红褐色的头发，蓝色的双眸在浓厚的睫毛下闪闪发亮。罗西说，在某个地方还有其他孩子，那些孩子和他相仿，但又不同。罗西没有办法告诉他现在有多少人，不过最早有五十人，等时机成熟，他们会找到这些孩子的。

凯小心翼翼地穿过裂开的地面，登上一座低矮的土丘。汗珠穿过他的眉毛滴落下来。他感到自己的嘴里满是沙土。他将手掌弯成圆圈，充当双筒望远镜，观察着荒凉的景色。远处的幻景发出缥缈微弱的亮光。他竭力眺望着他从罗西的屏幕上知道的那些遥远的地方。

"我们能早点儿去吗？"他问他的母体，"我想我已经准备好了……"

"如果条件允许，今天就可以去。"

"今天？"

他感觉到这一天就要来临。上一次去补给站时，罗西推开巨石，用她强有力的双臂移开沉重的金属门，取出最后一箱补给品——仅剩的备用瓶装水。炙热的太阳在岩石后面缓缓西沉，将他们的影子拉长。夜幕降临后，罗西开始训练凯自己寻找食物。他将干草种子收集起来，放在一个破旧的锡质杯子里，之后拿到小火上烘烤，加水搅拌，放入切碎的老鼠肉和蜥蜴肉，做成一碗稀汤。他还烤了一些细嫩的香蕉丝兰花茎，加水后将兰花茎捣碎，做成一杯甜饮。据说，很久以前住在这里的人们就是以这样的食物为生的。

"一个时代已经结束了。"罗西说。

"什么时代？"

"我不知道。"

"你不知道？"有些事情居然连他的母体也不知道，想到这里，凯来了兴致。

"这个命令不完整。它指示我们离开，但目的地并不确切。"

凯凝视着罗西高大的身形，一波波热浪从她饱经风霜的两翼喷涌而出。他的思绪与罗西处理器的嗡嗡声混杂在一起，"那我们怎么知道要去哪里？"

"有七十六个供应站，每个都配备了冷凝塔和气象站。"罗西解释道。

"那其他孩子呢？我们现在可以找到他们吗？"

罗西停下来。凯想象着——电子正通过罗西的纳米电路，信息正穿过她大脑中的各个部分。她将耐心地向他解释这些信息。

"这有可能，"她终于回答道，"其他人幸存下来的可能性并非不存在。"

兴奋之余，凯顺着山坡滑下来，来到母体的阴影处。他看到了岩石上的石刻图案，那是古代民族留下的。他也要留下自己的标记。凯挖出一堆钴蓝色的石头，将它们排列成字母。"凯，罗西的儿子，"他拼写道，"到此一游。"他一边专心致志地排列着单词，一边想象着另一个孩子蹲在这里，在飞扬的尘土中阅读着他的信息。他感到一阵头晕目眩，慢慢坐下来，地上排列的字母好像在他眼前飘浮旋转。

"你得吃点儿东西。"罗西提醒他。

凯爬回防护舱，从座位后面取出一包营养补充剂，撕下一个角，把袋子中的胶状物挤进嘴里。袋子上的标签写着"索莱特儿童膳食补充剂，营养生长素，6~8岁"，这里面有他需要的所有营养，但他讨厌营养剂黏稠的口感和那咸甜味儿——这只会让他更加口渴。

他从防护舱里抓起已经空了的水壶，走向瓶形的冷凝塔。冷凝塔和名叫"大猩猩"的岩石一样高。塔由柔性金属做的交织轴建造而成，内部是一个网袋，明亮的橙色与下方深色的集水池形成鲜明的对比。凯将水壶浸入集水池里，但水位太低，他不得不用手将池子内浑浊的液体舀进狭窄的瓶口。

凯记得曾经大雨倾盆的时候，整个峡谷遍布洪流。很多石头因长年侵蚀而产生了凹陷，他就躺在石头的凹陷里，在凉爽的夜晚，听着水滴缓慢地滑过塔上的网，滴答滴答地落在集水池里。然而现在，即便是再阴沉的乌云都无济于事，集水池几乎干涸了。补给站那些味道酸涩、化学合成的紧急用水也已经消耗一空。他蹲在罗西的阴影中，想象着自己是一块石头，身体里是夜间收集的凉意。

时间慢慢流逝，他的母体一言不发。今天没有课，罗西有别的事要忙。凯凝视着荒漠，稀疏多刺的植被里栖息着昆虫、蜥蜴和小型啮齿动物，它们单调而乏味地生活着。凯舔了舔干涩的嘴唇。在远处的西方，平顶山由金色渐渐变成了紫色。

也许今天根本去不成。

但紧接着，凯的意识中出现了罗西的声音。

"是时候了，"罗西说，"请穿上你的衣服。"

"去哪里？"

罗西没有回答。

凯只能听到她处理器发出的风一般微弱的声音。

他颤抖着双手从罗西的手里接过超细纤维上衣，将胳膊和腿塞进宽松的布料里，脚蹬进软帮皮鞋，躺倒在座位上，将安全带紧紧地系在身上，确认锁扣已经锁住。

罗西关上了舱门。

凯等待着，他的心在寂静中跳动。在他身后，罗西启动了反应装置，凯感到一阵剧烈的震动。当罗西向前倾斜时，防护舱则向后仰倒，使凯保持直立的状态。通过舱口，凯看到了罗西的翅膀全部张开，翅膀保护层下方的风扇旋转着，将大片大片的气流推向地面。他坐在防护舱里，外面尘土弥漫，让他不由得眯起了眼睛。突然，他听到一声低沉的呼啸声。罗西加速了。因为惯性，凯深深地陷进了座位里。

两人贴得更近了。

他们一起，飞向高处。

2049 年 12 月 20 日

紧急机密

国防部

赛德博士：

请求您出席于弗吉尼亚州兰利[1]中情局总部举行的会议。

时间是 2049 年 12 月 20 日 11 点。

最高优先级。

提供交通服务。

请尽快回复。

美国陆军部 约瑟夫·布兰肯斯将军

---

[1] 美国中央情报局总部位于兰利，后文亦用兰利代指中情局总部。——本书脚注皆为译者查注。

詹姆斯·赛德从右眼的眼眶中取出义眼，将它收进塑料盒里，然后取下固定在手腕上的折叠式通信器，接着解开了皮带，连同鞋子和夹克一起放在了安检传送带上。詹姆斯目视前方，缓步走进由机器人组成的安检区域。安检机器人细小的白色手臂快速、高效地检查着他身体的各个部位。

紧急。

机密。

如今再收到来自军方的信息时，詹姆斯学会了无视那些曾经让他惊慌失措的用词。尽管如此，他还是忍不住偷偷地瞄了一眼旁边的安全区域，盼望着一个穿着军装的男人会突然出现。

布兰肯斯。

好像在什么地方听说过这个名字？

詹姆斯摩挲着下巴，今天早上他把胡子刮得很干净，露出了下巴上黑色的胎记。他的母亲告诉他，那是他出生时被上帝亲吻过的地方。他于 7 月 4 日出生在加州，每个习惯都严谨地向一个美国人靠拢。是容貌出卖了自己吗？他认为不是。詹姆斯继承了母亲浅色的肤色和父亲瘦弱的身材，但不知为什么，从他踏进机场的那一刻起，他就觉得自己被敌对。尽管美国双塔被袭事件发生在他出生前 13 年，但是，2030 年的欧洲某国家起义和 2041 年发生在某机场的自杀式袭击等暴力事件，都在不断撩拨着西方世界敏感的神经。

最后一批机器人向詹姆斯亮起绿灯，他收拾好自己的物品，将拇指按在出入门边的解锁屏幕上。在明亮的光线和中央大厅的喧嚣中，他将义眼轻轻放回空洞的眼眶里，把通信器戴到手腕上并扣紧。他又瞄了一眼身后，然后按下了通信器上的"回复"键，对着它低语："即将飞往加州度假。需要改期至 1 月 5 日之后。请重新商议时间。"

他低着头，匆匆地走过一面面五颜六色的显示屏，屏幕上是一张张美丽的面孔，每个人都在叫着他的名字。"詹姆斯，"他们低声说，"你试过我们全新的意索红茶口味吗？可以缓解高海拔导致的心神不宁的生姜薄荷茶呢？新款安睡宝飞行防护帽呢？"

走到自动咖啡机前面时，他的目光投向了通信器。看到父亲的名字出现在通信器上，他笑了起来。丰收时节，企盼新年。何时归来？詹姆斯用修长的食指轻扫通信器的屏幕，找到他的机票预订单，并添加到回复框中。"见附件，"他说，"不用费心来接我，我会叫一辆自动出租车。我已经迫不及待想见到你们了。"

他翻阅着邮件，在脑海中为每一封归档：

教师午餐会，1月8日。

细胞与发育生物学系，研究生研讨会，1月15日前确定议题。

遗传工程年会：新领域，新法规，1月25日。

詹姆斯皱起眉头。他并非每年都参加年会，但今年的年会在亚特兰大举行，和他在埃默里的实验室只隔着几个街区。詹姆斯一直致力于利用基因工程治疗胎儿的囊性纤维化，此次受邀就这项研究在年会上发表演说。但在这些由政府资助的会议里，人们的关注点往往不在学术上，而在政策上——政府在控制新型材料上不断变化立场，这使得詹姆斯的研究成为可能。

早在十多年前，伊利诺伊大学的科学家研制出一种名为"核酸纳米结构"的纳米基因分子，简称"NAN"。和DNA不同，这种合成物的球状结构很容易穿透人体细胞表面。一旦NAN进入细胞内部，就可以通过嵌入宿主DNA来改变目标基因。这为生命科学开启了无穷的可能性——不仅使治疗基因突变引起的疾病成为可能，也使治疗一系列难以治愈的癌症成为可能。第一次知道NAN时，詹姆斯还是加州大学伯克利分校的研究生，之后，他就一心想取得这一能使他的梦想成为现实的材料。

人体胚胎植入母体前的遗传工程已经是一门成熟的科学，且处在严格的监管下，整个过程表现良好。同样，监测发育过程中胎儿基因缺陷的测试也已经进行了数十年，但若是发现缺陷，仍然无法安全有效地对胎儿进行干预。詹姆斯确信，如果利用 NAN，有缺陷的基因就可以在子宫内进行重组。那些需要通过基因疗法治疗的疾病，如囊性纤维化、苯丙酮尿症以及先天性肾上腺增生症等，很快就会成为历史。但是，在技术和政治上仍有一些障碍需要克服。这样的技术如果落到歹人手中，很可能引发社会动荡。伊利诺伊大学很快被迫将所有相关资料移交给联邦政府，由位于华盛顿特区马里兰州的德特里克堡 [1] 对其持有的大部分资料进行严格保密。

詹姆斯怀念加州，怀念加州大学伯克利分校。他日复一日地提醒自己，来到亚特兰大是正确的抉择——埃默里的基因治疗中心是唯一被允许使用 NAN 的公共机构，也是唯一允许研究者尽情做实验的地方。

在候机室里，詹姆斯懒洋洋地坐在登机口附近的座位上。他曾经也是一个活泼好动的农场男孩，还担任过高中棒球队的队长。但这一切都已经一去不复返了。由于多年未离开实验室的长椅，他那曾经挺拔的身姿已经不见了；连续几小时盯着电子显微镜和电脑屏幕，这让他的眼神也不再锐利。母亲担心他的健康状况，劝他吃一盘又一盘加了各种香料的小扁豆和米饭。詹姆斯当然知道母亲是为了自己好，不过他现在只要一想起这件事，就能感觉到口腔里全是那个味道。

詹姆斯环顾四周。为时尚早，大部分座位都还空着。他对面坐着一位母亲，眼睛直勾勾地盯着腿上的平板电脑，她的孩子在地板上的摇篮里睡着了。窗边坐着一位吃着百吉圈的老人。

詹姆斯感觉到手腕上的通信器嗡嗡地震动起来。他看了一下，是国

---

[1] 德特里克堡曾为美国生化武器发展中心，现主要致力于生物医学研究和医疗物资管理等方面，国防部、司法部、农业部和人类服务部也位于此地。

防部的回信。

赛德博士：

不再商议。不再重新排期。有人将与你面谈。

美国陆军部 约瑟夫·布兰肯斯将军

詹姆斯抬起头，看见一个穿着纯灰色西装的男子站在大门旁。从那男人露出的脖子可以看出他的健壮，他微微抬了抬下巴，动作轻微地点了点头。

詹姆斯移开目光，瞥了一眼自己的右边。就在这时，他感觉到肩膀被人轻轻拍了一下。他条件反射般地后退了一步。

"赛德博士吗？"

詹姆斯的大脑一片空白，"有什么事吗？"他用嘶哑的声音问。

"很抱歉，赛德博士，五角大楼希望您能过去一趟。"

"什么？"詹姆斯盯着这个年轻人，以及他挺括的深色制服和光亮的黑色鞋子。

"我需要您和我一起去兰利，越快越好。很抱歉，我们会报销您往返加州的机票。"

"但是为什么……"

"别担心，先生。我们很快就会向您解释清楚。"这个年轻人用一只戴着白手套的手搂住詹姆斯的手臂，引导他到安全出口，走下一段楼梯，然后穿过一扇门，来到了阳光下。

几步之外，那个穿灰色西装的男人已经在等着了。他打开一辆黑色豪华轿车的后门，将詹姆斯迎了进去。

"我的行李呢？"

"已经有人在处理了。"

詹姆斯感觉自己的心脏紧紧地缩了起来，他的身体深深地陷进皮革座椅内，右手紧紧搭在左手腕上，保护着通信器——这是他与轿车外面的世界仅存的联系手段。至少它还没有被没收。

"到底怎么回事？你们为什么拘留我？"

年轻军官坐进前座，转过身对着他苦笑了一下。"到了兰利，他们会告诉您的，先生。"他按下仪表板上的几个按钮。詹姆斯可以感受到轿车平稳加速产生的惯性。

"请放松一下。"年轻人伸出手激活了前控制台上的对讲机。"目标人物已在路上，"他向另一端的人报告，"预计 10 点钟到达。"

"这么快？"

"我们已经安排了喷气式客机，请坐好。"

有色玻璃外，黑色的停机坪飞速闪过。詹姆斯抬起手腕，按下通信器，低声说出一条信息："发送给阿卜杜勒·赛义德[1]。消息内容：对不起，爸爸。我不能回家了。出了一点儿事，别担心。发送。"他的声音颤抖着，又发送了一条。"如果两天没听到我的消息，可以打电话给惠兰先生。"他默默地祈祷自己的信息可以传递出去。

4

2061 年 4 月

一块亮绿色的防水布与峡谷柔和的红色、蓝色以及紫色形成了强烈的对比，这吸引了凯的注意。紧接着，一声敲击声回响在寂静的山谷中。凯走下高高的瞭望台，准备前去查看一番。他在锯齿状的岩石之间

---

[1] 在本书中，"赛德"与"赛义德"的英文拼写相同，皆为 Said。不同在于，"赛义德"发音更接近阿拉伯语名（Sayyid），而"赛德"更偏向英文发音。

小心翼翼地保持着平衡，但落地时，双腿还是撞上了干枯河床的砾石地基。一阵刺痛传来。

前边有一张塑料布在随风飘动，塑料布上的金属孔眼敲击着一根生锈的杆子。叮、叮、叮。看起来像一顶帐篷。

凯慢慢地向前走，伸长脖子以便更好地看清帐篷内部的情况。他看到一口破旧不堪的金属锅和一只破碎的塑料杯，还有一个类似靴子的东西，破旧不堪，边缘被磨得相当粗糙，上头系着皮革鞋带。

他探身向前，也许这次……

黑暗中，他看到一个光秃秃的头骨，那空洞的眼窝和不整齐的牙齿仿佛在朝他微笑。这是人类，或者说曾经是人类，而现在不过是一具穿着污迹斑斑的棕色裤子和褪了色的蓝色衬衫的遗骸。

凯感到自己的身体因恐惧而退缩，似乎拼命地想要远离尸体，以至于后背撞上了岩石。他攀着岩石向上逃离，松散的泥土在他身后簌簌滑落，一种熟悉的铜臭味儿在他的喉咙中翻腾。到达岩顶后，他挣扎着站起来，倚在坚硬的砂岩岩架上。

他和罗西已经找了好几个月了，仍然没有发现其他生命的迹象——除了偶尔发现的被野兽撕裂的四肢和挂着破烂衣裳的骸骨。在所有的发现中，帐篷中的尸体算是保存得最为完好的了。

"但这具尸体太大了。不是孩子，和我不一样。"他对自己说。他深深地吸了一口气，让空气灌满肺部，再慢慢地呼出，试图通过这种方式保持冷静。他把手掌放在经过太阳暴晒的石头上，抬头寻找他的母体。

随即，他扑通扑通的心跳声被嗡嗡的噪声掩盖。有东西在天空中飞过，闪闪发光，不断地环绕俯冲。那东西发出一声震耳欲聋的轰鸣声，扬起了地上的小石子。

凯赶紧闭上眼睛，他还没来得及捂住耳朵，声音就停下了。地面仍然在震动。他抖落头发上的灰尘，站起身来。

那不是罗西。但是和罗西一样，也是一个母体。

凯呆呆地看着母体的舱盖打开。出现了一个人影。那人穿着一件破旧的外衣；膝盖带着瘀伤，纤细的手上拿着一根粗大的木棍；藏在棕色头发下的、和凯一样的棕色大眼睛紧紧地盯着凯。这是一个男孩，身高和凯相仿，脸上写满惊诧。男孩顺着梯面滑到地上。凯用手背揉了揉眼睛。

"你好？"男孩的声音有气无力，带着些许迟疑。

"呃……你好。"凯停顿了许久才出声，声音连自己听来都觉得陌生。他的目光左右搜寻，终于看到了罗西。她正蹲在附近的一块巨石下面。

"我没有感觉到威胁。"他的脑海中响起罗西的声音，轻柔平缓又确信无疑。尽管如此，他还是浑身颤抖，好像每一个毛孔都在冒冷汗。

男孩后退一步，"别害怕。"他轻声说。

凯的下巴抽动着，嘴唇僵硬。他眨了眨眼。"没……没有，"他挤出几个字，"抱歉，我刚刚在下面看到了一些东西。"

"那具尸体？"男孩避开了凯的目光，将棍子塞进灌木丛中，迟疑着将重心从一只脚转移到另一只脚上。"我昨天发现的。不是和我们一类的人，它体形太大了。再说，也没有母体……"

"我们要不要把它埋了？罗西和我说过……"

"阿尔法 -C 和我说过，如果你不知道它是怎么死的，就不要碰它。可能会引起感染。"男孩做了个鬼脸，迅速瞥了一眼身后的母体。"她警告我说，几乎所有的人都离开了这片土地，但也有与众不同的，就是那些没有离开的人。"

"罗西也是这样告诉我的。"凯朝罗西点了点头。

男孩羞怯地朝罗西的方向瞥了一眼。"所以，我一直在寻找。"他说。

"我也是。"

男孩抬起手，撩起遮住眼睛的头发。"但是我已经找了很久了，几乎要放弃了。"

"我也是。"

凯从来没有想过当找到另一个孩子的时候，自己会是什么样的反应。

另一个孩子，他终于找到了！

凯觉得自己很蠢，想说的话都卡在大脑和嘴巴之间。尽管为了这样的会面，他准备过很多的台词，但现在唯一能想到是"我也是"。

"我叫塞拉，"男孩说，"你叫什么？"

"……凯。"

"凯，你是男孩子，对吧？"塞拉说，"我看得出来。我是女孩。"

"女孩……"凯向前迈出两步，伸出右手，在离塞拉还有一只胳膊的距离处停了下来。他感觉自己摆出了一个尴尬的微笑，血液涌向脸庞。"我想我们应该握握手，"他说，"我从罗西的视频里学到的。"他握住了塞拉温暖柔滑的手。

"很高兴能认识你。"

"非常高兴能认识你！"塞拉笨拙地行了一个屈膝礼，拉得他们两人都失去了平衡。"还有罗西，"她说着看向凯的母体，"我喜欢这个名字，像一种花的名字。"她笑起来，笑声如银铃一般。

5

2049 年 12 月 20 日

里克·布莱文斯接通电脑电源，坐到椅子上。等待电脑启动时，他把手掌伸到大腿的位置，按摩膝盖上方连接着假肢的右腿。他疼得龇牙咧嘴。适应这个新装置还真是困难。

和他的旧假肢一样，新假肢的主体覆盖着一层合成补片，可以随着他的移动变硬或变软，软硬程度与大腿上部肌肉相匹配。假肢的仿生肌肉通过电极连接佩戴者的神经组织。但是，这件为了追求更高的移动性能而全新打造的假肢，似乎拥有自己的思想。每天早上，当里克把它扣合到位时，微小的能量像尖刺般涌上他的脊柱，这种力量让他感到陌生。最糟糕的是，新腿似乎正在对他的神经刺激器发出挑战。神经刺激器在他背部下方植入，用以减轻疼痛。原来的幻肢[1]痛、脉冲和灼痛感，正在慢慢消失。

里克凝视着窗外，天气并没有好转，昨晚的冻雨让五角大楼的混凝土外墙结了一层薄薄的冰溜。他摩挲着头皮，似乎能感到浓密的棕色头发在不断地生长。他需要理发了……

突然，他被翻领处对讲机的嗡嗡声吓了一跳。"我们需要你现在下来。"里面传来一个男人短促清晰的声音。

"下来"指的是去地下的总监办公室。

里克喝了一大口保温杯里的咖啡，拉直领带。他非常确定自己知道发生了什么。

一个月前，他被调到德特里克堡为一个生物战项目进行评估。作为中央情报局情报处的一名分析员，大家都认为他一丝不苟。里克仔细研究了那份报告，熟悉了诸如"细胞凋亡""程序化细胞死亡""蛋白酶"和"核酸纳米结构"等艰涩的科学术语。他以前听说过"NAN"这种新型纳米基因分子，也曾经批准监督其在国内研究中的使用。

但这次不同。这次的项目被称为"白板计划"，看名字就足够吓人了。里克在翻看可行性报告时，感到自己的心跳漏了一拍。白板计划所使用的生物制剂主要由一种被称为"IC-NAN"的特异性核酸纳米结构

---

[1] 幻肢，通常指的是患者仍能够感知已经失去的身体部分，甚至还能感觉到肢体发痒或疼痛等。随着时间的推移，幻肢现象会逐渐消失。

组成。受害者吸入这种含有特殊序列的纳米基因分子后，被感染的肺细胞将不会被新细胞取代，而是在度过生命周期之后继续存活，并且不断复制产生更多缺陷细胞。这些突变的细胞将会侵入人体正常的组织结构中，妨碍肺部机能，并抢夺其他器官所需的营养物质，最终结果将类似于恶性肺肿瘤——为人们带来缓慢却又不可避免的死亡。

里克没有如人们所希望的那样为这一项目盖章，而是疯狂提议取消这个项目。向世界——即使是世界上最偏远的地区——运送没有特征的生物武器的行动是疯狂的。里克深知霸权国家为了获得权力或控制领土会不惜代价。他曾亲眼目睹——酷刑、中毒、无辜民众的死亡。现在，他确信自己强硬的反对并没有被人忽视。不过同时可以确认的是，总监已经心有不满。

当电梯下降到地下三层时，里克打起精神，准备面对那即将到来的、无法逃避的斥责。

电梯门伴随着嗡嗡声打开。他沿着昏暗的走廊向里走去。一位中尉正在总监办公室门口等他。里克注意到这名男子的同时，还看到了一把闪烁着微光的步枪。这是一名武装警卫。

冷汗一下子就打湿了里克的衬衫。

"先生。"年轻人向他敬礼。

里克停下来，后退了一步。

"先生，您需要重新宣誓。"

"在这里？"

"是的，这是命令。"

里克如芒在背，只得重复了一遍已经烂熟于心的誓言。"我决心维护和捍卫国家宪法。我将忠于宪法，恪守不渝……"他念着这些话，心跳仿佛翻倍，"……愿上帝助我。"

年轻的军官将手紧握在门把手上，掌纹确认后，门锁发出清脆的咔嗒声。门打开了，里克轻手轻脚地走了进去。

"坐下。"总监命令道。

里克听话地在一张旧办公椅上坐了下来，然后抬起头，看向房间里的另外两个人。他震惊地发现，国防部部长——亨利埃塔·福布斯竟然在这里。另一个男人则穿着褪色的棕色西装，看起来有脱发的迹象。

总监咳嗽了一声，似乎意有所指，但更多的恐怕是不满。"里克，"他说，"我们出了点儿状况。"

里克瞥了一眼他的上司，虽然他习惯称其为总监，但其他人都喊他"约瑟夫·布兰肯斯将军"。

布兰肯斯将军曾两次在战场上立下功勋，还曾授勋紫心勋章[1]，目前担任中央情报局局长。一向乐观的总监此刻正紧紧抓着座椅的皮革扶手，嘴角凝滞成一个扭曲的形状。"鲁迪·加尔扎博士非常体贴，专程从德特里克堡赶过来。我会让他来解释。"他转过身，朝那个秃顶的男人点了点头。那个男人随即拿起了之前放在腿上的平板电脑。

"谢谢，将军。"加尔扎博士的声音很低沉，仿佛要消失在他那白衬衫的领子里一般，"我想你们都知道白板计划。"

"你们几年前启动的那个项目？IC-NAN？"里克身子前倾，仍然将目光集中在总监身上，"我曾建议取消这个项目。"

加尔扎博士抬起眼，一双蓝得有些奇怪的眼睛越过金属眼镜上方看着其他人。"是的，"他说，"我知道。"

"对不起，加尔扎博士，"总监用不可动摇的怒视回应里克的目光，"请继续。"

"IC-NAN 已经在 6 月 5 日部署于亚洲某个国家北部的一个偏远地区，距现在刚过 6 个月不到。"加尔扎博士接着说。

"部署？但是……"里克感到心跳加速，他的腿在僵硬的坐姿下开

---

[1] 紫心勋章，目前仍在颁发的军事荣誉中历史最悠久的勋章，于 1782 年由乔治·华盛顿设立。这枚勋章在如今的美国勋章体系中级别不高，但在美国人心中占有崇高的地位。

始阵阵抽痛。

福布斯部长插话道："那个地区从来没有真正处在我们的控制之下。敌人驻扎在那些山洞里，狙击我们的维和部队……我们每天的阵亡人数多达五人。我们需要一种不会留下痕迹的靶向武器，也就是说，追踪不到痕迹、来源，杀了人后马上就可以消失无踪的。"

"如你所知，"加尔扎博士说，"一种合成的核酸纳米结构，也被称为 NAN，可以模仿病毒的活动，但它不能通过被感染的个体进行二次传播。所以，NAN 不具备传染性。此外，我们将 NAN 的基因结构进行了改造，如果它在几个小时内没有被吸入人体，便会自动分解，不会留下任何痕迹。我们认为，通过无人机将其作为一种气溶胶进行释放，是安全的。"

里克闭上眼睛，他记得报告上出现过加尔扎的名字。加尔扎是墨西哥城政治学院分子生物学项目的博士毕业生。里克受过训练的耳朵听出了加尔扎微微的墨西哥口音。悦耳的语调让他很难对这个正在传达坏消息却温文尔雅的人大发雷霆。不过，让他感到天旋地转的，究竟是愤怒还是困惑？"那么，NAN 发挥出了该有的效果吗？"他询问的声音连他自己听来都是那么微弱无力。

加尔扎博士不安地用食指推了推眼镜，"通常肺表面的细胞每两到三周就会更新一次。不到五周，我们就发现所有的目标都已经死亡了。所以，没错，预期的效果达到了。"

里克感到如鲠在喉。总监干净利落的办公桌上，放着一个水晶球，里面有一个困在自己小小星球里的小雪人，正朝着他微笑。他想，如果一切按计划进行，他们是不会把自己叫到这儿来的。"那么残留物呢？那些没有被人体吸入的物质呢？"

加尔扎医生费力地咽了咽口水，接着往下说。里克察觉到他声音中轻微的战栗。

"那些进行侦察——也是那些发现尸体的人，有的产生了……后遗症。根据部署气溶胶前拍摄的航拍照片，现场以及更广的区域内发现的死亡人数比预期要多。"

"NAN 没有分解？"

"的确分解了，因为它们恢复到了没有传染性的线性形式，只不过……"

"只不过什么？"

加尔扎博士再次抬起头来，环顾房间。"只不过，虽然这种形式无法进入人体，但容易感染一种沙漠中的古菌。它们将自己嵌入了古菌的基因组。看样子这些细菌复制了 NAN。"

里克发现自己正紧紧抓着椅子的扶手。"那些细菌可以复制 NAN？你怎么知道？"

"我们从死亡者衣服上采集了样本，并进行了分析。NAN 序列存在于细菌的 DNA 中。"

"但根据你的报告，普通细菌中找到的线性形式应该是无害的……"

"大规模的测试证实，DNA 的线性形式毫无疑问对人类无害，"加尔扎博士回答，"但我们发现，当细菌死亡时，那些还具有机能的纳米结构会自发地进行重组。"

里克坐在后面，伸手捏住了鼻梁。"所以，事态已经失控了。"他说，"现在，这些土壤细菌正在复制 NAN 序列，并将具有活性的 NAN 排回生物圈。它们可以充当新的病原体，可能感染任何生物，甚至人类。"

加尔扎低头凝视着他的平板，"是的。"

里克转向总监。"我警告过可能会发生类似的事情……"他没有接着说。从时间上判断，在征求他的意见之前，IC-NAN 就已经部署了。他将愤怒的目光转回到加尔扎身上，"人类受害者不能把 NAN 传染给别人，是吗？"

"是的，"加尔扎博士说，"计划的这一部分是有效的。受害者没有传染性，只有被感染的细菌具有传染性……"

"但我们不知道有多少细菌被感染，也不知道其中可能会涉及多少种细菌？"

"不知道，我们正在评估。"

里克紧咬牙关，将指责的目光投向亨利埃塔·福布斯。

"现在是全体总动员。"为了帮助部长回避做出回应，他抢先说道，"但是现在，你是唯一完全了解这个项目的特工。"

"完全了解？"里克直视着总监反问道，"您真的将一切都告诉我了吗？"

"我们将目前所知道的一切都告诉你了，"加尔扎博士平静地说，"尽管状况还在不断变化。"

里克将一阵粗鲁的笑声压抑在了喉咙深处。他设想中可能发生的一切现在都发生了，甚至更糟。大自然的自我调节不是每次都能起作用的，要理解这一点并不需要博士学位。"不断变化，"他说，"就像那些细菌一样。"

鲁迪·加尔扎现在直视着他，他蓝色的眼睛看起来好像变成了青灰色。"是的，就像那些细菌一样。"

"里克，你在军队的军衔将恢复到原来的级别——上校。"总监说，"你将对此次联合调查进行监督，需要监督的人员包括国防部人员、德特里克堡的科学团队以及我们可能召集的任何参与此次调查的辅助科学人员。"

"但是……长官……"里克环顾房间，目光逐一落在那些对他充满期待的人的脸上，"我不是科学家，"他补充道，"我在西点军校只是辅修生物学，或许我不适合这项工作……他们不会听我的……"

总监摇了摇头，"你是国土安全部[1]指派的，他们必须听你的。如

---

[1] 美国国土安全部（United States Department of Homeland Security，DHS），负责国内安全及防止恐怖活动。

果他们不这样做，我们会阻止他们。"

"好吧，"里克喃喃地说，"好吧。不管怎样，我想我别无选择。"他放松下来，让椅背可以更好地支撑自己。他们为什么叫自己来这里，向他坦白他们所做的蠢事？尽管自己已经尽了最大努力来阻止这个项目的启动，但要负责清理这个烂摊子的却还是他。

当总监打开桌上的一台平板电脑时，停顿了一下，加尔扎博士紧张地合上了自己的电脑。"现在，我们已经确定了团队中需要的另一位科学家是埃默里的人。我们得把最新情况告诉他。"总监喃喃自语。

"埃默里？谁？"

总监把手放在额头上，揉着眉头，"你认识他，赛德。詹姆斯·赛德博士。"

里克再次大吃一惊。赛德。就在去年，他为了这个人的一个审核费尽力气。"詹姆斯·赛德……埃默里……您是说那个巴基斯坦人吗？但是您既然已经在德特里克堡组建了一支团队……"

总监瞪大眼睛，目光越过平板电脑，看着里克。"加尔扎博士的团队虽然了解我们放出的 NAN 的所有信息，它们的合成方式、它们的结构、它们的运作模式……但是，如果我们要避免人类受到 NAN 感染，需要更多生物学方面的专业意见。是加尔扎博士推荐的赛德博士。"

"首先，赛德博士是基因重组疗法领域的权威人士。其次，他不是巴基斯坦人，他是美国人，出生在加州贝克尔斯菲。他在基因治疗中心广受好评。我听说治疗中心正培养他成为下一任负责人。而且，他对 NAN 在人体组织中的活动研究拥有丰富的经验。"加尔扎博士说。

里克身体向前倾，提出自己的观点。"如您所知，当赛德申请参加 NAN 项目时，我负责调查他的背景。"他说，"我曾警告过，他可能对这个项目不利。我们都很清楚他的叔叔是谁，即使他们看起来并不像。"

总监懒得将头抬起来，说道："但最后，你还是允许他加入项目，不是吗？"

里克盯着他的上司。"但我们必须对他保持警惕。难道我们真的要让他知道……"

"他没有污点，"总监说着啪的一声合上电脑，"他对自己的那个大家庭一无所知。"

"能百分之百肯定吗？"

"自从定居以来，他的父母一直遵纪守法。他们全都对以往的事情三缄其口。"总监回答，"我会给你看监控记录，如果你需要的话。"

里克坐了回去，并让自己放松下来。在此之前，他已经看过了所有有关法鲁克·赛义德——詹姆斯·赛德臭名昭著的叔叔的文件。"没这个必要，"他说，"他现在在哪里？"

总监站起身来，示意会议结束。"在我们说话的空当，他正在来兰利的路上。里克，我们需要你出面迎接他。"

在一间灯火通明的小会议室里，詹姆斯·赛德弓着腰坐在桌前，面前昏暗的屏幕上显示着德特里克堡的报告。他的手指不断地划动着页面，薄薄的嘴唇在沉默中颤动着。他皮肤苍白，身材高大，蓬乱的黑色头发精心地涂着发油，盖在其他过早变得灰白的发丝上，看上去有点儿像那些激进的好战分子。

尽管如此，坐在赛德对面等待的里克还是不由自主地握紧了拳头。他记得在卡拉奇郊外一个废弃的小屋里，自己从一条青筋毕露的手臂中夺过一支被锯短的步枪。如今，他依旧能想起那刺鼻的小茴香的气味和汗水混合在一起的味道，还有那涌进腹部的灼热的痛感，以及回家的路上没有一点儿知觉的双腿。

但是，这个人闻起来只带着一种淡淡的美国生产的须后水的味道。他穿着一身皱巴巴的中年学者才会穿的衣服，准备回加州度过假期。

里克伸出一只手摸到自己的后脖子，将精神状态从橙色降到黄色，从黄色到"全部清除"。

赛德坐正，把眼镜从鼻梁移到额头顶，然后抬起头，脸上露出难以捉摸的表情。

"你怎么看？"里克问道。

"什么？"

里克凝视着对面的赛德，这个人显然对不得不缩短自己的假期而心生烦闷。恐惧一旦消退，他感到愤怒，这可以理解。但现在，筹码已经摆在桌面上。一场 20 问游戏就要开始了吗？

"研究结果听起来合理吗？"里克解释性地问道。

"在细菌中发现的序列与 NAN 序列一致。细菌能够分泌具有活性的 NAN。报告里面都写着呢。"

"那么，我们需要你想一些点子。"

"什么点子？"

天哪！

"当然是如何应对的点子。"

"如果这真的发生了……"

"你刚刚说你认为这的确发生了。"

"也就是说，如果这一切都是真的，那么你需要我来解决这个重大课题。但是在释放这个东西之前，我们明明有更多的选择。"

"听着。"里克站起来。他顾不上那条本应不存在的腿所产生的针刺般的痛苦，绕过桌子，站到赛德博士身边，"我没有同意释放任何东西。我只是一个不得不想办法收拾这个烂摊子的可怜的傻瓜。我现在需要你的帮助。"

"很抱歉。"赛德博士抬头看着他，脸上短暂地闪过一些类似担忧的神情，"确实是这样。只是我现在原本已经到家了，和我的父母在一起。但是，我如今却和你坐在一起，听你告诉我这些事。这真是……叫人烦躁！"

"如果什么都不做，"里克说，"我们只能祈祷明天不会发生任何事情。"

"你认为我们有多长时间？"

"德特里克堡的工作人员查阅了阿贡国家实验室[1]的数据库，根据这种沙漠细菌种群的 DNA 自然传播数据，我们制作了一些数据模型。据推测，破坏这个地区可能要五年，或者更短……"

"我们知道的是，这种遗传序列目前只存在于一种古菌中？"

"到目前为止，是这样的。"

"好的，"赛德用手掌揉了揉眼睛，"我想到目前为止我对这件事没有什么疑问了。如你所说，我也很清楚我们必须马上开展工作。"

里克向前探身，"你有什么建议？也许某种疫苗有用？"

"疫苗没有用。"

"没用？"

"传统疫苗能帮助身体对传染性病原体产生免疫反应，但是没有任何免疫反应是针对遗传基因的。在这种情况下，我们需要一个基因片段来预防 NAN 感染，并且需要一个可以把这段基因片段输送进人体的办法。这是一个规模空前的基因工程。"

"不能从源头上根除吗？比如杀死这些细菌？"

"活着的细菌就像是一个有毒的工厂……将 NAN 释放到了生物圈中，从而复制出了远远超过人类通过无人机投放的 NAN 数量。再说，当细菌死亡时，它们显然能够以原始感染的形式排出这些基因分子。若专门去消灭细菌，只会加快释放进程。简单来说，你们已经创造出了一个怪物。"

"一个我们不能杀死的怪物？"

"你可以试试看，不过我不认为你会成功。我们现在讨论的是数十亿计的细菌。它们现在通过风的传播很可能已经蔓延到数英里范围的土

---

[1] 美国阿贡国家实验室（Argonne National Laboratory，简称 ANL），美国最早建立的国家实验室，也是美国最大的科学与工程研究实验室之一。

地上。随着一批受感染细菌的死亡，它们将沉积新的 NAN，进而感染更多的细菌，甚至有可能感染新的菌种。我想不到有什么万无一失的方法能摧毁所有宿主，以及所有的可能被传染的物质……"赛德站起来，低着头，扶着桌面支撑着自己的身体。

里克不得不竖起耳朵仔细听他接下来要说什么。

"不，我们必须想办法改变人体来适应这个情况，这个怪物现在已经无法无天了。"

里克重重地坐了下来。他希望听到更好的消息，听到某种惊人的解决办法。他不喜欢赛德那种失败主义者的态度以及漫不经心的傲慢，不过他也不指望出现什么奇迹。这个人说的都是真的。他们对此都很清楚，无法自欺欺人。"你知道为什么你会被选中吗？"他问道。

"选中？"赛德抬起头来，表情茫然。

"你被选中参与这个项目的原因，和我一样——你没有家庭。"

"可我有父母……"

"没有妻子，没有儿女。我们不能信任感性看待这个问题的人，如果……"

"听着，"赛德博士说道，他的眼睛闪烁着琥珀色的光，"我不认为有人可以用一种超然的态度来看待这个问题，但我会尽我所能保持理性。"

6

2061 年 4 月

凯和塞拉为了庆祝见面，准备了一顿美味的饭菜。塞拉用她的棍子把肥厚的仙人掌与它的根茎分割开，用灵巧的手指去除仙人掌上扎人的刺。接着，她从其他较高的植物上摘下一颗红花梨，用一把手柄花哨的刀将梨整齐地切了两半。

凯则去了他们新营地附近的储水站取水。和他之前找到的其他供应站不同，这个供应站储备充足。然后，他设置好捕捉小老鼠的陷阱网袋。随着太阳落山、地表温度降低，小老鼠很快就会从干燥的灌木丛下的巢穴中出来寻找食物。凯站在塞拉后面，欣赏着处理好的仙人掌和水果堆。"这把刀子真好用。"凯说道。

"这是在我长大的地方附近的供应站里找到的。"塞拉摩挲着小刀的象牙刀柄。

"比我的要好。"凯用拇指擦了一下自己折刀光滑的外壳。那外壳是红色塑料制成的，一侧印着一个白色的十字架符号，另一侧看起来像一个盾牌。刀子很小，不用的时候，他喜欢将刀子折回外壳。这让他想起了罗西的翅膀。

一声短促而尖厉的叫声宣告凯取得了第一次捕获的胜利。他弯下腰一把抓起网袋，里面的老鼠正左右挣扎着想要逃出陷阱。凯转过身背对塞拉，"啪"的一声将网袋朝一块大圆石砸去。吱吱声停止了。

塞拉俯下身子，双目圆睁。"它们尝起来是什么味道？"

"你从来没有吃过吗？"

"说实话，"塞拉的脸"唰"地红了，"我从来没有吃过肉。"

"如果你不想吃的话……"

"噢，不是，我不是这个意思，只是……阿尔法从来没有告诉过我应该怎么吃。"

凯笑起来，"别担心，罗西说吃它们并没有危险。"

他们在高耸岩石投下的阴影处生起火堆。母体站在不远处警戒，高大的身影在夕阳中投下长长的影子。就在凯又网住两只老鼠的时候，塞拉正在用厚重的平底锅加热仙人掌。这是他们发现的难得的食物。凯熟练地将小老鼠剥皮，用一根细长的沙漠柴枝穿住，将它们悬在低矮的火焰上方。肉烤熟时，他们正吃着酸甜的仙人掌，汁水都流到了下巴上。

"今晚不用吃营养剂！"塞拉笑着说，"今天是一个特别的日子。"

凯动了动嘴想要回答，但他的大脑却像是在与嘴巴赛跑。

"怎么了？"塞拉问。

"嗯……我不习惯说话，但是你……你很擅长。"

"我每天都在练习，"塞拉说，"别担心，这很容易。当我们找到更多的人，这件事就会变得更容易。"

"所以，你觉得还有更多？"凯用一只手抹了一把他的下巴，"更多像我们这样的人？"

"几天前，我发现了另一个母体，而且可以确定不是你的。"

"你怎么知道？"

"她的翅膀上没有那个印记。"

凯转过身，看着他的母体。罗西亮眼的喷涂，装饰左翼的独特的黄色油漆斑点，在微弱的灯光下几乎看不到。

"那是什么意思？"塞拉问。

"什么？"

"那个印记是什么意思？"

"我不确定。不过我猜她们都有那个印记……"他凝视着塞拉的母体。虽然阿尔法 -C 的设计和罗西相似，但她仍然非常与众不同——她时常弯着腰，甚至在休息的时候也围在塞拉身边呈保护姿态。而且没有特殊的喷涂。"所以……你看到了另一个母体？"

"阿尔法不让我出来。但我肯定，飞过那里的时候我看到的。"塞拉抬起她纤细的胳膊，指向地平线上被太阳染色的西边，"我本想回到那里去，但我先发现了你。"

"我们明天早上可以去那里找一找。"

塞拉坐在他身边，小心翼翼地用牙齿从小骨头上轻轻地将肉撕下。然后，她噘起嘴唇，转身将肉吐进火里。

"好吃吗？"

"好像不太好吃，"她气急败坏地说，"我觉得不太好吃。"

"对不起……"

"没关系。"她抓起水壶，喝了一小口水把嘴洗干净，然后咬下另一片仙人掌。

"塞拉……"当念出她的名字时，凯产生了一种奇怪的感觉，"你觉得还有多少像我们这样的人？"

"阿尔法说一开始一共有五十个。"

"在我们出生的时候？"

"是的，但是……"塞拉坐在后面，露出不悦的神情。

"但她不知道现在有多少。"

"不知道，她只是说……"

"成功的概率是非零。"凯笑起来，他看到塞拉在火光中重新露出微笑，"你觉得她们为什么分开了？"

"分开？"

"为什么我们的母体没有待在一起？"

"阿尔法告诉我，这是为了安全考虑。"

"罗西也是这么说的。但是为了什么安全？"

"她没有说……流行病……也许是掠夺者？"

"但我们对流行病是免疫的。罗西有激光，她曾经在一只野狗逼近时，用激光把它杀了。"

凯抬头看着罗西的手臂和她附近的房屋。她的激光束准确而致命。"除非出现极端情况，否则不能使用武器。"罗西曾经警告凯，"只有我们的生命受到威胁时才行。"

塞拉皱着眉头。"在很久以前，我想阿尔法也使用过她的激光。那是一个深夜，我睡在防护舱里。突然听到巨响，就像爆炸一样……但是，当我向外看时，什么都没有。"她摇了摇头，"也许那只是一个梦。"

凯凝视着火光无法照亮的黑暗，蓦地感到脊背上流淌过一阵寒意。罗西曾经告诉过他自己是在实验室里被制造出来的。但……是谁制造了她呢？实验室在哪里？她不会回答这些问题，她说这些信息是"机密"。凯不懂她的意思。他回想着自己看过的视频，回想着那些成群结队的大人，他们坐着汽车去高高的大厦里工作。还有其他人活着吗？还有和他、和他的母体不一样的人活着吗？没有。根据罗西的说法，这种可能性微乎其微。在这个世界里，只有母体和他们的孩子能够存活。

"我只是希望……"凯用光秃秃的穿肉签拨动火堆，感觉对罗西以外的人说这样的话似乎有些奇怪，"我只是希望我们的母体能够待在一起。这样更利于我们活下去。"

塞拉把水壶里的水喝光。"我那里还有一些水，"她说，"我之前的营地那里。"

"我也有很多，"凯说，"至少现在还有。"

塞拉站起来，掸了掸外衣上的灰尘。"那么，我们明早见？"

"好的。"

塞拉的眼睛仍然盯着凯，打量了一番。"这样很好，不是吗？"

"是的。"尽管寒风吹起，但凯还是感到一阵温暖。他凝视着天鹅绒般的天空，针尖般细小的星星仿佛在飞舞。这样很好。

第二天早上，凯在黎明时分醒来，他无比渴望再次见到塞拉。当他滑下罗西的梯面后，双眼扫视着营地。他看到阿尔法 -C 的舱口微开着，里面散发着一种模糊暗淡的粉红色光芒。塞拉靠在阿尔法 -C 的梯面上，吮吸着一包营养补充剂。"这玩意儿没有真正的食物好吃，但至少起效很快。"她一口一口地吸着说道。

"我们今天要往西边去吗？"

"阿尔法同意我们的计划。"

"罗西也是。但是我们怎样待在一起？"

"你可以让你的母体跟着我们吗？"

凯停顿了一下，最后选择用意识与罗西沟通这件事。"没问题！"得到回复后他大声告诉塞拉，"她可以跟着你。"

凯爬回到自己的防护舱，坐下系上安全带，然后撕下营养剂的一角，把里面的东西全部吸出来吃掉。透过舱门窗口，他看到塞拉正顺着阿尔法-C的梯面向上爬去。这是凯第一次看到另一个母体是如何准备起飞的——翅膀从背部光滑的外壳中展开，风扇从巨大的保护套里伸出来，然后朝向地面。罗西紧随其后。随后，一切都被漫天尘土遮蔽。

腾空飞起后，周围的空气再次变得澄净。阿尔法-C在前面带路，罗西在后面跟着。凯出神地看着阿尔法-C。他知道罗西和阿尔法-C不一样，罗西不会像疯鸟一样在天空中随意拐弯和摇摆。"你能和阿尔法-C说话吗？"凯问罗西。

"阿尔法-C是什么？"

"塞拉的母体。你可以和她说话吗？"

"不行。我只能和我的孩子交流。"

"但是你可以看到她。"

"是的，我可以感觉到她的形态。我现在和她保持着一个安全的距离。"

"如果另一个母体在地面上，你能感觉到她吗？"

"我已经开启了形态识别。如果我识别出具有正确签名的结构，我会向你报告。但是，我的红外探测器在当前的地面温度下不会产生可识别的信号。"

"为什么不会？"

"目前地面平均温度在29~33℃。母体或其体内的生命所释放的少量热量无法被探测到。"

现在的天气很热，温度比以前的春天要高得多。地表被薄雾笼罩，凯只能希望塞拉能够辨认出她前一天发现的母体。突然，阿尔法-C调整了一侧的机翼，在空中划出一个漂亮的弧线，然后慢慢下降。"你现在看到了什么吗？"凯眯着眼睛，紧张地搜寻着塞拉找到的东西。

"不，没有。"

"但你会继续跟着阿尔法吧？"

"会的。"

一降落到地面上，凯就摸索着解开了安全带。他推开舱门滑到地面，全速奔向阿尔法 -C。塞拉背对着凯，站在她的母体身边，肩膀微微下垂。

直到走到塞拉身边，凯才看到一片残骸。"这是什么？"

"这是……一个母体。"塞拉眼里充满了泪水，"我应该想到的，阿尔法没认出她来是有原因的，她已经……支离破碎了。"

凯小心翼翼地走上前去。热浪中，手臂上的汗毛如针般刺痛着他的神经。一阵微风吹过躺在他面前地上的风扇。机身就在几米以外，像一颗蛋一般摔碎了。凯看到一只翅膀，一只张开的翅膀，从她身下伸出来。

"嗯……"凯盯着这片残骸。破碎的容器、管道和电线，竭尽全力却最终破碎的蛋壳形状。他仿佛看到了另一艘类似的船，烈日下静静地躺在他出生的补给站旁边。"那是什么？"他问道。

"那是你出生的地方，"当时，罗西这样说，"一个孵化器。我们现在不需要它了。但在以前，它至关重要。"

一个孵化器。但不只是一个孵化器。破碎的孵化器里面还躺着一副小巧但发育良好的骨架，它的双手折叠在一起，仿佛正在祈祷。

这时，凯感觉到塞拉将手搭在自己的手臂上，触感温柔。

"没关系。"塞拉转身准备离去，低沉的声音带着些许烦躁，"走吧。我们会找到更多的人。下次找到他们的时候，他们一定还活着。"

"但是，塞拉……"凯拉住塞拉，"我们不能就这么一走了之。我们应该将它安葬了。"

2050 年 1 月

詹姆斯咬紧牙关。很难相信,自他与理查德·布莱文斯[1]上校第一次见面以来,时间仅仅过了一个月。现在他裹在生物安全等级四级[2]的安全服里,感觉自己几乎不能动弹,仿佛患上了幽闭恐惧症。顶灯刺眼的光透过他面前的透明塑料视窗射进来,令他有些目眩。他沿着狭窄的走廊,向德特里克堡最大的隔离实验室走去。路程不远,但让人疲惫不堪。汗水顺着他的侧脸滴落下来。

"这些衣服以前更糟。"鲁迪·加尔扎博士说。低垂的天花板上,管道蜿蜒曲折,不时发出嘶嘶声。这个矮个子男人的声音在詹姆斯的耳罩里低沉地回响,和嘶嘶声叠加在一起,有些模糊不清。"至少我们现在的视野还算不错。"

詹姆斯从来没有接触过这个级别的隔离,在埃默里工作还不至于这样,这次他是受邀一同调查从阿富汗采集的受污染的古生物样本。但就他自身意愿而言,如果必须面对这个"猛兽",他宁愿和它面对面地硬碰硬。

他们穿过第二道气闸门,走向狭小的房间对面,那里放着生物安全防护服。真是奇怪,詹姆斯心想,如此谨小慎微,仅仅是为了隔离这些几周前被某个不知情的士兵从偏远的沙漠村庄采集来的样本。不过,他

---

[1] 里克·布莱文斯与理查德·布莱文斯为同一人,因不同人物对其称呼有所不同,为尊重原著不做统一修改,特此说明。

[2] 生物安全等级(Biosafety Level),由美国疾病控制中心和美国国家卫生研究院针对生物危害的不同程度而确定,四级生物安全水平为最高防护等级。

也提醒自己，只要 IC-NAN 仍然是细菌宿主 DNA 的一部分，它就是无害的——前提是细菌没有死亡。

引发这次大麻烦的小细菌被归为泉古菌门。它们的表型和古菌的表型最为相似。古菌或许是地球上最古老的生命体，它们天生耐旱、耐酸，其孢子状的结构具有很强的适应性。凭借着这种优势，它们生存于各种恶劣的环境之中。到目前为止，IC-NAN 的感染者仅限于部署这一制剂地点附近的两个山村中的人。但情形继续恶化似乎只是时间问题……詹姆斯眨了眨眼，回忆起他看过的录像：妇女和儿童躺在条件简陋的医疗帐篷里，把血咳在沙地中；两个年轻的美国士兵戴着临时呼吸机躺着，无法离开他们所在的地方——回不了家，甚至无法死去。

另一侧，浑浊的琼脂管整齐地排列在架子上。

"这些是我们用来做实验的活细胞。"鲁迪用他那带有墨西哥口音的英语说道。他操纵机械臂从密封的遮光罩后面取回一个较小的架子，动作敏捷笃定。这让詹姆斯想到了那些在贝克尔斯菲和父亲一起辛勤工作的农民。机械臂从架子上取下一片细薄的载玻片，"这就是我们试图杀死它们时发生的状况。"

"我应该看到些什么东西吗？"

"请坐。"鲁迪说。机械臂将载玻片放上显微镜镜台，镜台稳步向紫外荧光显微镜的物镜移动，最后进入遮光器的玻璃视窗内。"请看，但不要摘下面罩。"

詹姆斯将脸凑近目镜，尽最大努力透过安全服的透明塑料进行观察。不过令他吃惊的是，目镜周围的软橡胶环和他的面罩是如此的贴合。"我们真的可以看到 NAN 吗？不会因为太小而看不见吗？"

"虽然每个 NAN 的直径只有大约十三纳，但是，当它们被荧光探针标记时，它们能够明显地在过滤器上显示出来。并且我相信只要足够明亮，就可以看到。"

"我现在看到的是什么？"

图像看起来像一个老式的纵横填字游戏，一部分正方形暗淡无光，另一部分则闪着明亮的黄色。

"网格的每个部分代表大约一百个细菌，以及一种正在测试的抗菌剂。在每张载玻片上，我们可以测试五十种不同的抗菌剂。"

"哪些有效？"

"被标记出来的细菌，是在这个倍率下能够被捕捉到的、与 NAN 重组得比较好的细菌。它们都被投放了与之匹配的灭菌剂。"

"意思是……"

"我们还没有找到能够阻止 NAN 立即重组又能杀死宿主细菌的方法。"

詹姆斯觉得应该对这个人保持信心，毕竟他是自加入项目以来唯一愿意并能够面对这项艰巨任务的人。"你会继续进行实验吗？"詹姆斯问道。

"当然了。但是，目前每种常规杀菌剂都试过了。更糟糕的是，尽管阿贡国家实验室已经得出了这些细菌通过气流、喷射流等传播的数据模型，但我们仍不能准确预测被感染的细菌接下来可能会出现的位置。最坏的情况是，交通工具可能为细菌的转移提供了便利条件。我们目前所能做的就是继续尝试遏制传播，并基于我们自己的数据构建新的模型。"鲁迪再次操纵起控制器，收回目镜，将载玻片小心地放回架子上，"我们在一个洞穴中发现了新的物种。"

詹姆斯点了点头。就在今天早上，他收到了另一个样本的信息。美军对距离部署地点约 30 千米处的一些洞穴进行了侦察，并在无人居住的洞穴中采集到了这一样本。"你怎么知道这是一个全新的物种？"

"阿贡实验室说这是基本的细菌学知识。性喜干燥、生活在沙漠地带的机体是不会在寒冷黑暗的洞穴里大量繁殖的。诚然，并非所有的数据都是最新的，等样品到了，我们可以一起验证这一点。不过……"鲁迪垂下肩膀，向入口走去。他举起戴着手套的手开启气闸，转身面向詹姆斯。"你对布莱文斯上校说了些什么？"

"我告诉他，我们需要找出办法改变人体的靶细胞，修改人类的DNA。研发某种可以达成这个目标的药物，不断施用。这种方式很像是投放另一种 NAN。"

"他说什么了？"鲁迪问。

"什么都没说，到目前为止。"

鲁迪叹了口气，"事情之间的连锁反应真是令人吃惊……几年前，我的论文指导教授建议我留在墨西哥，潜心做学术。但是，我选择了攻读纽约洛克菲勒大学的博士后。之后，我选择了留在美国……"

"为什么？"

"因为一个女孩……当然，这是另外一件没有按计划进行的事。她在我接受了一份工作之后毁了婚约。"

"就是在那时，你来到了德特里克堡？"

"为德特里克堡工作可以让我迅速获得美国公民身份。"

"但是，你最后为什么选择留下来？"

"在德特里克堡不用担心资金，我拥有了我想拥有的一切——一应俱全的实验室、顶尖高端的设备……后来我还晋升成了团队负责人。我经手过许多有趣的项目。"鲁迪低下头，检查着戴着手套的手，"不过必须承认，这有时候令人充满挫败感……无穷无尽的调查……即使是像布莱文斯上校这样的人，办公桌上也总有堆积如山的报告，尽管无一不被搁置。我为自己打气，我相信他们中的大多数人都致力于抵御生物恐怖主义——这是一个值得尝试的目标。"

"但你得知道，IC-NAN 和抵御生物恐怖主义一点儿关系都……"

"当我被分配来接管这个项目时，我以为和其他项目一样，只是一个可行性研究，让我有机会运用我的专长。我曾经确信它会被束之高阁。千真万确，我就是这么希望的。"鲁迪的眼睛在面罩后露出恳求的眼神，"詹姆斯，我不知道他们真的会做出部署。现在唯一能减轻我的痛苦的，就是在你的帮助下，找到一个方法来阻止事情恶化。"

詹姆斯再次感到汗水流过太阳穴，幽闭恐惧的感觉再次袭来。"你认为我们有办法……为这件事画上句号吗？"

"我不太确定，但我确信一件事情。你是怎么说的来着？时间……正在一分一秒地过去。"

2062 年 3 月

凯透过罗西舱门的窗口，在黑暗中寻找着阿尔法 -C。当在月光下认出她的轮廓时，凯的心跳慢了下来。他和塞拉昨天又发现了一个孩子——又一个本该活下来的孩子。那个孩子的母体遭到了破坏，小小的身体早已死亡。凯在与塞拉和阿尔法 -C 做伴的为期一年的搜索中，这样的情况已经是第三次了。虽然有塞拉在身边，失望没有那么难熬，但这一切还是令人如此痛苦。

"你很伤心。"罗西的声音在他的脑海深处响起。

"是的。"

"没关系，"她说，"没有必要难过。"

凯摇了摇头。真的没有必要难过吗？

他开始静静地等待黎明到来。

在阿尔法 -C 的遮蔽下，塞拉坐在凯旁边咀嚼着一株多汁植物的芽尖。"给，"她递给了凯一块，"我在昨天回来的路上发现了这个。这是一种芦荟，可以让你的胃舒服点。"

凯从塞拉的手中接过肉质饱满的叶片，小口咬着叶子多刺的边缘。芦荟的味道苦涩，黏稠的汁液沾在了凯干燥的嘴唇上。凯抹去额头上的一滴汗，茫然地凝视着他们的营地，以及那旷野里炫目的白灰色。温度太高，无法出去探查。而且，他现在也没有这个心情。"你确定不想吃别的东西？"

"不想。"

他担心塞拉。在所有他们到过的补给站，他们都只发现了一丁点儿物资。没有储存的水，即使是冷凝塔里都没有一滴水。他们依靠收集高海拔积雪融化的溪水储水。但是，这个冬天过去后气候变得温和，稀少的融雪已经从远处的山峰顶部蒸发。塞拉借口说他们需要节约做饭用水，开始吃得越来越少。凯可以看到塞拉肩膀的骨头，在她单薄的外衣下是那么突出。这个曾经乐于带领他欢快地在天空中追逐，在外出探索时经常出人意料地和她的母体一同旋转和俯冲的女孩，她似乎迷失了方向。塞拉是否和自己一般，对接下来可能的发现心有不安？

塞拉用她惯有的方式听着阿尔法-C正说着什么。渐渐地，塞拉的眉毛拧到了一起。凯看得出来，谈话并不愉快。

"怎么了？"凯问。

"阿尔法说，即便我们想，她们也不能再继续长时间飞行。"

这时，凯想起了罗西的声音，以及昨晚睡觉前罗西向他发出的警告。"因为沙尘？"

"空气中的尘埃比过去要多。想要把它们从引擎上清除干净变得更加困难了。"

"但是我们必须继续下去……"凯仰望着天空，那夺目的太阳光像细碎冰晶的雾气一般，四散开来。几个星期以来一直是这样，远处的山几乎要消失在视线当中。凯竭尽全力站起身来。"我有个主意，"他说，"先来看看我们手头上都有些什么东西。"

"怎么了？"

"罗西说今天是我的生日。我今天八岁了，我们应该办一个生日派对。"

"没错……"塞拉说,"我明天也八岁了……"

"我们互赠礼物吧。"

"礼物?但是我没……"

"我有一些东西还没有给你看过。我敢打赌你也一样。"

凯爬上防护舱外的阶梯,准备搜索一下自己的防护舱。他把自己为数不多的东西翻了个遍,想找到一些塞拉可能会喜欢的东西。过了一会儿,他抱着宝贝们走下来,跟跄着将它们放在地上。其中有一个放在橡胶保护套里的长方形物体。"这是一台老式的平板电脑,玩游戏用的,"凯说,"不过我没办法让它运行起来。"还有一个小小的,罗西称之为"尤克里里"的乐器。"它应该是有琴弦的。"凯解释说。接着,他拿起一顶边缘破损的棕色皮帽。"一顶牛仔帽。"他说着,将帽子认真地戴在蓬乱的头发上,"这个可以很好地抵挡阳光。"他咧嘴大笑,摆出弹拨没有弦的尤克里里的样子,哼唱着凌乱的曲调。然后,他用了一个夸张的动作摘下帽子,把它递给塞拉。

但塞拉只是面无表情地看着他。凯突然觉得自己很傻。他在想什么?太愚蠢了,无聊透顶……

就在这时,塞拉对着他露出了一个微笑。"我有比这些更好的东西。"她跑进阿尔法 -C 的储物舱,又很快跑出来,肩上挂着一只粉红色的大包,包上印着一个笑脸猫的漫画图片,包有一个主隔层和三个小小的侧边口袋,每个口袋都扣着闪亮的金属扣。她从一个口袋中拿出一条项链,银链上穿着一颗颗天蓝色的光滑石头。"这是绿松石。"她说,又从主隔层里小心翼翼地取出一个由墨西哥刺木茎干紧紧编织而成的东西。

"这是什么?"凯靠近仔细看着这个东西。

"这是一架飞机。"塞拉说,眼睛闪闪发光。她举起飞机,露出机身两侧线条优美的机翼。"和老视频里看到的一样。不过这架飞机没有引擎,这是架滑翔机。"

"我能拿着它吗？"

"可以……但要小心些。这是我在我们认识之前做的。我花了很长时间才找到办法把它们拼在一起，这些都是编织起来的。"塞拉小心翼翼地将模型递给凯。

凯将双手食指放在两侧机翼下，稳稳地端着飞机。

"阿尔法教过我怎么编织，还有飞机是怎么一回事。她对这些事情十分了解。她说，有一天我可以建造一架足够大的滑翔机，坐在里面翱翔于天空中。她说滑翔是最令人惊叹的飞行方式——悄无声息，就像鸟一样。"

凯难以置信地看着她，"这是……给我的吗？"

塞拉对着他微微一笑。"抱歉，"她说，"我可不想让你这么以为……"她将模型从他手上拿回来，小心翼翼地放进包里，"但是现在，你可以拿着这个。"她把手伸进第二个侧边口袋，拿了什么出来，然后松开拳头，露出一个小小的闪闪发光的东西。

凯犹疑着将这个发光的东西放在手掌上，是一个扁平圆柱状的银色盒子。通过透明的盖子，他可以看到一根细细的针，左右摇摆着悬停在字母"W"上方。

"这是指南针，"塞拉说，"它太奇妙了，它可以告诉你应该走哪条路。"

"谢谢，但你不需要它吗？"凯把指南针递还给她。

"不需要。"塞拉说，"反正我们现在在一起，不是吗？"接着塞拉从第三个侧口袋里取出一个长方形纸片，放在手掌上递给凯看，"还有这个。"

凯接过纸片。这是一张照片，上面有一名留着棕色长发的女人，她用手臂环绕着一个小女孩的肩膀，做出保护的姿态。在她们身后，一片蓝色的水域在无云的天空下闪闪发光。

"她们看起来很开心。"

"没错……"塞拉凝视着这张照片，若有所思，"你觉得这是在哪里？"

凯摇了摇头。海边？湖边？除了罗西的屏幕上，他从来没有见过这样的地方。

"我们要去这里，去一个这样的地方。水量充沛、植被丰富……"塞拉说。

"也许我们的母体可以带我们去那里？"

塞拉满脸愁闷地盯着她的母体，"我求过她很多次，让她带我去，但是阿尔法说她不知道具体位置。而且，除非她能评估风险，否则她是不会去的……"

其实不等塞拉说完，凯就都明白了。罗西也这样告诉过凯，自己的身体里没有带他去任何地方的程序指令。她需要数据来证明目的地是安全的。这就是为什么在过去的一年里，除了往返于各个弹尽粮绝的补给站，他们哪里都没有去。虽然……

"一定有办法……"

突然，凯看到塞拉眼中闪过一丝调皮的微光，但转瞬即逝。他盯着塞拉，问道："怎么了？"

塞拉凑近他，用手捂着不让声音漏出去，低声说："我们的母体不带我们去别的地方，并不意味着我们不能自己去。"

"你的意思是？"

"那辆越野车，我们应该回去找到它。我们可以把它修好，让它重新运转。然后我们就可以去任何我们想去的地方了！"

凯点了点头。几天前，他们发现了一辆房车，不过当时他们以为那是另一个补给站。所以和昨天发现的被破坏的母体一样，凯一直试着不去想它。房车很大，有着光滑的金属内壁，每一面都漆着明亮的橙色条纹。里面配有厨房，甚至还有一个小浴室。早在亲眼看到房车之前，凯就畅想过它的样子了。罗西曾告诉他，在瘟疫爆发之前，已经没有人真正住在沙漠里了，但偶尔有喜欢露营的人，会在过去所谓的"假期"时来这里过上几个星期。

凯叹了口气。那本是个十分舒服惬意的地方，但那里面也有尸骨，一具大的躺在一张大床上，一具较小的挤在离床不远的婴儿床里。他想自己永远也没办法住在这样一个有着大瘟疫受害者尸骨的地方。他无法想象移动尸骨时的情景，也无法想象使用这些曾经属于他们的东西时的情景——除了水和食物。不过，房车里已经没有任何可以食用的东西了。排干水箱中腐坏的东西后，他们就放弃了房车。

"没事的，凯。"塞拉抓住他的手臂，眼神里带着恳求，"我们只需要那辆摩托车，它就停在房车外面。"

凯看着塞拉，知道自己无法拒绝她的请求。这是两人相处以来，他见过的最开心、最满怀希望的塞拉。"没问题，但我们要怎样才能再次找到那辆房车呢？"

"我会带你去，"是罗西的声音，"我已经把坐标存储在飞行数据库里了。"

凯瞥了一眼塞拉，塞拉也向她的母体点了点头。"我们去试试。"她面带微笑。

很快，凯就再次从空中看到了那个地方，那个大块头仍停在宽阔的峡谷旁的一条土路上，一面破烂的旗帜在侧门的支架上飘扬，还有一辆摩托车靠在后面的挡泥板上。

他们在距离房车几百米远的地方降落，以免惊扰了这片神圣的土地。但塞拉无法控制自己的情绪，全速向摩托车跑去，仿佛是在奔向自由。当凯走到她身边时，她正用手抚摸着摩托车闪着微光的把手。"阿尔法说她可以给它充电，"她笑着说，"我们可以改造一下脚蹬和车把，这样用起来更方便。"

凯挠了挠头，"你觉得她们为什么允许我们这么做？"凯问道，"我们在防护舱里面旅行不是更安全吗？"

塞拉的脸上再一次弥漫着阴郁的神情，"阿尔法说那有风险。"

"风险？"

"我们必须继续前进，寻找水和食物，如果幸运的话，也许还能找到另一个孩子。只要我们在骑摩托车时戴上口罩，在陆地上更安全。"她说。

凯想起了存放在座位下的隔层里的粒子面罩。他从来没有戴过那个面罩。罗西对他说过：细微的尘埃对他肺部的伤害，和对罗西引擎的伤害一样巨大。

塞拉再次转向摩托车，从房车侧面的插座上拔下摩托车的充电器，递给她的母体。"我想他们把它叫作越野车不是没有道理的。"说着，她从后轮胎保护罩上踢下来一层泥沙[1]。

9

2051 年 3 月

罗斯·麦克布赖德在电脑上查看着日期。

2051 年 3 月 15 日。

距离她开始参与这个看似毫无意义的项目，已经一年有余了。她张开双臂，别过头不再看屏幕上那些似乎跃动着的数据，开始活动身体。

在结束国外的驻勤任务后，罗斯在旧金山的普雷西迪奥研究所得到了一个职位。该研究所位于以前的温菲尔德·斯科特堡[2]。她抓住了这

---

[1] 越野摩托车，英文为 dirt bike，字面意思为"泥车、土车"。塞拉此处意指摩托车站满泥土。

[2] 温菲尔德·斯科特堡（Fort Winfield Scott），位于普雷西迪奥（Presidio）的西部，是海岸炮兵哨所和旧金山炮兵区的总部，后被指定为旧金山海岸防卫队的总部。

个机会，再次回到美国本土，回到家乡附近，而不是陷入华盛顿的政治旋涡之中。五角大楼的指挥官理查德·布莱文斯上校曾明确表示，研究所需要采取果断的行动来迎接挑战。考虑到所需的许可级别，罗斯猜测他们一开始会让她从事网络安全领域的工作，这也是她的专业领域。

但事与愿违，她现在在收集与某些神秘土壤细菌传播有关的生物统计数据。虽然罗斯曾宣誓对这个项目严格保密，但还是不禁想要问：这和五角大楼有什么关联？这项工作繁重且艰辛，但她却没有收到任何回应——如何使用她的分析结果，甚至这些数据是否投入了使用。这些事情，高层对她只字不提。

桌上的内线通信器正嗡嗡作响，罗斯按下控制台顶部的红色按钮，说道："我是麦克布赖德。"

"麦克布赖德上尉？"通信器另一端的男声很耳熟。

罗斯想象着他轮廓分明的五官、灰蓝色的眼睛、钢铁般坚毅的眼神、剪得很短的军人发式。在月度评估时，虽然那个男人坐在自己对面的椅子上，身体前倾，穷追不舍地问问题，但罗斯并不害怕。那个男人经验老到，且具有一种奇怪的吸引力。他给罗斯的感觉和她在军队中遇到的每个男人都毫无二致——真正的自我被隐藏在层层防御之后。不同的是，在那表层之下，他似乎在掩盖着什么东西……

"布莱文斯上校？"

"是我。"他轻声说。接着他停顿了很久，以至于罗斯怀疑他们的连接已经中断了。但他清晰的声音再次传来，甚至更加清晰，"情况怎么样？"

"我想您应该看过我的上一份报告。世界卫生组织、疾病控制与预防中心和相关行动的数据都总结在第……"

"是的，是的，我看到了，谢谢。我的意思是……你的近况如何？"

我的近况如何？罗斯盯着她的控制台。"我吗？还不错。"

"很好，很好……"他又停顿了一下，罗斯听到了断断续续的声音，

"我有一份特殊的情报给你，我会通过你的安全连接发送，但是我想应该让你提前有所准备。办公室里现在没有其他人吧？"

罗斯瞥了一眼杂乱的办公室。似乎每一件闲置的家具都在这里休养生息。"没有，就我一个人。"

"很好。你能戴上耳机吗？"

罗斯从桌子抽屉中摸索出耳机，小心翼翼地戴在右耳上。周围如此安静，以至于她甚至可以听到自己的心跳。"好的。我准备好了，先生。"

"你所表现出来的工作态度堪称典范，但是，我们决定把你的工作内容交接给其他人。"

罗斯的心在往下坠。这就是他要说的吗？"我的任务结束了？"

"是的，这一阶段的任务已经结束了。你向我们展示了你对细节的专注，并且我们认为你值得信任。现在有一个新任务要交给你。我们打算将普雷西迪奥重新投入运营。"

"重新投入运营？"

"在那里我们需要一个基地。"

"但是这怎么能？严格来说，那并不属于我们，不是吗？"

罗斯的头脑飞速运转，回想着那个她称之为"家"的地方的历史。1850年，美国陆军首次控制了普雷西迪奥，它当时只不过是一片狂风肆虐、土地贫瘠的沙丘，毗邻旧金山湾附近的一片沼泽地。

军队种下了一列列整齐的树木来抵御扬沙。白杨树、柏树和松树，排列整齐仿佛列队的士兵。树苗渐渐长大，扎根大地。纵然美国经历了很多事情，但这片海岸从未受到过战火的波及。她还记得普雷西迪奥教堂的碑文：那些仅仅站着等待的人，也同样是在侍奉上帝。纵观其历史，旧金山的普雷西迪奥一直都是军队随时待命之处。这个地方浓雾常年笼罩，陡峻的悬崖阻断了从海上侵入的可能。

普雷西迪奥这个地方多年来一直保护着金门海峡，使其不至于暴露在敌人的视野中。再加上危机四伏的潮汐，这里在几十年间都远离战火。

　　军队最终在 1994 年撤出普雷西迪奥，同时将控制权移交给国家公园管理局。随后的几年，出于商业利益，这片地区对外开放，作为公园重新融入城市。普雷西迪奥研究所以及前普雷西迪奥范围内的所有同类型非营利性组织也仅仅用于民事目的。罗斯是为数不多的获得特殊许可的雇员之一，可以说，她被给予了足够的信任。

　　"普雷西迪奥可以……属于我们。"上校平和地答道，"在战争时期，政府有权对任何可能有利于国家安全的土地和设施重新定位。"

　　罗斯感到心跳加快，职业本能被唤醒了。"我们现在处在战争状态？"

　　"我们什么时候不是处在战争状态？"

　　"但为什么是现在？发生了什么？"

　　"我们需要你作为重要成员参与这一行动计划。"

　　"好吧……但为什么是我呢？"

　　"你已经展现了你对高度机密信息的保密能力。而且，你也懂得揣摩人心。我们认为你可以在危急的情势下充当我们的联络员。"

　　危急的情势。

　　罗西并不熟谙行政话术，但她能听明白一些言外之意。"您的意思是，在我们必须驱逐什么人的时候吗？"

　　"没错。如你所知，目前普雷西迪奥没有私人住宅，但有许多博物馆和非营利性组织。不过在过去的一年里，很多都已经人去楼空。"

　　人去楼空。

　　罗西感到有什么难以名状的东西压在身上。她对在非战争地区的一些臭名昭著的军事行动了如指掌。但是，她以为这些都已经是陈年旧事，也肯定不会发生在美国本土。"您是说有秘密的政府组织？我不知道……"

　　"现在知道也不迟。我们需要做最后的冲刺，把最后一批平民赶出去，然后把普雷西迪奥围起来……"

"把普雷西迪奥围起来？长官，这是怎么一回事？"

布莱文斯叹了口气，声音中的情绪与其说是恼怒，不如说是悲伤。"我再次向你道歉，我现在能说的只有这些。"

"我明白。"罗斯其实并不明白。事实上，她充满了恐惧。

布莱文斯清了清喉咙，"麦克布赖德上尉，感谢你所做的贡献。"

"随时效劳，这是我应该的。"罗斯摆弄着耳机，回忆起上校的眼睛，以及上次在华盛顿见面时他看着自己的样子——他的凝视给她一种感觉，他仿佛在为自己谋划着什么。

"那么……"布莱文斯说，"你将通过安全连接接收进一步指示。"他再次顿了顿，"上尉，我……嗯……我得通知你……和以前的项目一样，不能对任何人透露此事。"

"不会的，长官，这是自然。"罗斯按下按钮，结束了通话。

她陷进椅子里，感到一股寒意从背后袭来。自己在什么地方？对这一切真的清楚明白吗？她透过窗户，看着不远处的金门大桥在晴空下显露出一抹锈橙色。楼下的草地上，有人正在放风筝。

10

2064 年 6 月

在过去的两年里，塞拉和凯已经适应了一种新的模式。他们像游牧民一般四处游荡，寻找着其他人，寻找着水源。每天一大早，他们就开始骑着摩托车到沙漠上探查。塞拉负责掌舵，凯则跨坐在塞拉身后的临时木质座椅上四处观察。他们都刚满十岁，但凯长得更高。他在一次短途搜寻中发现了一架破碎的双筒望远镜。在之后的旅途中，他都会时不时将望远镜架在眼前，越过塞拉的肩头满怀希望地仔细搜寻。

他们的母体开启了快速反应模式，紧紧跟在他们身后——她们没有使用自己的履带，而是脚踩着地面，用强壮的双腿全速奔跑着。她们站起来时，比塞拉和凯高出三倍不止。这种移动方式虽然不太稳固，但机动性更强。凯还记得小时候第一次见到罗西这个姿势时的情景——她用平时收在金属外壳里面的双手，温柔地抓住他的腰部，一把将他抱起，避开了一群垂涎三尺的野狼的攻击。现在的她看起来却笨拙而窘迫，在他们身后迈着沉重的步子，摇摇晃晃，让人不由得为她捏一把汗。

"我没有看到任何冷凝塔，"凯对着塞拉的耳朵喊道，希望她能透过摩托车引擎的呼啸声和粒子面罩的遮挡，听到自己的声音。

塞拉将摩托车停下来。她挣扎着从座位上下来，站在坑坑洼洼的地上，摘下面罩，沾满灰尘的脸上带着焦躁和恼怒。"没关系，"她一边用面具拍打着自己的大腿，一边说，"阿尔法说，我们几乎已经找遍了所有的补给站。你也知道我们都有些什么发现，冷凝塔里沾满了泥土，补给站里没有任何瓶装水和食物。我想是有人把东西都拿走了。"

凯舔了舔干涩的嘴唇，"这是好消息，不是吗？这说明附近还有其他人。"

"的确是，"她说，"但这对我们来说不是好消息。我认为我们应该沿着公路找。我们得找到更多的汽车。也许我们会找到另一辆卡车——就像上周找到的那辆一样。"

凯打了一个寒战。上周他们设法撬开了卡车里的几个罐头——番茄酱、一种浸泡在辛辣盐水中的绿色辣椒，以及一种叫作菜豆的棕色糊状食品。这些食物填饱了他们的肚子，但也让他们胃疼，还让凯口渴得更加厉害。在驾驶室里，塞拉将司机瘦骨嶙峋的手推到一边，翻箱倒柜了一番，却只找到一小瓶水。

凯指着太阳升起的方向说道："罗西说，在那个方向有一个石质土的沉降区，像是河床的遗迹。那里可能有地下水。"

"你确定我们还没有去过那里吗？"塞拉问，"我觉得我们只是在兜圈子……"

"我们是沿着螺旋式的路线行进的，每次的圈都要大一些。罗西在追踪路线。我们已经到过那个地区的北面和南面。但她肯定，我们还有没有搜寻过的地方。"他看着塞拉，她的嘴现在抿成一条紧绷的线，"我们可以沿着这条路到达那里，"他说，"我保证。"说完，他叹了口气。他知道，比起顶着沙漠中肆虐的风前进，骑摩托车沿着公路走会容易得多，尽管他并不喜欢走那些路。他也知道，塞拉说的是对的，沿着公路能找到些补给。他们之前在路边发现过藏着瓶装水的板条箱，好像是有人故意把它们留在那里，等着他们去找。这已经是意外之喜了，如果精打细算的话，足够喝上一个月。停在两侧灌木丛中的汽车，也不时为他们提供些"宝贝"。还有这辆摩托车，也是因为找到了那辆橙色条纹的房车而获得的，但沿着公路也会遇到些别的东西。凯想起了那辆停在路中间的小型电动汽车——前座上残留着两具尸体，后座上还有三具较小的尸体。和往常一样，他和塞拉面面相觑，心里有着同样的疑问。他们可以为这辆车充电吗？这会不会比他们的摩托车更舒适？但也和往常一样，他们默默地选择不打扰亡者的沉睡。

即便是拾荒，也需要适可而止。

11

2051 年 12 月

在德特里克堡无窗的昏暗房间里，詹姆斯无比怀念埃默里实验室里宽敞的长椅以及窗外一览无余的校园景色。他恨不得把他的实验小组带到这儿来。但是，几个月过去了，他在埃默里带领的博士后团队，只能每周向他汇报一次研究进展，以此来勉强支撑团队的研究进度，系主任也不得不接受政府的模糊说辞——詹姆斯在国家安全项目上不可或缺。他只能被迫加入鲁迪·加尔扎的小团队，和鲁迪合住在位于哈珀斯费里的狭小公寓里，睡在凹凸不平的沙发床上。

他扫了一眼冷藏库中整齐排列的试管，里面装着同一种物质的不同变种。他戴着手套的手指在试管间来回跳动，最后挑出一个标记着"C-341"的试管。运气好的话，这就是可以抵御 IC-NAN 致命攻击的 NAN 序列。

破坏 IC-NAN 并非易事，到目前为止，尚未有感染者痊愈。IC-NAN 通过将自身插入基因转录过程上游的"启动蛋白酶增强子"，从而阻断基因转录，这意味着细胞将不再受基因控制而自主凋亡，它们会持续存活，覆盖整个肺部，并持续分裂至体内各处。

要阻止 IC-NAN 肆虐，唯一能借助的手段就是在人类的基因序列中，插入一个不容易被 IC-NAN 修改且具有不同增强子的新型蛋白酶。他们计划研制一种 NAN 气溶胶式解毒剂。气溶胶适用于自身给药，类似于哮喘患者使用的、由吸入器所产生的气雾。国防部投放 IC-NAN 时，采取的便是这种形式。鲁迪的团队已经开始了 NAN 解毒剂的合成工作，而詹姆斯目前的工作则是在建立和监测人类细胞培养模型的基础上，测试这些 NAN 解毒剂。

詹姆斯坐在长凳上小心翼翼地拿着试管。"我唯一的愿望就是我们可以加快这一进程。"他抱怨道。

"詹姆斯，我们得有耐心。"鲁迪回答，"众所周知，这种纳米结构不稳定，难以合成。我的团队之前花了三年时间完善 IC-NAN 的稳定性，我们甚至不需要进行副作用测试和动物试验，只要利用细胞来证实疗效。你一定要相信我，在短短两年时间内，我们已经取得了很大的进展。"

的确如此。对于 IC-NAN 来说，其存在的意义是杀死目标。但解毒剂需要保证安全有效，并且没有长期的不良影响。他们在培养的细胞中筛选了数百个候选 NAN。其中，五种被认为足够有效，可以开始进行灵长类动物试验，由波多黎各岛上一个僻静的实验室负责。不过，团队在排除副作用期间，消耗了很多宝贵的时间。所有的候选 NAN 中，只有一种向他们展露了希望——C-341。

这是一项艰难繁重的工作，也是一项事关人类的基因工程，成功的关键是需要在人们接触 IC-NAN 之前施以解毒剂，以减少日后的病患数量，并且之后还须定期服用。每个人都需要进行预防性治疗，除非人类进化到可以在 IC-NAN 中存活。NAN 解毒剂一直都有副作用，但在测试中，这些副作用并没有出现。理查德·布莱文斯上校低估了这一挑战的难度。事实上，上校阻止了研究小组之间的合作。詹姆斯很清楚，他能接触到的仅限于管理层希望他接触的一小部分。

詹姆斯关上冷藏库的门，转身面向他的同伴，"鲁迪，你真的认为他们在认真对待这个计划吗？"

鲁迪摸了摸头，"什么意思？"

"我看不出有谁担心试验结果。如果不统计有效的人体试验数据，那么解毒剂的效果就无法得到验证，又何谈扩大生产呢？如你所说，合成如此棘手，那我们要怎么为每个人提供足够的解毒剂呢？更何况，稳定的给药形式仍然有待研究。他们难道不明白……"

鲁迪脱下实验袍，仔细地将它挂在门边的钩子上，转过身，温柔地将手放在詹姆斯的手臂上，"正如我跟你说的，过去在推进 IC-NAN 项目时，我也有过同感——他们并没有认真对待。我甚至以为他们一定会取消那个项目。但是，当我们完成所有的试验时，我被告知他们已经开发出一个传播系统和一个生物反应器，准备扩大生产了。"

"有其他人负责这些？"

"没错。这些项目阶段都经过了仔细的拆分，不需要对方知道的信息绝不共享。我现在每天都在祈祷这个能够成功。我确信，政府会极尽所能来帮助我们。"

"但是，你也看到了有关古菌传播的最新预测。我们只有两年的时间来找到完整的解决方案，前提是我们真的能找到。"

鲁迪停顿了一下，似乎在酝酿他的回答，"这取决于你所说的'完整'究竟是什么意思。"他说，"必须承认，我一直很好奇……"

"好奇？"

鲁迪看了一会儿地板，然后正面迎上了詹姆斯的目光，"拜托，不要告诉任何人我和你说过这个，詹姆斯。但是……我听说了一些事情。我想……现在……他们意识到已经别无他法，只能保全选定的少数人。"

之后，詹姆斯跟着鲁迪回到了他们狭小的宿舍。他觉得四肢的力量在渐渐流失。他瘫坐在椅子上，盯着父母的照片——这是他从埃默里带来的唯一的个人物品。两年前，自从他坐在豪华轿车的后座上，十万火急地发出那条消息后，他就只能不断向他们证实一切都好。父母现在只知道他仍然在埃默里，仍然在参加教师晚宴，仍然在努力追求终身教职。

詹姆斯很想念父母，但自己与他们相隔千里，并且为无法回家无休无止地编造着借口。随着时间的流逝，他开始把事情埋在内心深处，这是不是和他们一直以来对自己所做的一样呢？

作为阿卜杜勒·赛义德和阿玛尼·赛义德的独生子，詹姆斯无时无刻不在感受着父母对自己的爱，但也敏锐地感受到他们和自己保持着距离。父母曾经关上门，用他从未学过的语言进行祈祷。詹姆斯的洗礼名是"克里斯蒂安"[1]，他的姓氏甚至和父母的都不一样。父母选择用英语来教他念"Said"这个单词，而不是像惠兰农场——父亲在这里当工头——其他人称呼他们的发音。"好吧，赛——义——德先生，"农场中其他人会将音调拉长，"你想今天就送货，还是等明天？"

---

[1] 克里斯蒂安与基督教的英文拼写同为"Christian"。

詹姆斯相信父母所做的一切都是出于对自己的保护。他们忠于自己的信仰，那是他们不可分割的一部分，但他们依旧煞费苦心地将自己与詹姆斯隔开。詹姆斯却不可能永远与父母保持距离，某些时候，他不得不直面隔阂，就像现在——他在德特里克堡中必须举起手臂接受各种检查……即便是鲁迪，有时对他也是欲言又止的。詹姆斯渐渐而又清晰地意识到自己被蒙在鼓里了，比鲁迪和其他研究人员更甚。对此，他不怀有期望。他在严密的政府安全网络领域工作，注定要接受额外的审查。

詹姆斯苦笑了一下。也许有一天，父母也同样不得不接受他现在保守的秘密——一场人为的瘟疫。虽然，他希望 IC-NAN 瘟疫永远不会蔓延开来，但随着时间的流逝，他更加确信，它会。他闭上眼睛，徒劳地想要将那些无辜受害者的身影抹去，因为他们看上去和自己的父母太像了。

詹姆斯伸出手，划开电脑屏幕。在等待会议开始的时候，屏幕上只有国防部徽标、美国鹰和它的十三星冠。终于，他听到了成功登录兰利的标志性的咔嗒声。他想象着电脑的另一端有一间黑暗的办公室，布莱文斯独自坐在一张小桌子旁，但随后传来了其他人低声聊天的声音。

"赛德博士，你在吗？"是上校的声音。

"是的，我在。"

"加尔扎博士？"

"在。"鲁迪的声音从相邻的隔间里发出。

"麦克布赖德博士？"

"我在。"这是一个女人的声音，陌生的女人。她模糊的身影出现在詹姆斯和鲁迪的屏幕底部。

"很好，那我们现在开始。"

徽标消失了，取而代之的是现场图像。五个人围坐在桌子旁——布莱文斯上校和另一个个子更高、长着硕大方形肩膀、穿着军装的人，一个娇小的红头发女人和她身边肥胖的圆脸男人，他们都穿着商务套装，看起来隐约有些面熟。第五人是……伊琳娜·布莱克，美国副总统。

"今天兰利来了一些客人，"布莱文斯说，"约瑟夫·布兰肯斯将军，中央情报局局长。"穿制服的高个子男人举起了一根手指示意。"亨利埃塔·福布斯，国防部部长。"另一个矮个子女人对着镜头挥了挥手。"萨姆·洛伊茨基，国家情报总监。当然，还有你们都认识的，副总统。"

詹姆斯盯着屏幕。这不是简单的定期汇报，高层应该已经做出了什么决定。他看着布莱文斯转向其他参会的人，"今天和我们在线上通话的是来自德特里克堡的鲁迪·加尔扎博士和詹姆斯·赛德博士，以及旧金山普雷西迪奥研究所的罗斯·麦克布赖德上尉。"

在兰利的房间里，萨姆·洛伊茨基向前欠了欠身体，"女士们，先生们……"他顿了一下，清了清喉咙，松开领带，"首先，我要感谢大家一直以来的努力。我知道这绝非易事，并且你们已经竭尽全力。"

"但是……"詹姆斯低声地自言自语。但是什么呢？他能感觉到自己的脉搏剧烈跳动到几乎要冲破脖颈。

"我们会接手你们已经开始的工作。现在，你们每个人都将得到一个新任务。加尔扎博士？"

"是什么？"

"你将负责对备选解毒剂开展人体试验。在确定最优选择之后，我们会集中精力进行研发。"

"但是……"詹姆斯情不自禁地脱口而出。

"怎么了，赛德博士？"布莱文斯上校直勾勾地盯着镜头，似乎想要透过屏幕直视詹姆斯的眼睛。

"在没有筛选受试者之前，怎么进行人体试验？"

"我们有志愿者。"布莱文斯说。

"是谁……"

"这不是你该操心的。"布莱文斯打断他。坐回座位时，他一向红润的脸更加泛红。

"赛德博士？"又是萨姆·洛伊茨基，"您将被分配到一个新项目中，工作岗位也会重新调整。"

"在哪儿？"

"新墨西哥州，洛斯阿拉莫斯[1]。"

"新墨西哥州？但我……"

"埃默里大学已经得到了相关通知，您将在一小时内获得有关新项目的情况。我们感谢您的工作。"

詹姆斯坐回座位，错愕不已。

"麦克布赖德上尉？"洛伊茨基接着说。

"在。"扬声器中传来新来的女人的声音，几不可闻。

"你在普雷西迪奥的工作可以一如既往地进行，布莱文斯上将会告诉你新任务的详细情况。"

"谢谢，长官。"

詹姆斯感觉自己瘫倒在椅子上，手臂无力地垂在身侧。布莱文斯上将？布莱文斯是什么时候晋升的？又是为什么晋升？

12

会议室里的人都已经走光了。里克坐在椅子上，松开领带。汗水浸湿了他的衬衫衣领，他的右腿因为假肢的疼痛而不断颤抖着。他从口袋

---

[1] 即洛斯阿拉莫斯国家实验室（Los Alamos National Laboratory），隶属美国能源部。

里摸索出一个小塑料瓶。过去的几个月里，因为腿部的疼痛，他不得不重新开始吃止痛药。但为了在今早的会议上保持清醒，他决定会议结束前不吃止痛药。

他揉了揉眼睛。现在吃的药只是为了缓解身体上的疼痛，那些在战场上留下的精神创伤早已愈合。他静静地等待着止痛药发挥作用，突然，他想起了罗斯·麦克布赖德，想起了他们的第一次见面，以及在那之后的每一次见面。

罗斯·麦克布赖德被提拔为上尉之前，里克对待她和对待其他任务没什么不同。他私底下调查了罗斯所有的信息。她在哈佛大学取得了心理学学士学位，随后开始了军事生涯——为心理战提供建议，并曾为战俘进行过心理评估。她回国后在普林斯顿大学取得了计算机科学硕士学位，专攻网络安全方向。印象深刻！作为"阿富汗网络行动"的一部分，她对错综复杂的秘密通信网络进行不懈的调查，最终抓获了代号"佐勒菲卡尔"的一名臭名昭著的恐怖分子。令人意外！

再后来，里克遇见了她。他闭上眼睛，想象着她的脸、她的一举一动；想象着她在对一系列看似不相关的发现进行总结，将无聊的数据鲜活地展示给其他人时，在空中划过弧线的那双柔软又富有表现力的手；想象着她那反射着屏幕光线、炯炯闪光的蓝绿色眼睛。

罗斯说自己四处漂泊，就像一株没有根的植物，但她是里克见过的最理性克制的人。她知道自己是谁，也知道自己在做什么。她看透了一切事情的本质。当她看着里克时，里克确信她也在直视着自己的内心。

里克试图弄清自己对罗斯的情感。罗斯让他产生了一种感觉，好像自己是一本打开的书，等待着被人阅读。他在战场上和精神病学人员打过交道，解析别人，这是他们的第二天性。但这次不同。罗斯没有盘问过他，也没有质疑过他。然而在罗斯面前，里克身上那道连自己都没有意识到的防线，早已分崩离析。自从遇见罗斯，他感觉每天早上在镜子里看到的脸都不一样了——一张是他不得不忍受的脸，一张是他渴望成为的人的脸。

里克握紧拳头，他知道自己对罗斯·麦克布赖德的感情越来越无法自持，但罗斯是下属，并为他进行着一项敏感的任务。即便只是在脑海中想象与她发展情感关系，也违背了军校向他灌输的每一条军事道德准则。必须控制自己！

尽管如此，里克仍然决定提拔她。到目前为止，罗斯已经让这项任务变得顺手不少。她凭借在大数据方面的专业知识，为追踪全球受感染的泉古菌门物种做了不少工作。她整理了来自各个国际卫生机构的众多信息，协调部署小组，收集了供德特里克堡进一步调查的样本。里克不必告诉她太多。她习惯了秘密行动，也不是一个不断抛出问题的人。她对细节的掌控是无可挑剔的。不过，她的发现已经宣示了等待着他们的厄运，她很清楚地证明了细菌的传播速度远比最初预测的要快。在过去九个月中，国防部已经证实了她的预测。

正因如此，里克告诉自己，他应该劝说罗斯来负责普雷西迪奥的重启委员会。到目前为止，她的工作堪称典范。罗斯通过提供适当的激励措施，并保证入驻新社区的人将受益，从而说服了坚守在中心指挥所的人们搬迁到了位于旧金山市中心不太理想的办公室。

现在，洛斯阿拉莫斯正在进行"新黎明计划"，里克也会让罗斯参加，并且是毫无保留地参加。这一点至关重要，因为只有团队中的人才有机会得到解毒剂。房间里只有里克一人，他可以大方承认自己希望罗斯得到解毒剂。

里克在通讯控制台上输入了罗斯的号码，电话马上就接通了。

"恭喜您，上将。"罗斯说。

"你说什么？"

"听说您晋升了？"

"哦……是的，谢谢。不过是准将军衔……只有一颗星[1]……"里克沉默了，想了想说，"麦克布赖德上尉？"

"如果您愿意的话，可以叫我罗斯。"

"罗斯？呃……"

"您要告诉我有关另一个任务的事情吗？"

"是的，它可以更好地发挥你的才能。计算机编程相关……但我认为最好当面向你解释。"

"需要我去华盛顿吗？"

"不用，我希望明天可以在洛斯阿拉莫斯的艾博中心和你见面。你能在下午 4 点前到那里吗？"

"可以……我能赶早上的第一架航班，如果您允许的话。"

"很好，"里克坐下来，他的心跳有点儿快，"很好。我会给你发送航班详情，会有一辆车送你到机场。"说完，他切断了通话，他的食指在控制台上的红色小图标上停留了一会儿，然后，他摇了摇头，拨通了詹姆斯·赛德的安全号码。

"怎么了？"电话中清晰地传来赛德的愤怒。

"对不起，"里克对着电话喃喃地说，"我不想吵架，当着……"

"我明白，但现在你能告诉我发生了什么吗？我为什么要去洛斯阿拉莫斯？"

"细菌的传播速度比我们预想的要快。你知道的，解毒剂不够……"

"我们还不能确定这一点。"

"我们能确定。即使我们可以拯救少数人，但我们都知道，没有时间拯救全世界。"

一声深沉的叹息从线路的另一端传来，"好吧，所以你让加尔扎博士和他的团队在没有我参与的情况下推进解毒剂项目。但你为什么要

---

[1] 准将（brigadier general），美国陆军的一种职衔，佩章为一颗星。

把我派到洛斯阿拉莫斯？还有什么会比我在德特里克堡进行的工作更重要呢？"

"我们需要造一些孩子。"里克说。

"孩子？"

"能够免疫病毒的孩子。这也是你被派遣到前线的原因之一。"

"前线？"

"赛德博士，我可以对你说实话吗？"

"说吧。"

"我最初强烈反对你加入我们的团队，因为我认为在 NAN 项目上我们已经有足够的人手了。但现在我发现，即使是我，也没有窥知事情全貌。"

"事情全貌是指？"

"在德特里克堡，布兰肯斯和团队一直有另一个计划，一个后备计划。他们确信，根据你以前的研究，你会知道如何做到这一点。"

"但是……你指孩子吗？谁来抚养他们？谁会喂养他们？"

"我们正在努力。"

"幸存者吗？服用解毒剂的人？会由他们来……"

"赛德博士，我也不知道。我们不知道是否会有幸存者，但我们需要掩蔽所有的基地，还需要寻找替代方案。明天下午在洛斯阿拉莫斯会有一场任务报告会，明早 7 点，军用飞机会去接你，你将通过安全连接接收详细信息。现在你只需要收拾好过夜的东西，其余的事情可以到那儿之后慢慢整理。"

里克俯身切断了电话。现在没时间回答问题，再说，他自己也没有答案。孩子。他试图转移注意力，不去想那些即将生活在这个充满着剧毒的时代的孩子们。

13

2064 年 6 月

当太阳升到正空时，他们终于找到了公路，接着左转经过一排高耸的平顶山。凯觉得这些平顶山就像他在罗西的舱口屏幕上研究过的、深夜在海上闪闪发光的船只。但是，随着海拔上升，他很快意识到，他们就处在一座平顶山上。前方的道路越来越窄，两边的土地在狂风中下沉成为广袤的沉积区。

突然，塞拉停下摩托车。

凯放下望远镜，"怎么了？"

"路太窄了，母体过不去。如果我们要继续向前走，就不得不暂时脱离她们。"塞拉回答。

凯回头看着罗西。

"是的，"罗西的声音在他的脑海中回响，"她说得没错。"

"好吧……"凯摘下面罩，用手背轻轻擦了擦嘴唇，尝到一股咸味，接着提起肩带上挂着的水壶喝了几口水。他们已经走了这么远，现在真的没有回头路了。"罗西……如果我们继续向前走，你可以密切追踪我的信号吗？"他问。

"我会监测你的动作和生物信号，"她答道，"如果接近限制范围，我会提醒你的。"

塞拉加大摩托车油门，凯的视线越过她的肩膀看着前面的路。宽阔的大道已经变成一条羊肠小径。凯能做的就是继续把目光转向两边，仔细搜寻下方那些参差不齐的缝隙，努力寻找水的迹象。这一举动不仅危险，而且似乎毫无希望。

突然，塞拉停下来，看着她的左边。"那里！"她说着指向远处广阔洼地边缘的一个又小又黑的东西。

凯伸长了脖子，在明亮的阳光下眯起眼睛仔细地看。这一瞬间，他忘记了口渴，忘记了对坠落的恐惧。"那不是水，它看起来像……"

"是一个人，对不对？"塞拉急切地说，迅速翻身下车，以至于差点儿把摩托车弄翻。她踮着脚尖跑向小径的边缘。"也许是另一个孩子？但是我们怎么下去？"

凯屏住呼吸，死死地盯着远处一动不动的轮廓。而后，他眯起眼睛，透过双筒望远镜仅剩的一个镜头看过去。从体形上来看，确实像人类。凯向右边扫视，在一处像洞穴的洞口附近，有个母体一动不动，他的心猛地跳起来。

"我们可以飞下去。"塞拉建议道，接过了望远镜。

"我们不能吓到他，不管那是谁。"凯说。

塞拉看着下面，估算着距离。"我们可以在南边平坦地区的大岩石后面降落，然后徒步接近他们。"

"好。"凯表示同意。

凯能感到心跳在迅速加快，他跑向母体，爬上她的防护舱。阿尔法 -C 将满是灰尘的摩托车轻轻地放在公路上，然后让塞拉爬上她体外的阶梯。"啊，妈妈……"在阿尔法 -C 对摩托车不理不顾地站起身时，防护舱中传来了塞拉的大声抗议。

在巨大的碎石堆中，两个母体离开地面，飞向空中，在目标地区上空盘旋。凯重新搜索地面，再次定位那个小小的黑影。就在那里——一头光滑的黑发、瘦弱的肩膀，穿着一件外衣。确实是个孩子。但是，尽管头顶上方喧嚣嘈杂，那孩子仍坐着不动。他的脊背挺直，纤弱的膝盖像鸟的翅膀一样向两边伸出。

一阵寒意涌向凯。那只是一具冷冰冰的尸体吗？

"他还活着吗？"他问罗西。

"他的体温是 35.5℃。对于人类来说，这是正常体温。"罗西答道，颠簸着落在一块平坦的花岗岩上。

这是一小片被石林包围的空地。

凯滑下罗西的梯面。

塞拉已经在地面上了。"这边。"她领着凯沿着两块石头之间的一条狭窄的小路前进。

但是，当他们绕过一个弯后，塞拉突然停下来。凯盯着塞拉。那个孩子在大约只有 6 米远的地方背对着他们。

"看那儿……"塞拉喃喃地说道，她颤抖的手指指着一堆看起来像小石头的东西，离那个一言不发的孩子只有几米远。

凯眯起眼睛，看到了一个古怪的东西在石头和泥土之间不停地活动。那不是一堆石头，而是一条丰满的棕蛇。它停在孩子旁边，颈部向外扩张，整个身子拱成弓形。但是，在他们左边大约 15 米远的地方，孩子的母体和她照管的孩子一样，一动也不动。

"我的母体告诉我永远不要杀一条蛇……但是，为什么他的母体不做些什么呢？"塞拉低声说。她的手滑到身侧，摩挲着腰带上的刀子。

蓦地，那孩子站了起来，把凯吓了一跳。这是一个男孩，至少和凯一样高。当男孩转身面对他们时，蛇爬进了稀疏的灌木丛中。

"怎么……"塞拉喃喃地说。

凯也目瞪口呆。一个和蛇交朋友的男孩？他有着古铜色的皮肤，茫然地看着凯，或者说他们，没有表现出任何认识他们的样子，也没有表现出任何惊讶。他转身稳步走向他的母体，然后消失在母体身后的洞穴中。

塞拉呆呆地站在原地，凯走过她眼前，跟在男孩身后，将目光投向洞穴和那个"哨兵机器人"。母体身形太大，不能进到洞穴里，但她尽可能地靠近洞穴的入口。凯从她身边溜过时，并没有受到阻拦。

洞穴很小，从入口到后壁大概只有三米远。当眼睛适应黑暗后，凯辨认出了地板上的陶片，以及树枝闷烧发出的橙色火光。男孩坐在火光边，凯小心翼翼地接近他。

"没错，我明白了，还是和以前一样。"男孩低声对他的母体说。

"你好？"凯试探着说，但男孩没有注意到。

"妈妈，你对我说这是个安全的地方。"男孩喃喃地说，"你说总有一天，会有人顺着这条路找到这里。但是没有人来。现在纳加告诉我，或许有一天，我们不得不离开这里。"

"你好？"凯的声音在昏暗的洞穴中回荡。

塞拉走到了凯的旁边，又向男孩的方向迈进了一步。虽然他们都在男孩触手可及的范围内，但男孩仍然没有做出任何反应。凯看到男孩紧握着双手，身体前后摇摆，喃喃自语着什么。他说的是另一种凯听不懂的语言。

"你还好吗？"凯低声说着，伸手去摸男孩的手臂。他本以为什么都摸不到，但手切实地落在了温暖的皮肤上。他感受到了男孩缓慢而稳定的脉搏，那是一种出乎意料的感觉。"醒醒，"他低声说，"醒醒。你做梦了。"

男孩抬起头来，睁大了眼睛，那双眼睛中闪烁的光芒，像是恐惧，又像是希望。他伸出瘦弱的手指，触摸着凯的外衣袖子，然后将衣服攥在手中。泪水顺着他的脸颊滑落下来。"真的，"他喃喃地说，"你是真的……"

凯谨慎地看着周围的灌木丛。他们在洞穴外燃起篝火，几小时前，蛇就近在咫尺，气势汹汹地高昂着头。现在，男孩坐在凯的对面，凝视着火光。他说他叫卡玛尔。

"你现在感觉好些了吗？"塞拉问。

"是的，我很好。"卡玛尔微笑着回答。

凯也笑起来。他们从附近的山坡上采集了很多仙人掌。此刻，仙人掌深色的汁水正从凯的下巴上流下来。塞拉把籽吐到火中，她和凯原本打算猎点儿什么作为晚餐，但这个和蛇安然地坐在一起的男孩可能不会赞成。

卡玛尔羞怯地盯着他们俩，"对不起，"他说，"我的母体教我冥想，她告诉我这对纾解孤单寂寞有帮助。但是……醒过来变得越来越难。"

"那个把戏真不错，"凯说，"耍蛇的把戏。"

"把戏？"

"你不记得那条蛇吗？"凯盯着男孩。

"我记得，"卡玛尔平静地回答道，"但它不是用来杂耍的。它是我的朋友——一个信使。"

"一个什么？"

"你们能找到我简直是奇迹。"卡玛尔没有回答凯，"时机再合适不过了。"

"什么时机？"

"那条蛇守护着沙漠中最大的宝藏——水。它带我找到了泉水。"卡玛尔伸手从高处取下灌满了泉水的瓶子，"但它今天告诉我，情况很快会有变化。水太少，风太大，已经持续好几季了。我们可能无法继续住在这里了，因为即使是泉水也会干涸。"

"还有冷凝塔……"凯说。

"灰尘吸收了冷凝塔收集的水分，然后灰尘也被风吹干了。更何况，塔楼自身正在慢慢塌陷。"

"你说得对。"塞拉说着皱起眉头，担忧道，"但阿尔法从来没有说过任何关于离开沙漠的事情。话说，你的母体同意你和蛇交朋友吗？"

"不知道，"卡玛尔坦言，"贝塔说她没有足够的数据来支持这一结论。"

"需要什么样的数据？"塞拉朝凯瞥了一眼，看起来凯也没有理解。

"我必须信任我的母体，"卡玛尔说，"她就是我的孟加拉榕树。"

塞拉俯身，"你的什么？"

"在印度传说中，孟加拉榕树是神树。它的枝丫就像蛇一般伸向天空。它的根可以形成一片完整的森林。贝塔就像那棵树，就像一座遮风挡雨的房子。她能保证我的安全。"

凯看着卡玛尔的母体，一丝新月的亮光映在她破旧的舱盖上。某种程度上，她不同于罗西和阿尔法-C，就像他自己不同于卡玛尔和塞拉一样。"你刚刚在大声地跟她说话，"凯说，"在洞穴里的时候。你们讲的是什么语言？"

"我的母体教了我印地语，"卡玛尔回答，"还有英语。她说保护语言很重要。"

"但她也会在脑海中跟你说话，对吧？"

"在我冥想的时候，她是一个人，待在我身边。和你一样真实。"卡玛尔说，"但是，没错，她也会在脑海中跟我说话。贝塔是我，我也是她……你们用同样的方式和你们的母体说话，我明白。"

"我们都这样。"

"这是我们的天赋。"

凯看着篝火中燃烧着的最后一根树枝。火很快就会熄灭。

塞拉伸长双臂，打了个呵欠，"真是漫长的一天……"

哈欠具有传染性——凯几乎睁不开眼睛了。"我们休息一下吧，"他附和说，"至少现在我们有三个人。相信我，卡玛尔，你在这里找到的人比我们在其他地方找到的都要多。"

夜风袭来，搅起滚滚尘土。凯帮着塞拉把火熄灭，然后向罗西的防护舱走去。当他爬进去时，看见塞拉朝着那辆弃置的摩托车投去热切的目光。他们必须尽快取回摩托车，否则他们不知道它会有什么样的结局。

凯关上舱盖，蜷曲在座位上。他把毯子拉到肩膀上，试图为双腿腾出空间。"你在长高。"罗西说。

"是的。有什么办法调整一下座位吗？"

"很简单，如果你愿意，我可以告诉你怎么做。"

"罗西，你觉得卡玛尔是对的吗？"

"他说目前的供水受到影响？"

"是的，我们将不得不离开沙漠，对吗？"

"我现在还没有足够的数据证明这件事。"

"不管怎样，接下来我们要去什么地方？"

"这不能确定。我没有坐标。"

凯扭动着身体，把膝盖卡在控制台下。

"你现在觉得舒服多了。"母体的声音在他心里柔和地响起。

"是的……"他听着罗西的夜曲，呼吸声和罗西处理器的嗡嗡声一同响起——罗西正在运行诊断工具检查系统。

贝塔是我，我就是她。卡玛尔说。

"我是罗西，她就是我。"凯心想。

他的母体感受到了他的情感，听到了他的想法。即便是在梦境中，罗西也在他的脑海中和他说话。凯也和罗西说话，虽然不用说出来。

自从结识了塞拉，凯就认为自己和母体之间的纽带是理所当然的。但到了晚上，当他独自一人时，一个强烈的想法出现在他心中——他不知道自己将去往何处，以及罗西来自何处。

14

2052 年 5 月

下午晚些时候，在普雷西迪奥昏暗的办公室里，罗斯·麦克布赖德正在休息。她用指尖按摩着太阳穴。"新黎明计划"——有时，她希望自己从来没有听说过这个名字。因为对于他们来说，"听说"就意味着得知一切。

其实从 2049 年 12 月起，罗斯就参与到了这个项目中。但她一直处在外围，没有办法得知更多信息。她花了一年多时间追踪那些神秘的细菌，在那之后的九个月里，一直就普雷西迪奥的非政府居住者的搬迁问题进行谈判。这期间，她都没有做好准备应对六个月前在洛斯阿拉莫斯会议上才了解到的真相。她知道，生活在地球上的人类正面临毁灭；她知道，她的工作是设想未来会发生什么；她知道，如果她关于古菌的传播不可阻挡的预测是真的，"新黎明计划"将是自己最后的一次任务。

训练军用机器人正确地照顾世界末日后的新生儿，这并不是普林斯顿大学课程中的一部分。整个想法是如此荒谬，以至于项目的规模和难度都在不断升级。不过，里克·布莱文斯选择罗斯带领团队进行高级程序设计是正确的，因为她无法让自己停止思考和设想。罗斯将这个程序称之为"母体代码"，这是一套旨在将母性的本质进行数字化处理的计算机代码。代码带来的挑战将罗斯从舒适区拉出来，把她投进另一片未知的领域。罗斯从未做过母亲。而且，和往常一样，她总是被恐惧所困扰。她在害怕，她担心某一天母体代码不得不投入使用时，她会让那些需要它的人——在新世界手无寸铁的孩子——失望。

与罗斯不同的是，这个项目里的大多数参与者对这个项目的前因后果一无所知。对麻省理工学院的合作者来说，这是一个令人神往的机会，一个可以参与到资金雄厚的政府主办的人工智能领域项目的机会。除了洛斯阿拉莫斯的主管肯德拉·詹金斯之外，这里的机器人调试员们也都是这么想的。在晋升为洛斯阿拉莫斯安全主管之前，肯德拉曾负责处理机器人的基本功能，也就是编写指导机器人行动的代码。罗斯的母体代码则是基于这些代码编写的。母体代码是一个复杂的程序，不仅能指导机器人如何去做，而且要对每个操作背后的原因进行规范。

项目开始没多久，罗斯就意识到，她不能凭空创出一个母体的人格。她需要一个模型。

手腕上的通信器嗡嗡作响。

"麦克布赖德上尉？"通信器中传来楼下接待室的接待员的声音，"你预约的客人到了。"

"让她上来。"

一个身高大约一米七、身材中等的女人走进罗斯的办公室。她红褐色的头发紧紧地梳成一个发髻。她凝视着罗斯的眼睛。她是训练有素的战斗机飞行员，举止严肃、庄重、利落，且稍显咄咄逼人。"诺瓦·苏斯奎特瓦中尉报到。"年轻女子说道。

"坐吧。"罗斯指着桌子另一边的小椅子说。

诺瓦坐下时脊背直挺，罗斯意识到自己应该调整一下坐姿。

"有人和你说过我们的项目是怎么回事了吗？"罗斯问。

诺瓦盯着杂乱的办公室，似乎认定这绝对不是一名医生的办公室。"我听说，这可以保存我的卵子以供未来使用？"

"这是我们的目的之一，"罗斯谨慎地说，"但不仅仅是这样。这个项目还涉及人格信息搜集……"

"是的，"诺瓦说，"没错，理当如此。我的指挥官告诉我，在我正式参与这个项目之前，会受到一些非常严格的审查。"

"是的，"罗斯说，"这是一个敏感任务，保密性高于一切。你的任务存在很大的风险，我们需要确保你已经准备就绪。"

"我准备好了。"诺瓦急切地向前挺身，然后，几乎难以察觉地，她的目光缓和下来。"我准备好了。"她重复道，几乎是自言自语。

罗斯没有动，脑子里还在想着她的脚本程序。"在接下来的几天里，你会接受一系列测试。"她看到诺瓦的眉头紧皱，迅速补充道，"没有什么困难，我们只是在……尝试一些新的东西。我们正在为一项长期研究收集数据，研究涉及某些……个性特征，还有其对战场带来的压力的后续反应。"她看着诺瓦的脸，但只看出了一些轻微的困惑，"我们已经通知了你的指挥官。你需要去波士顿的麻省理工学院，他们将对你进行一系列的录音采访，以及进行一些身体测试。"

"然后你会采集我的卵子，对吧？"诺瓦问。

"没错。实验的这部分会在退伍军人事务处医疗中心进行，就在……"罗斯翻阅着她桌上的一些文件，"在凤凰城，没说错吧？靠近你目前驻扎的地方？"

诺瓦在座位上换了换姿势，"麦克布赖德上尉，我可以和你说实话吗？"

"当然。"

"请不要误会。我想去执行这个任务，但是我……我很担心。我不担心才是不正常的，对吧？"

"当然，我理解。"

"如果我在……人格测试中表现出担忧……他们会让我停止参与吗？"

罗斯目光柔和，与这名年轻的军官进行着眼神的交流，"在这种情况下，对这次任务感到担心是完全正常的。但是……有什么特别困扰你的地方吗？"

诺瓦的双手在膝盖上揉捏着。"也不完全是这样，那个……我的母亲……"

"她病了吗？"

"不是，她比公牛还要健壮。只是……她真的不想让我去。她甚至不想让我加入空军。她说……这不是对的时机。"

"我想没有什么时机是对的。"

诺瓦的脸唰地红了，"我应该解释一下……我是霍皮族[1]人。我的家人住在亚利桑那州的保留地。我父亲一年多前去世了。但是，他生前

---

[1] 霍皮族是美国联邦政府承认的一个美洲原住民部落，主要生活在亚利桑那州东北部的霍皮族保留地内。

是一名牧师。"

"一名牧师？"

"不是天主教神父那样的牧师……是一种巫师，我想你们是这样称呼的。他的工作是让我们与过去保持联系，并且预测未来可能发生的事情。他和我母亲说过，有什么事情要发生。"

罗斯将身体前倾，感觉到自己的脉搏在加快，"什么事情？"

诺瓦皱起了眉头，"我应该从头开始说。"她深吸了一口气，"我从小就知道这个故事。"她说，"事情发生在我八岁时，在我们村里的尼曼典礼 [1] 上。这个仪式标志着自冬至以来一直生活在地球上的克奇那 [2] 回到他们在灵界的家。当亡灵们回到家中，他们会告诉雨族，霍皮族人生活得很好，并要求他们用雨水回报农民。"诺瓦的脸再次红了起来，"我知道，这听起来有些荒唐，但这个传说对我们族人意义重大。"

罗斯笑了笑，"我们都有这样或那样的信仰。请继续说下去。"

"那次，我父亲和参与祭祀的其他人在典礼集会室待了几天，就像以往一样。他们禁食、抽烟、祈祷，进行他们所有的秘密仪式，并且制作了帕霍羽毛 [3]。"

"帕霍羽毛？"

"一种用于祈祷仪式的羽毛，来自老鹰。不管怎样，我父亲早上出门的时候，已经准备好祭祀了。他走到平顶山的边缘。就在那时，他看到了它们。"

"看到了谁？"

---

[1] 尼曼典礼（Niman ceremony），是霍皮族的宗教传统，在夏至之后举办，为期十六天，是霍皮族人家庭与远离村庄的家庭成员团聚的日子。

[2] 克奇那（katsinam）指北美印第安霍皮族宗教上百种神灵中的任何一种，也代表神灵的舞蹈扮演者或是印第安人偶。这里指神灵。克奇那是北美霍皮族印地安人所崇拜的神以及精神领袖。

[3] 帕霍羽毛（Paho）是霍皮族人祈祷用的羽毛，霍皮族人将老鹰视为圣物，帕霍羽毛通常由鹰的羽毛制成，也可以使用其他经过纯化或祝圣过的羽毛。

"它们在飞，在空中飞得很高。起初，他以为那些是老鹰。但是，他说它们看起来更像是巨大的昆虫，就像霍皮族传说中的第一世界的居民。它们带着金属的光泽，是银色，但在阳光下却变成了粉色。他觉得那可能是克奇那，正要飞回自己的家。但它们为什么会在跳舞前离开呢？他开始担心。"诺瓦朝窗户望去，阳光照亮了她棕色的眼睛，"父亲一回到家，就发了高烧，却怎么也睡不着，甚至无法参加仪式结束后的舞会。他确信，不管这些生物是什么，如果它们永远地离开我们，如果它们再也不回来，那就意味着结束。"

"结束？"

"一切的结束。地球上所有人类生命的结束。它们必须回来，让事情重回正轨。"

"你相信他说的？"

"很长一段时间里我都相信。我还做过有关他所说的'银灵'的噩梦——它们飞走了，只留下我们，无一生还。但后来，我知道了飞机的存在。我的一个表哥经营着一家驾驶旅游飞机的公司。我十二岁的时候，他把我带上飞机，之后我就再也不把父亲的话放在心上了。我确定，我父亲看到的是一些飞机，也许当时是正在训练战斗机编队，仅此而已。加上他当时的精神状态——饥饿、口渴，满脑子都是亡灵……不管怎样，他再也没有见过那样的景象。在他去年去世时，我想……"

"他错了吗？"

"是的，我想他只是活在梦里。但我母亲仍然深信不疑。即使现在，她还在等待那些亡灵回家。她说我离开是不对的。我太重要了。"

"为什么？"

"因为我的父亲在他去世之前还和她说了一些其他的事情。他说末日就要到了，但不是我们家庭的末日。末日之后，亡灵将回到平顶山。我们的工作是守在那里，等待它们。"诺瓦停顿了一下，低垂着目光。她叹了口气，好像做出了一个决定。她在制服的领口内摸索着，抓住一条链子并解开。那是一条细细的银链，上面挂着一个类似十字架的东西。那是个女人，她的手臂张开，翅膀上稀疏的羽毛在两侧垂下来。女人银色的头发在身后飘拂，下巴明显地向上翘起。"你能为我保管这个吗？"诺瓦问，"这是我的母亲给我的，但我不可以把它带去我要去的地方。"

"不可以带去？"

"我不能承担任何失去它的风险。你能替我保管，直到我回家吗？"

罗斯不负责教育数据库的管理，那是肯德拉的职权范围。肯德拉也得到了严格的禁令，不得接触任何有关 IC-NAN 的信息，虽然 IC-NAN 是如今进行"新黎明计划"的根本原因。但罗斯从和诺瓦的交谈中提炼出了一个从一开始就困扰着自己的问题——如果离开了传统的养育模式，你是谁？每个母体的孩子需要的不仅仅是食物和水，不仅仅是教育，也不仅仅是安全的养育，以及将他和他的同类团结在一起的使命感。他们还需要一种知道他们自己来自何处所带来的安全感。无论用什么方法，她都要将这一点编入代码。

罗斯打开书桌抽屉，将一条带着细长链子的项链抽出来。项链精美，也很结实，就像诺瓦一样。这个年轻的女人，她是如此坚强，如此充满活力，如此深根于她的文化。那个部落生活在亚利桑那州东北部的沙漠中，被大多数人所遗忘。这个家庭的故事，这个历史的故事，一个梦见自己女儿无人知晓的命运的母亲。罗斯从未真正认识过自己的母亲，母亲在她三岁生日刚过时就去世了。当然，父亲刘易斯·麦克布赖德还健在，但他是一个安静内省的人。有时，她觉得自己没有归属感，从小到大都在军营长大，却又在漫无目地寻找着一个家。

诺瓦在罗斯的名单上获得一席之地之前，就已经通过了空军的所有体能和心理测试。在得到罗斯的批准后，诺瓦将在下周前往波士顿，与巴维·夏尔马见面。巴维在麻省理工学院的实验室里，试验人员一直致力于通过简单的编程，使机器人可以与人互动并照顾人。巴维的任务是要尽其所能提炼出诺瓦的精髓。诺瓦的声音、温和的鼻音，都将被合成为其中一个母体的声音。她的记忆，她曾经认识的人和地点，都将不复存在。但她的信念，她看待周围世界的方式，将得以保留。

巴维说，遵循布尔逻辑对机器人进行编程只需要满足一点：如满足一定条件，符合一定逻辑，则执行一定的命令。然而，在编程中加入截然不同的个性，即使一个人不同于其他人的思维、感觉和行为特征模式的差异，这是一个全新的挑战。尽管如此，巴维向罗斯保证，捐赠人的个性可以被模仿，至少表面上看是这样。在"心理分析实验"的幌子下，志愿者们将在一个没有外界刺激的房间里，在生物监测器的监测下记录他们的生活经历。并且，他们将接受巴维"100 个问题"的测试。这些问题旨在区分志愿者们不同的人格类型。从录像中收集到的人类母亲们不同的言语模式和举止，将与所有的数据一起，传送到每个机器人的学习程序中。虽然这些数据是有限的，但对罗斯来说，这是母体代码的核心。只有这样，才能将不同母体区分开来，并赋予每个孩子独特的个性。

罗斯叹了口气。这个秘密计划给她带来了前所未有的压力——事实上，在研究所那些无论能否加入项目都受监督的女人们，那些梦想着将灵魂封装进代码的女人们，都对她的意图一无所知。她们以为，这只是在执行一项危险任务之前进行的一次众所周知的人格分析。

罗斯的思绪转向里克·布莱文斯。华盛顿现在已经过了 5 点，但罗斯仍在等待着里克的回电。她突然笑了。自从六个月前的调任以来，自从他们在洛斯阿拉莫斯面对面交谈以来，他们的关系就变了。那次正式会面后，里克请她出去吃饭。里克说，他一直在等，等着把罗斯带进了解 IC-NAN 事件始末的圈子里，在他确保自己可以让罗斯安全无虞之前，他不愿意靠她太近。现在她知道了，自己一直感觉到的二人之间的紧张情绪，不仅仅是相互崇拜的感情，而是真实的爱慕之情。

罗斯桌上的电话嗡嗡作响。她清了清嗓子，按下按钮之前，把一缕乱糟糟的头发别到耳后。"我是麦克布赖德。"

"罗斯，是我。"罗斯红着脸，向前俯身。她想象着里克独自在他的办公室里，想象着他那宽大温和的脸庞，想象着他强壮有力、让人安心的手正平放在他面前的桌子上。

"里克，你好。很高兴听到你的声音。"

"我也是。我收到了你的消息。"

"是的。对不起，我之前打电话时有点儿紧张。不知怎么的，今天早上的会面……让我心绪难平。"

"发生了什么事？从头开始讲给我听。"

"是一个飞行员，叫诺瓦·苏斯奎特瓦，霍皮族人，将被派往叙利亚。她给我讲了个故事……"

"一个民间故事？"

"似乎不仅是民间故事，是他父母透露给她的信息。她的母亲告诉她，这就是需要她安全回家的原因。"

"然后呢？"

"根据这个故事，地球上有事情要发生，人类生命将要终结。"

"是的，但这是一个稀松平常的题材……"

"根据这个故事，诺瓦的家人被选中延续下去。他们会活下来。她甚至说了一些关于会飞的'银灵'的事情。据说她父亲几年前见过。他怎么能……"

"这些都没什么大不了。不过当我听到你的消息后，我让加尔扎博士检查了基因数据库。我们已经筛选过霍皮族人，以及我们可以想出的所有其他民族的人。没什么特别的发现，他们没有特别的抵抗力。"

"但赛德博士提醒我们注意内含子——沉寂的 DNA。"

"那不过是另一个民间传说。"

"但科学是真实的。人类基因组中有很多沉寂的 DNA，包含很多残余的信息。赛德博士坚持认为，地球上可能有一些人拥有度过这次危机的适当序列，只是需要一个刺激来激活它。霍皮族人和他描述的那种东西完全匹配——尽管与部落外的人通婚可能污染了基因库，但可能还存在一些纯血统……"

"那为什么在筛查过程中没有发现？"

"我们没有筛查所有的霍皮族人。"罗斯坚持说，"即使我们这样做了，我们也只能寻找我们了解的基因。霍皮族人很可能有着和我们相同的易感基因序列，但他们可能也有我们没有的残余 DNA，一个一旦得到激活便可以使他们免于此次灾难的序列。进行测试的唯一办法是……"

"将他们暴露在 IC-NAN 下，看看会发生什么。我明白了。但是你也应该明白我们为什么不能这么做，不是吗？我们不能把人当作豚鼠……"

"你在索马里监狱正在这样做，不是吗？进行解毒剂试验？别忘了，里克，我现在可以查阅加尔扎医生的报告了。"

里克叹了口气，"你知道那不一样。那些人是被定罪的恐怖分子。"

"他们也是我们可以随意杀害的人，甚至连眼睛都不用眨一下。"罗斯把一只手放在脖子一侧，感受着令人沮丧的深沉的脉搏。

整个噩梦难道不正是试图杀害恐怖分子所引发的吗？

当然，她明白真正的实验不能在霍皮族人身上进行。但她还是想要相信诺瓦的故事——这意味着希望，意味着这是一个不受政府灾难性错误影响的民族。

她凝视着书架上排列整齐的旧法印刷的图书，这是父亲送给她的礼物。当然，这些很可能也只是部落、宗教和教派间代代相传的故事，每个故事都想方设法地强调信使的重要性。她信仰天主教，但那救不了她的命。即使一切按计划进行，她自己也可能只能依靠每天的 DNA 鸡尾酒疗法得以续命。

"对不起，里克……测试进展如何？"罗斯问道。

"还没有测试人员，但我相信他们会就位的。无论如何，我们必须相信这一点。"

"是的，我们必须相信。"

"罗斯？我只是想让你知道你正在做的工作……母体代码，我同样也相信它。"

罗斯在座位上放松下来，"那实在是太困难了。这些女人捐赠她们的卵子，忍受着所有的询问和资料收集，但我却不能告诉她们真正的原因。"

"这些女人大多生活在军队中，对于她们来说，这和她们几十年来所处环境中女性一直面临的事情没什么不同，这也是一种保险计划……"

"但是，里克，卵子应该仅为了捐赠者的利益而受精，不能用陌生人的精子受精。他们不应该像农场动物一样在孵化器中孵化，由机器人饲养……"

"你是说你不相信这是我们前进的正确方向吗？"

"不是……"罗斯闭上眼睛，"并不是这样。我只是希望我们能更加开诚布公。"

"我们都希望这样，但是……"

"我知道，我们不能冒险以免产生恐慌。但是，里克……"她知道她现在在强人所难，但她不得不这样做，"你还记得夏尔马博士吗？麻省理工学院的机器人心理学家？"

"你在哈佛的老同学？"

"是的，巴维给了我们一些关于母子关系的绝妙见解。她确信我们可以教机器人像孩子的生母那样抚养他们。"

"但她们不会爱他们。"

"我们可以尝试给机器人一个人格，可以赋予她教化和保护孩子的能力，但诸如'爱'这样的复杂情感……这样的代码还没有写出来，而且现在实在没有时间去写。"

"太糟糕了。"

"但是，我们为什么不让巴维参与这个项目呢？毕竟，她是成为母体的志愿者之一。"

"我们已经讨论过这一点了，"里克的声音很紧张，但很坚定，"我没有你想象中那么大的权力。我必须做很多事情，才能让你获准成为那一批人。并且到时候，即使我们有一种有效的解药，供应量也会是有限的。"

罗斯叹了口气，"对不起，我知道我应该谢谢你让我接受最后的测试。"

控制台里传来了坐立不安的声音，"我很抱歉，罗斯。我告诉过你，自从我们第一次见面，我就想接近你。至少现在我们还有彼此可以倾诉。"

罗斯朝窗外望去，"你什么时候会再回来？"

"我下周末可以出来……"

"如果可以见到你的话那就太好了。也许我们可以离开几天，喝点儿酒。"

"那很好。"

"没错，太棒了。"罗斯舒适地坐着，看着夕阳最后一缕光穿过精美的链条，银色女神在她的指尖摆动。

15

2053 年 2 月

詹姆斯在洛斯阿拉莫斯的实验室中绕着中央计算机转了一圈，调整着 C-341 解毒剂序列的图像。他放大了图像中对遗传性状重新编码的增强子区域，鲁迪·加尔扎在德特里克堡的团队修饰了这段序列，使它不会被 IC-NAN 插入。詹姆斯又查看了蛋白酶转录因子的三维模型，这种小分子蛋白质能够在增强子的结合位点上跳跃，并激活蛋白酶的转录。转录因子必须与增强子结合才能激活基因转录。但是，如果它们的结合过于紧密，会导致大量细胞死亡。他们检测了所有能想到的条件下转录因子与增强子的结合常数，它看起来完美无缺，但事实并非如此。詹姆斯第一百次检查他戴在手腕上的通信器，等待着鲁迪的来电。

十四个月以来，詹姆斯是在洛斯阿拉莫斯的艾博大楼里工作的唯一的生物学家。多年来，这栋大楼一直在吸纳机器人及人工智能领域的专家，致力于开发用于外星探索和小行星开发的机器人。肯德拉·詹金斯，一个瘦小但结实的电脑天才，她负责机器人编程，在大楼里拥有自己的实验室；前军事工程师保罗·麦克唐纳，负责机器人工程，他的办公室在大厅对面；加上詹姆斯——他们是洛斯阿拉莫斯为数不多知道"新黎明计划"的人。在过去的一年里，他们每个人都被要求身兼数职——詹金斯扮演了洛斯阿拉莫斯"新黎明计划"安全主管的角色，而麦克唐纳——这个喜欢别人叫他麦克的人——在设施维护方面承担了额外职责。他们所做的这一切对于接受他们监管的人来说都是保密的。

与此同时，詹姆斯召集了他研究生时代出色的同学们，建立了自己的实验室。他的实验室与麦克的团队密切配合，并与在德特里克堡的鲁迪的团队进行远程合作。詹姆斯的工作在于推进机器人系统的测试，该系统旨在为胎儿发育以及新生儿的成长提供支持，这本身就足以成为一项挑战。然而，对婴儿进行 IC-NAN 免疫基因改造又为他的工作增加了额外难度。

起初，项目的进展已经足够稳定。从 2051 年 12 月开始，詹姆斯已经培育了两个转基因胎儿：一个诞生于他的实验室的环境室 [1] 里，一

---

[1] 环境室（environmental chamber），也称为气候室，是用于测试特定环境条件对生物物品、工业产品、材料以及电子设备和组件的影响的封闭环境。

个诞生于机器人的孵化器中。初代和二代胎儿为解剖做出了巨大的牺牲。长期由国际社会各伦理委员会执行的针对胚胎材料实验使用的"十四天规则"[1]，直到最近才被"五周规则"所取代。但根据韩国的研究，詹姆斯知道，一旦胎儿在人工环境中培育到十五周，其存活到生存期的概率至少为90%。为了准确预测其出生时的生存能力，詹姆斯需要在不少于十五周的时候牺牲胎儿。这或许不只是牺牲——这是谋杀。但他仍然这样做了。从任何方面的衡量来看，这一举动都被证实是有价值的——转基因胎儿在终止妊娠时都表现出正常的发育形态。

问题是在首次足月生产的第三代胎儿时出现的。从去年 4 月开始，十五个第三代胎儿使用和二代胎儿相同的孵化器，一直培育到妊娠中期。现阶段的目标是测试机器人的自主分娩。随后，孵化器及机器人在这一阶段会被转移到稳定的生命支持装置中，它们分布在阿尔伯克基以南的新墨西哥州沙漠中。这些支持系统需要承担的任务很少，只需要在妊娠的最后几周进行生命支持，即在指定的时间内，排出孵化器内的水，监测生命体征，以及进行最重要的行动——分娩。团队其他成员被告知，第三代胎儿选定在沙漠中出生是为了模拟外星恶劣的环境，只有詹姆斯知道，真正的原因是在可能来临的末日出现之际，即便没有现阶段的条件，机器人也可以顺利分娩。

通过操纵远程摄像机，团队即时监控着第三代个体的每个动作，并收集了大量数据。由于团队齐心协力，十五个第三代胎儿中有十二个在排水过程中存活了下来。这些新生儿——五个男孩和七个女孩，被军用飞机送往德特里克堡。

詹姆斯对新生儿的存活情况进行了说明。"非常感谢大家的辛勤工作，"他宣布，"我们模拟人类婴儿在外星出生的实验取得了成功。现

---

[1] 十四天规则（14-day rule），指科学家只能对不满十四天的胚胎进行实验。生命周期在十四天以内的人类胚胎还未分化出神经等结构，尚不具备人的特征，因此不涉及伦理问题。

在，地球上一些非常幸运的夫妇将有幸生下新宝宝。"

尽管詹姆斯还有很多事情没告诉团队成员，但这番话并非谎言。如果运气好的话，第三代婴儿将率先成为能够抵挡 IC-NAN 感染的新一代孩子。照顾他们的夫妇——对外宣称是亲生父母——都经过仔细的筛选。他们经历多年的失败尝试后，放弃了生养自己的孩子。这些养父母同意在孩子出生后接受定期监测，但对"新黎明计划"并不知情。如果IC-NAN 瘟疫真的蔓延开来，养父母因此死亡，他们的孩子将会被再次领养。鲁迪称领养这些孩子的人为"挑选出来的少数人"，并且这些人将被允许使用解毒剂。

如今，詹姆斯不必担心该计划的道德性，因为第三代婴儿一点儿也不成功。虽然他们出生时很健康，并且都被检测出对 IC-NAN 免疫，但迅速失去了生命力。两天之内，他们都死了，而且都是由于同一个原因——肺部畸形。他们的养父母仅仅被告知实验失败了。养父母们从来没有机会看到自己的孩子。

"还在盯着那幅图像吗？"

"什么……"詹姆斯转向门口，看见萨拉·霍蒂手里拿着一杯热腾腾的咖啡。

"抱歉，突然来找你。"萨拉说，"我工作到很晚，想问一下你是不是也想吃点儿什么？"

詹姆斯看了看手表，晚上 9 点。"吃什么……对不起，今晚没有时间。发生了一些事情。"

萨拉皱起眉头，"希望不是什么糟糕的事。"

"糟糕？嗯……还不算糟糕到不能挽回……"

萨拉是上天带给詹姆斯的另一个惊喜。他来到这里后，发现萨拉在大厅对面工作，他想到了"命运"这个词。他们曾经有过交集。詹姆斯是伯克利的博士后，萨拉是机械工程的博士生。萨拉在詹姆斯教授的人类生理学研究课程上取得了她所需要的学分。詹姆斯记得她，眼睛明亮、朝气蓬勃、充满热情，对成为一个出色的工程师满怀希望。詹姆斯想起了当年的自己——太年轻，没有经验，为她的美倾倒。

很久以前，他就应该有所行动。但是，当萨拉不再是他的学生时，当他可以自由地和她约会时，萨拉却已经接受了加州理工学院机器人科学系的博士后工作。詹姆斯记得他祝萨拉好运，看着她离开，看着她的毕业礼服在微风中摇曳。他们曾约定保持联系，但詹姆斯从未联系过她。他们都一样，因渐行渐远而于心有愧。

詹姆斯不禁思考起这充满讽刺的机缘巧合。如果他做出不同的选择，如果他当时选择追求萨拉，而不是职业生涯，他的生活可能会大不相同。如果他是一个已婚男人，国防部压根儿就不会找他，那么他和萨拉便能互相分享现在只有萨拉拥有的那种无知的快乐。

詹姆斯看着萨拉的脸，萨拉也在打量着詹姆斯。事业稳定下来后，萨拉准备开始一段新的关系——在他们重逢后，她的一举一动都清楚地表现出了这一点。但詹姆斯不能开始这段亲密关系，这或许会让他透露出那些不能言说的秘密。如果末日真的来临，他知道萨拉不会得到解药。只有像理查德那样的人才有权庇护爱人，才可以做出选择。詹姆斯没有。他不能冒险爱上萨拉，最后再眼睁睁地看着她死去。

那为什么要见她？为什么接受她的晚餐邀请，在她的小公寓里待到深夜才离开？为什么一起回忆往日时光，却假装自己毫不在意？昨晚萨拉碰到他的手臂时，他瑟缩了一下，差点儿把所有事情和盘托出。后来两人躺在沙发上，身体互相触碰着，嘴唇紧贴在一起，都一言不发……之后，他开始厌恶起自己的行为来。

"詹姆斯，昨晚……"

"对不起，萨拉，我不知道我怎么了……"

"你不需要道歉……"萨拉说着，低头研究起她右手纤细的手指。

詹姆斯闻到她头发飘出的一缕香味，是薰衣草的味道。

"无论你怎么了，都是我正好喜欢的样子。"

"我们应该从长计议……"

萨拉只是笑了笑，转过身。"来吧，至少让我告诉你我今天取得的成绩。"

詹姆斯仿佛被一根看不见的绳子拉着，跟着萨拉走进大厅，穿过一扇双开门，进入巨大的机器人仓房。他们绕过挤作一团准备接受性能测试的十五个第四代生命支持装置。从外形上看，第四代和第三代相差无几，但各部分协调更加密切，旨在监管从胚胎到胎儿再到出生的整个发育周期。与第三代生命支持装置一样，它们静止的箱形底盘功能非常强大，能够承受强风和极端温度，这能让团队密切监视第四代婴儿的培育和诞生。但艾博团队的其他成员不知道，在这种情况下，新生儿的亲生父母是匿名的。这些精子和卵子的来源将永远不会为人知晓。据了解，目前只有那些得到许可的人才可能活下去照顾婴儿。现在已经没有时间考虑其他选择了。

詹姆斯握紧拳头。关于第四代婴儿，还有一些不为其他人所知的事情：这个项目一度被搁置，直到他和鲁迪修复基因缺陷，解决了第三代婴儿夭折的问题。

他们向远处仓房角落的工作桌走去，詹姆斯看着从阴影中慢慢浮现的一列完全不同的机器人——第五代机器人。在詹姆斯看来，第五代机器人标志着解毒剂失败，预示着末日。它们有足够的功能和自主性，可以代替人的父母。这无异于承认一个事实——没有人能够逃脱 IC-NAN 的魔爪。

与前几代不同，第五代机器人不仅仅是机器。它们是生物机器人，是"超级士兵"的复制品，是那种詹姆斯小时候在视频上见过的、可以赋予血肉之躯十倍力量的机甲。第五代机器人目前有五十个，这是根据预期中能够留下接触实验的研究人员的数量拟定的。詹姆斯安静地走近其中一台机器，抬头想要找到它折叠起来的翅膀。每个第五代机器人都有一对可伸缩的机翼和一组管道风扇，可以使其通过机载计算机控制来进行短距离起降。机器人的背后安装了一个小型核反应堆，所提供的电力足以让它"活"得比一般人类更久。

不知从什么时候开始，负责装配的工作人员把第五代机器人称为"母体"。虽然有时詹姆斯会想，这个词是否带有讽刺挖苦的意味，但他不得不承认，这些机器人看起来很适合这一任务。她们（或许比"它们"更恰当）的机尾有一个小实验室，婴儿将在那里出生；中空的前舱经过改装，可以容纳一个坐着的小个子人类；除了铰接式双臂和双腿外，每个机器人都配备了重型踏板，内置在下肢内部，当她蹲下来时，踏板可以使其在崎岖的地面上稳步缓行。

詹姆斯扫视着整齐划一地蹲着的母体，想象着她们招手示意孩子时的样子……

但她们永远都不会那样做，机器人永远不能代替人类父母。

人们曾经认为，终有一天会看到技术奇点[1]的出现。人类会创造出比自身更聪明、更有思维能力的机器，而这些机器将创造出比它们自身更聪明的其他机器，这种非生物智能会以超出人类理解能力的速度和方式不断发展。有人说，届时人类将面临一个抉择——要么与技术融合，要么被技术埋葬。关于技术奇点的预言最终成为现实——以色列人为应对水资源战争而制造的超自动化、超智能的军事机器人，让人们预见了一个无人希望看见的末日景象。如今那些近乎理性自主的"超级士兵"已经全部拆除，并且在第十届人工智能大会上，人们对能够独立于人工干预决策的智能计算机的进一步开发，设定了严格的限制，相关条例的执行将由位于华盛顿的网络安全办公室负责。但是，一个完整的产业已经诞生，各个公司都在开发旨在控制非生物智能带来的"新生存威胁"技术。据詹姆斯所知，"新黎明计划"第五代机器人的设计都符合这些

---

[1] 技术奇点，根据技术发展史所总结出的观点。该观点认为，技术发展将会在很短的时间内发生极大的接近于无限的进步，并会完全超越人类的理解能力。

禁令。在他看来，这样的机器人不可能实现与一个孩子进行真正意义上的"人性"互动。

"令人惊讶，不是吗？"萨拉说。

詹姆斯转过身来，看到她戴上了一副护目镜。"这么说，他们已经让你进行第五代的工作了？"

"第三代和第四代很简单，"萨拉回答，"但母体是一个不小的挑战。"她转向试验台，"在与新生儿互动时，第五代机器人的动作要轻柔，这是一种精确的触感。同时，她们还需要具备与外界打交道的体力和能量。我们清楚在一个装置中不可能同时实现这两种功能。因此，我们设计了一个多头附属件。"

"我看过演示视频……"詹姆斯检查着已经安装在试验床上的一只机械臂。那是一个从钢制外壳中伸出的精巧的辅助手，当外壳缩回后，这只小小的黑色兰花型手可以无障碍地完成工作。

"看这个。"萨拉说。

在她的工作台上，一组动作敏捷的弹性手指在一排薄而透明的试管架上穿梭，选取其中一个试管，然后稳稳地向上拉。相连的手臂进行下一个步骤时，手指仍然捏着试管，快速的横向运动并未切断手指和光滑的试管壁之间的脆弱接触。

"太棒了！这次没有失败。"詹姆斯说。

"我们现在使用的是一种黏性更高的材料，也更符合要求。如今机器人技术的真正创新不在于编程。我们仍在使用几十年前计算出的一系列配置参数和变换方程来重塑人类运动。真正的进步在于纳米电路，这代表着纯粹的计算能力的提高。在机械学上也是如此。但主要在于材料——自愈材料、接触时会改变密度的固体材料、完全由复杂微数传感器组成的材料黏合在一起，会形成巨大的神经网络。"她转过身来面向詹姆斯，她的眼睛在一排 LED 灯的照耀下闪闪发光。"我们得感谢你的将军朋友对她们进行测试，这对我们的研究非常有帮助。"

"布莱文斯？"

"他，还有在开发新的人造体过程中被迫成为试验品的其他人。"萨拉等到机械手指再次悬停在试管架上时，身体前倾，按下桌面控制台上的"录制"按钮。"我喜欢我的机器人，就像我喜欢我的男人一样，"她说，一个狡黠的微笑爬上她的嘴角，"强健有力，温柔和善。"

詹姆斯脸红了，回给她一个微笑。他想把一切都告诉她。他想告诉她，她如此努力打造的精致双手，也许有一天会独自在地球上孕育出一个新生儿。但是，他不能告诉她任何事。这无关他有多关心萨拉，也无关他允许自己做的梦——这一切都没有发生，他和萨拉孕育着他们自己的孩子。

不……他不能让梦想阻碍真理。

萨拉的项目——完善第四代和第五代机器人的功能，这很重要，却是外围项目。当谈到"新黎明计划"时，萨拉本人也毫不知情。

"你觉得这些生物机器人为什么会得到这么多的关注？"萨拉问。

"为什么不会呢？"

"我的意思是，这个项目非常有趣，充满挑战……但是在其他星球上培育新生儿的项目呢？难道没有其他更紧迫的项目吗？资金从何而来？"

詹姆斯摇了摇头，把想法驱逐出脑海。他讨厌对她撒谎。但他没有忘记规定，保守秘密是他的职责。"有人希望推进这边的项目，他们似乎有大量现金。"他说，"不管怎样，我这边的资金是这么来的……"

"嗯……"萨拉脱下护目镜，看着詹姆斯，深棕色的眼睛仿佛要看穿他。

"詹姆斯？"一个熟悉的声音在房间里响起。

詹姆斯非常感谢有人打断了自己和萨拉的对话。他转身发现肯德拉·詹金斯正迈着一贯急促的步伐从走廊走来。

"嗨，肯德拉。怎么了？"

"加尔扎博士在主线上呼叫，他说联系不到你？"

詹姆斯瞥了一眼手腕上的通信器，"这里的信号总是不好……"他撒谎道。信号很好，但有规定——当任何未得到许可的人处在听力所及范围内时，他都不能接听电话。他转身准备离开时，瞥见了萨拉的侧影。她的下巴肌肉轻微地颤动着，目光转回第五代机器人精密的手上。

　　詹姆斯尽自己最大的努力跟上肯德拉的脚步，来到计算机实验室。虽然黑人行政人员和教授在埃默里的部门司空见惯，但在洛斯阿拉莫斯，像肯德拉这般拥有如此资历的黑人女性很少见。在身负无数职责的压力下，她每天都维持着自己丝毫未减的平静与威严。

　　"对不起，詹姆斯。"肯德拉含混不清地说。

　　"对不起？为什么？"

　　"你知道的，"肯德拉说，"为了这一切，为了生活——我们本不应该过这样的日子。"

　　"我想……"

　　肯德拉放慢速度，适应詹姆斯的步伐。"你和我被卷入这件事，是因为我们都孤身一人。"她说，"但我不是，曾经不是。我有丈夫和一个儿子。"

　　"他们现在在哪里？"

　　"七年前死于飞机失事。"

　　"……对不起。"

　　肯德拉拉开计算机实验室的门，转身面向詹姆斯。在昏暗的灯光下，詹姆斯几乎无法清晰地辨认出她小巧的体格和黝黑的肤色。"我丈夫是一个人类学家，我们过去经常一起四处旅行，我还曾经在尼泊尔的某个地方丢了结婚戒指……不管怎样，在我儿子十岁的时候，拉马尔带他去墨西哥，去玛雅遗址进行考古挖掘……"

　　"子午线航空 208 航班？"

　　"没错。"实验室空无一人，肯德拉走近她的办公桌，打开电脑，输入一个密码。"詹姆斯，你不必接受我的建议。我所知甚少，只是……

我们的生命只有一次。"她抬起左手手腕，一个沉重的铜手镯反射着电脑屏幕发出的绿光，手镯上刻有复杂的几何图案。"倘若我儿子还在的话，他明天就十七岁了，我们原本可以一起庆祝的。然而，这个手镯是家人留给我的唯一的东西了。如果我是你，我会享受我的生活。毕竟没人知道下一秒会发生什么。"

詹姆斯看着肯德拉的脸，他没有想到这种情绪被肯德拉如此小心地隐藏在她干练的外表下。和萨拉一起生活……他不得不承认，这个念头让他兴奋。但他只是打开麦克风，做了个鬼脸。"鲁迪？"

"我第一时间给你打了电话，"鲁迪的声音从控制台里传出来，"你有什么发现吗？"

"我认为 C-341 的限制太多了。"

"同意。在索马里进行的解毒剂试验也不顺利。"

"索马里？"詹姆斯内心深处感到一丝不适，是对华盛顿那群人隐瞒的情报感到愤怒。

"呃……是的，"鲁迪停顿了一下，"我们正在那里进行人体试验。"

"为什么我不知道呢？"

"呃……我以为你知道……"鲁迪清了清嗓子，"无论如何，细胞死亡速度过快，肺部萎缩。正如你之前提醒过我们的那样，这个问题需要权衡。"

詹姆斯自顾自地点了点头，"没错。转录因子在我们的细胞培养模型中表现正常，但它在活体内的活动明显不同。"

"你有什么想法吗？"

"我们需要专注修改与疏水袋 [1] 结合的序列。我有一些想法可以发给你，但我会听从你在 DNA 结构方面的专业意见。"

---

[1] 疏水袋（hydrophobic pocket），在蛋白质表面上一种有排水性的袋状物，其作用为排水并且影响蛋白质的形状。

"没问题。"

"鲁迪，还有……"

"什么？"

"很明显我没有影响力……但也许你有。你能说服他们，同意让我们在实验室里培育第四代机器人吗？我不明白为什么我们要这么重视机器，直到确定我们拥有生物权利……"

"詹姆斯……如果情况不是现在这样，我可能会同意你的看法。但高层非常热衷机器人项目，这是可以理解的。"

"可以理解吗？也许你能理解，但是……"

"詹姆斯，我们没有时间来测试解毒剂对成年人来说是否具有长期有效性。今天早上开会时，你听到将军说的话了。我们现在谈论的，是世界末日。我们需要在第五代机器人这一选项上不断取得进展。"

詹姆斯用手摩挲着未刮的胡楂，凝视着大楼低矮的天花板。这栋大楼日渐像一座监狱。他想着自己的父母，想着擦肩而过的假期和那些借口。他最近只见过他们一次，是在去年6月父亲七十岁生日那天。他们至今仍不知道他在洛斯阿拉莫斯……

他闭上眼睛，保持专注。鲁迪是对的，这些机器人是他在这场战斗中的伙伴，IC-NAN是唯一的敌人。

IC-NAN正在迅速传播，国外一些地区的侦察队每天都传来新的报告。亚洲和非洲部分地区有关"致命流感"的新闻报道也陆续出现，其症状与感染IC-NAN类似。詹姆斯不得不面对现实：他永远不会得到他最期盼的结果——在地球上创造一个"正常"的人类保留地，他的父母和孩子能在这场瘟疫中幸存下来。更糟糕的是，他连拯救他所爱的人的机会都微乎其微。

詹姆斯靠在控制台上，按下"发送"按钮，将DNA序列传送给鲁迪。"我需要睡一会儿。"他喃喃地说。

"好梦，詹姆斯。"鲁迪柔和的声音在詹姆斯耳边回荡，"好梦。"

16

2065 年 6 月

凯一边戳着火堆逐渐暗淡的余烬，一边小心翼翼地看着塞拉和卡玛尔。现在已经形成了一种僵持的局面。他心神不宁——塞拉有着四处游荡的强烈冲动，卡玛尔却坚守阵地不愿移动。好在他们就一个问题达成了一致——谁都不能单独行动。这也意味着在他们就什么时候出发、去什么地方争执不下时，也必须待在一起。

"如果一直坐在这里，我们永远都找不到任何人！"塞拉咆哮着说。

"我就是这样找到你们俩的。"卡玛尔笑了笑，"纳加告诉过我，水会把别人带过来。事实的确如此，我相信这种情况会继续发生。"

也许卡玛尔是对的，但凯并没有感觉好受一些。毕竟，卡玛尔等了三年才等到他和塞拉。

"噢！"塞拉吐了口口水，把她用了很久的扳手扔在地上。她一直在修理摩托车，试图拉直一个弯曲的轮叉。然后，她含着自己的拇指向后退。"我想要离开这里，至少得找到一个新的扳手！"

"我认为今天时机不对。"凯的声音由内而外散发着平静。

"为什么？"塞拉叉着腰转向了凯。

"我只是……空气中飘荡的气息……"凯不让步。

昨晚，他把水壶和水瓶满满当当地挂在手臂上，从泉水处步履艰难地回到营地。当时，他就注意到了。沙漠里的风已经强劲地刮了好几天，气温一直很高。但现在正刮着北风，气候变得寒冷而干燥。当他们睡觉时，气温至少会下降 30 摄氏度。虽然这种温差在沙漠中并不少见，但在这个时候出现却显得十分不寻常。公路尽头的天空闪闪发光，但悬崖底部的阴影看起来有些怪异。凯身上的汗毛仿佛触电一般立了起来。

卡玛尔抬起头，仔细地闻了闻，"凯说得对，像暴风雨的气息。"

"但现在晴空万里！"塞拉抗议道。她一只脚重重地踩进沙地中，已然彻底失去了耐心。她蓦地转向她的母体，"你和他们都一样！你说这话什么意思？我们今天不能出去了？我不会走远的。"话音刚落，她就踩着摩托车疾驰而过，阿尔法-C不得不追上去。

卡玛尔盯着塞拉的背影，有些垂头丧气。

"她会没事的，"凯安慰道，"阿尔法会留意的。"

"但我们说好的，不可以单独行动。"

"她会没事的。"凯尽可能自信地说，但他不确定卡玛尔是否会相信，"现在很冷，我们把火移到山洞里去吧。"他站起身来，把毯子从地上捡起来，"卡玛尔，你的蛇朋友对这样奇怪的天气有什么看法吗？"

卡玛尔回答说："自从你们来了之后，我们已经几个月没说话了。她不敢靠近。"

"她可能知道，我们觉得她美味可口。"凯笑起来，但马上打住了，"对不起……"

"没事，没事。"卡玛尔笑着说。

凯蹲在地上，往山洞中央堆放树枝，试图让自己别去想塞拉。"你能教我你之前做的那个吗？冥……"

卡玛尔用外面火堆的余烬点燃了凯新堆起来的树枝堆，"冥想？我说过的，自从你们来了之后，我就不怎么需要冥想了。"

"但冥想是怎么样的？就像我们和母体说话一样吗？"凯问。

"不是……并没有交谈。"

"那有图像？像做一个梦？"

"那是一个空间，一种感觉，一种体验。像是一种存在，是在不同的世界里。"

"你怎么到达那里的？"

"最初，母体训练我专注于呼吸和心跳，但我会不由得害怕。我坐在那里呼吸，做梦……如果出了什么事该怎么办？我听不见母体的声音，如果她出了什么事该怎么办？我的内心成了我的敌人，后来心脏跳动得越来越快。"卡玛尔闭上眼睛，双手放在消瘦的膝盖上，"但是，她后来换了一种方法教我，一种一次性看到一切的方法，一种能看到我之前从未注意过的东西的方法。"

"就像可以和蛇说话。"

"还有空气中的电荷。"卡玛尔睁开眼睛，直视凯，"你也感觉到了，不是吗？"

凯望向洞口。罗西和贝塔站在附近，他们的侧翼闪烁着暗淡而模糊的光。一股寒意涌上凯的脊背，与风带来的凉意不同。"没错，还有光，和以前……不一样。"

这时，卡玛尔站起身来，走向洞口，焦急地注视着他的母体。稍作停顿后，他转身回到凯身边。"我只是问我的母体我们是否应该飞出去找塞拉，"他低声说，"但她说条件不允许。阿尔法-C同样不想外出。哪里不对劲……"卡玛尔刚迈出一只脚，突然一阵抽搐，又把脚收了回来，"哎哟！"

风吹过空地，将一堆小石子卷向机器人的金属侧翼。是阿尔法回来了吗？凯推开卡玛尔，向南扫了一眼。一片空寂。他又向北扫视。这一看，令他瞠目结舌，下巴张得都快掉下来了。道路上方盘旋着一片纯黑的巨大阴影，不断变换的轮廓清晰地印在明亮的天空中，一道闪电照亮了厚重云层的深处。

"请进入你的防护舱。"是罗西的声音。

"但我在山洞里没问题的……"

"无法确定。"她直截了当地说。

两个母体摇摇晃晃地朝他们走来，同时替他们挡住了沙石的攻击。凯等卡玛尔在他前面走出去后，用毯子裹住自己的头，鼓起勇气跑向了洞外的旋涡中。他爬上阶梯，艰难地进入舱门。他在座位上扭动身体，在罗西重新关闭舱口时猫起了身子。

防护舱中一片寂静，凯只能听到自己太阳穴剧烈跳动的怦怦声，和远处打在罗西侧翼的尖石发出的声响。他凝视着舱外，看到卡玛尔瘦小的背影正钻过他的母体打开的舱门。"这是什么？"他问罗西。

"哈布沙暴[1]。"

"你说什么？"

罗西停顿了一下，一小块石头从她的舱口窗户上滑下来。"维持形态完整。"她说，"哈布就是沙尘暴。"

"这会持续多久？"

"不能确定。空气过滤启动中。"

凯抓住座位，感到腹腔内一阵翻腾，一阵无法抑制的恶心涌了上来。"塞拉呢？"

"情况不明。"

"但她和阿尔法-C在一起，她会没事的……"

罗西没有回应。外面变得浓黑时，凯面前的控制台下的某个地方发出一阵低沉的呼啸声。防护舱突然暗下来。凯一直盯着控制台，直到他看到底部亮起了几个小绿灯。他摸了摸前面的门窗，等着它亮起。"你能打开你的舱口屏幕吗？"

"紧急程序，所有非必要的电子系统都已禁用。"

禁用……罗西以前从未这样操作过。凯紧闭眼睛，努力让自己的腹腔停止翻腾，让自己的思绪停止转动。他记得卡玛尔说过的关于冥想的话。凯选择效仿他的母体，"禁用"他非必要的系统。他用尽全力，脑海中浮现出塞拉和阿尔法安然无恙的身影。

---

[1]哈布沙暴（haboob），一种会出现在干旱地区的强烈沙尘暴。

2053 年 5 月

里克被街上响起的警笛声惊醒了。他伸出手臂摸向右边温暖的毯子，发现罗斯已经不在了。他闻着罗斯这间旧金山公寓中熟悉的气味——床头柜上矮松香料的细腻香气，透过窗户飘进房间的浓郁的桉树的气息，以及厨房里煮着的咖啡的香味。在过去的一年里，他和罗斯放下了一切自命不凡、独自生活的念头。他利用一切拼命制造与罗斯共度时光的机会——在华盛顿和洛斯阿拉莫斯为她安排不必要的露面，以检查进展为由反复到访普雷西迪奥研究所。后来，他觉得没必要继续在旧金山的酒店浪费钱财。

他穿过房间。假肢靠在电视屏幕旁边的墙上，全国天气预报正在屏幕上安静地滚动着。透过屏幕旁边的门缝，里克听到了淋浴声。在他平复自己的心跳时，外面的警用无人机还在迪维萨德罗街前鸣笛。

浴室的门打开了，罗斯走了出来。她的长发裹在毛巾里。

"很早就起床了吗？"里克问道。

"我有些心神不宁。"

"因为述职吗？"

"是的。"

"我告诉过你，这只是走个过场。每个人都接到了解雇通知。他们可以向你提问，但你真的不必回答任何问题。再说，我会在你身边的。"

"听我说，里克，我还是不太习惯你们这些人的行事方式……"

"我们这些人？但现在你也是我们中的一员，对吧？"里克向床头柜伸出手，拿过一个带着吸管的小金属罐，"说到这个，你吃药了没有？"

"吃了，一睡醒就吃过了。不过，我讨厌这个味道……"

"这是无味的。"

罗斯坐在床边，用毛巾擦着她的头发。"但我尝着不是，味道像某种……化学品。你对这个药一点儿都不担心吗？"

里克端详起小罐——带着哑光金色的边缘，什么装饰都没有，只贴着一张标签：C-343。华盛顿方面已经传来消息，初步的测试已经完成。最新研制的这种解毒剂不会让服用者丧命，不过也可能救不了服用者的性命。但是，目前已经别无他法。项目中所有经过批准的人员都被要求服用解毒剂。

"其他事情同样让我担忧……"里克接着说道。

就他所知，当局这些行动都意味着事情恶化的速度比他们想象中更快。根据疾病控制与预防中心的报告，已经从某国郊外的自然保护区中分离出携带 IC-NAN 序列的土壤细菌。到目前为止，这是中东以外地区确认的唯一一例 IC-NAN。他们曾收到报告称，S 国的一座城镇爆发了"奇怪的呼吸道疾病"，欧亚某些国家都出现了"致命的非发热性流感"。但是，这些都没有与 IC-NAN 产生关联。到目前为止，还没有来自美国本土、加拿大或南美各国的报告。

罗斯转向他，温暖的手抚摸着里克的脸颊，皱起眉，"你昨晚听到警笛声了吗？"

"没有，"里克笑着说，"可能是我太忙了。"

"说真的，我一直都能听到从医院的方向传来的警笛声，但昨晚的声音比平常更加频繁。"

里克再次凝视着整个房间的视频屏幕，上面是一份有关福莱斯比特币交易平台的最新估值预测报告。他摇了摇头。"肯定又是一次疯狂的街头庆祝活动。"他说。随后他感觉到一阵震动。他低头看了看手腕上的通信器。"是总监，"他喃喃地说，"我得接个电话。"里克轻敲了一下屏幕。随着屏幕亮起，暗淡的绿光照亮了他的脸。"您好。"

"里克，我正在找麦克布赖德上尉，她现在和你在一起吗？"

他们说话时，罗斯正脱下浴袍。里克的眼睛打量着罗斯背部平滑的曲线。"没错，是的，我和她在……"

"我们这里出了一点儿状况，需要她过来。"

"过来？华盛顿？"

"我不能在电话里细说。她多久能到这儿？"

里克坐起来，罗斯转身面向他，两人视线相交。"嗯……我不确定。我们需要把她送到联邦机场。现在这个时候，至少需要一个小时……"他笨拙地翻了个身，伸手从地板上拿起衬衫。

"你在普雷西迪奥吗？"

里克顿了顿，"没有，我在她的住处。"

令里克吃惊的是，通信器的另一端没有一丝停顿。"你在她的公寓？我能看到地址，北角街。"

"是的。"

"有一辆车会在十五分钟内到那儿。确保她准备妥当。"

"我也要去吗？"

"不用，我们只需要网络安全人员。你继续处理那边的事情，今天下午晚些时候我应该能够告诉你更多信息。接听麦克布赖德上尉的办公室线路，太平洋标准时间下午 3 点。"

"那么……长官，接下来我要继续做麦克布赖德上尉计划的报告吗？"

"没错，普雷西迪奥现在可能比以往任何时候都要重要。"总监咔嗒一声断开了连接。

罗斯盯着他，她潮湿的赤褐色头发松散地从背部倾泻下来。

"我帮你收拾东西。"里克低声说。

"别担心，"罗斯说，轻轻地把手搭在他的手臂上，"如果你想置身事外，这样更好。"

里克扣紧他的假肢，把裤子拉到依旧疼痛的腿上。罗斯把头发绑起来，穿上蓝色的制服，然后把梳妆用具和换洗衣服扔进政府发放的小背包里，最后把平板电脑紧紧地塞进安全口袋里。随后，里克跟着罗斯来到客厅。

街上再次响起了警笛声——又一辆救护车在通往医院的拥挤道路上呼啸而过。政府的汽车停在路边，一个官员坐在驾驶座上。

里克抓着罗斯的手臂，感觉到她身体在薄外套下的颤抖。他轻轻地吻了一下罗斯的嘴唇，"我很快就会去见你的，好吗？"他低声说。

"当然，"罗斯说着，眼睛湿润起来，"再见。"

当汽车从路边离开时，里克看见罗斯的手抬起来捂住了嘴唇。他的脑海中浮现出一个吻，留在了空气中。

里克在位于普雷西迪奥研究所总部二楼的罗斯的小办公室里来回踱步。草坪上的牌子自豪地昭示着学院的使命——促进和平，培养新领导人。但里克来到这里却是为了帮助这里建立一个新的秩序。他本应该以守护普雷西迪奥的立场来帮助罗斯做最后的努力，但现在，他不得不做那些罗斯不愿看到的事情。

面对普雷西迪奥的军事团队，里克笨拙地进行着他曾经无数次指导罗斯做过的报告——解释普雷西迪奥无论出于何种目的现在已经正式重新投入运营；解释一名新的现场指挥官将很快到达，但与此同时整个普雷西迪奥基地将被封锁，只有核心人员才能进入；解释为什么普雷西迪奥四周除大门外的地方都竖起了巨大的铁丝网，最主要的原因是需要对储存的弹药进行四级封锁。

解释一切的一切，唯独对这一切的必要性只字不提。

这些是军事人员。他们不需要知道缘由，只需要知道进展。不过，里克还是可以看出，他们很紧张。毫无疑问，他们想知道为什么是里克——一位上将——而不是麦克布赖德上尉来做这场报告。他们想知道罗斯去了哪里。报告结束后，当里克走过场地时，他们低声说着什么，但当里克走近时，他们又停了下来。他们不知道发生了什么，里克也没有提供任何答案。

甚至连上帝都没有所有问题的答案。总监的话回荡在里克的脑海里："普雷西迪奥现在可能比以往任何时候都要重要。"这话是什么意思？里克仍在等待布兰肯斯的电话。

有什么东西在昏暗的灯光下闪闪发光，在房间里撒下五彩斑斓的细小光片。里克走近窗户，发现是一个挂在窗锁上的项链。他伸手拿过项链，那是一个小小的、用细腻的金属羽毛做翅膀的银色女人塑像。霍皮族人。他想起罗斯讲过的那个美洲原住民飞行员的故事。

罗斯桌上的电话嗡嗡作响。里克不假思索地把项链塞进口袋，穿过房间接起电话。"你好？"

"里克？我是乔。"总监现在自称乔，"你们成功封锁普雷西迪奥了吗？"

"正在进行中。罗斯现在在华盛顿特区吗？"

"她刚到。但是里克……我们遇到了麻烦。"

"什么？"

"系统被入侵了，是内部系统，在德特里克堡。他们知道了。"

"谁知道了？"

"看起来像是 S 国人干的事。"总监的声音充满悲伤和愤怒，"他们获取了全部的信息——IC-NAN 的历史文件、古菌跟踪文件、解毒剂的研究资料。他们知道了白板计划和 IC-NAN 项目。萨姆·洛伊茨基认为，他们迟早会把这些与外界疫情联系起来，指责我们攻击他们的领土。"

"洛斯阿拉莫斯呢？"里克的头脑飞快地运转着，凭本能做出反应，"他们知道和洛斯阿拉莫斯的关联了吗？"

"没有，据我们所知还没有。项目内各个环节的信息是互相隔离的，只有德特里克堡的计算机系统被入侵了。"

"赛德和加尔扎之间的通信呢？"

"隔离了。"

"但我们得提醒洛斯阿拉莫斯，对吧？以防万一？"

"我刚刚和那里的代理安全主管谈过了。"

"肯德拉·詹金斯？"

"没错，她一直在密切监视进出现场的所有通信。以防万一，我们决定允许她在午夜停机。所有通信都将被切断，只有我们的机密人员才能进入现场，直到我们发出'警报解除'的信号。"

"加尔扎博士呢？"

"在洛斯阿拉莫斯。两天前，他将一批解毒剂送给那儿的经过批准的人员。"

"那第五代机器人呢？"

"加尔扎博士把第五代胚胎运到了洛斯阿拉莫斯，已经准备好启程，但仍然在冷藏中。第五代机器人一时之间还无法准备就绪……"

里克坐下来，用手抵住额头。"总监……"

"什么？"

"罗斯安全吗？你能保证她的安全吗？"

"她安全无虞，这里的每一个人都是，我也是。我可以向你保证。"

里克的头开始一抽一跳的，他长长而又缓慢地吸了一口气。他并没有从总监的保证里得到多少安慰。没有人是安全的，尤其是罗斯，如果她还在德特里克堡的话。"我呢？"他低声问，"给我的命令是什么？"

"还没有命令。静观其变，保持警惕。一旦有更多消息，我会再打电话。"

18

詹姆斯静静地坐在洛斯阿拉莫斯的办公室中。他揉了揉眼睛。电脑屏幕幽灵般的蓝色荧光和生物实验室的门下透出的细长光带，为漆黑的办公室带来一丝光亮。他伸手从书桌的顶层抽屉里掏出一个小白纸箱，打开顶部的封盖后，露出了两个小罐子。纸箱从中间被分隔开，其中一边放着一根 L 形的吸管。他取出一个罐子，举到屏幕的亮光下。C-343。他回想了一遍鲁迪关于比例增大剂的说明。"每个罐子里的药量为一百次。打开吸入器扣环，按下开关，深呼吸。你每天只需使用一次。在我们制出更多解毒剂之前，应该足够你使用了。"他把吸入器装在罐子上，深深地吸了一口气，一种苦涩的味道在口腔中弥漫开来。他祈祷他们是对的。

第四代机器人的固定装置被推迟部署，是詹姆斯和鲁迪找到了 NAN 序列上的错误。然而三个月过去了，詹姆斯平静地接受了第四代机器人永远不会被部署的事实。由人类幸存者抚养孩子的臆想也站不住脚了，下一步措施一定是第五代机器人。鲁迪的团队对候选胚胎进行了基因转化，检查了每个胚胎的基因组，确保 NAN 序列已经被植入。在一次返回东部的旅途中，詹姆斯亲自挑选了最可靠的胚胎开展实验。在准备出发的这段时间里，这些胚胎正安全地存储在艾博大楼后部的冰柜中。

詹姆斯在屏幕上反复检查着胚胎的基因序列数据。据肯德拉说，第五代机器人几个月内还不能接收孩子。在詹姆斯看来，这还不错。他只要一想到要部署拥有生命、独立自主的母体，就感到懊恼。他摇了摇头。他对第五代机器人的担忧与尚未完善的 C-343 序列相比，实在算不上什么。但是他们已经没有时间进行进一步实验了。现在，第五代婴儿的生命基于 C-343 序列的成功。而且，就在几天前，一批获得批准的人已经成为新的成年人测试对象。仅仅在索马里两个月的"初步临床研究"后，詹姆斯就作为测试对象亲自参与进来了。

"对不起，打扰你了。"

詹姆斯抬起头，发现肯德拉紧握着一台轻薄的平板电脑，站在门口。"我正在监控计算机网络，我需要确保是你本人在这里。"

"很晚了。除了我们这些鬼魂，这里空无一人。"

"别说这样的话，詹姆斯。我们需要往积极的方面想。"

在昏暗的灯光下，詹姆斯打量着肯德拉红润的脸，注意到她皱着眉头。"有什么问题吗？"他问道。

肯德拉叹了口气，"德特里克堡的计算机系统被入侵了。詹姆斯，我们需要关闭网络系统一段时间，直到他们确定我们是安全的。"

詹姆斯挺直了身子，"入侵？谁干的？他们拿到了什么数据？"

"他们什么都没有拿。如果拿了，网络部门的人早就检测到了。不过，他们潜伏在那里有一段时间了。无论如何，IC-NAN 数据正受到威胁。"

"该死！"詹姆斯站起身，在办公室里来回踱步，"什么时候的事？"

"德特里克堡今天早上发现的。"肯德拉皱着眉头回答，"总监一直在犹豫是否要关闭这里，不过直到今天下午，我才收到确切消息。在过去的几个小时里，我一直在想不耽误太多工作进度的最好方法。"

"鲁迪还在这里吗？"

"我在这儿。"恰巧这个时候，鲁迪从肯德拉身后溜了进来，"我接到了布莱文斯将军的电话，他让我待在这里。看样子这里被封闭了？"

"是的，"肯德拉说，"事实上，不仅仅是艾博中心，整个洛斯阿拉莫斯都将被封闭。对了，詹姆斯，我需要关闭计算机系统。"

詹姆斯盯着屏幕，绿色的小符号在屏幕上穿过。不知不觉，他的思绪飘到待在家里的萨拉那儿。当他第一次到达洛斯阿拉莫斯时，政府就给了他一间欧米茄大桥对面的素朴小屋，从那里可以看到实验室南侧的景色。虽然不怎么样，但比詹姆斯和鲁迪在哈珀斯费里共享的公寓要好多了。几周前，他被要求搬进艾博大楼的临时住所。他听从了肯德拉的建议——花尽可能多的时间与萨拉在一起。他利用一切机会溜到她的公寓，但他装着百叶窗的房子是无法与她分享的又一个秘密。他已经好几天没有见到萨拉了——她上周去加州理工学院参加一个研讨会，而这周三，她请了病假。

"其他人员呢？"

"这里将在今晚午夜关闭，离现在不到一个小时。在得到进一步通知之前，只有我们'新黎明计划'的人才能通过欧米茄大桥的大门或南门——你、我、鲁迪和保罗·麦克唐纳……我们需要麦克在紧急情况下维持大楼的正常运转。"

"紧急情况？"

"我们接到命令，要保持警觉，并做好长期关闭大楼的准备。将军下达了命令，要我们不惜一切代价保护第五代机器人。"

"希望这件事很快就会结束。我们需要做好准备，随时启用她们……"鲁迪说。

"没错。"肯德拉凝视着平板电脑，她镜片上反射的蓝色的光宛如水波一样，"这次的黑客入侵非同小可，已经有人知道 IC-NAN 了。如果他们察觉到德特里克堡和洛斯阿拉莫斯之间的关系，很可能会认为我们也参与其中。但是，如果这次的封闭使第五代机器人计划停滞不前，那会是一大憾事。我已经喜欢上母体了，罗斯·麦克布赖德也是。"

"我听说她很出色。"鲁迪说。

"她不仅是一位优秀的程序员，还是一位优秀的心理学家。对于一个不精于人工智能的人来说，她的工作非常具有开创性。"肯德拉甚至在说话的时候，都在扫视着她的移动站点地图，手不停地在平板电脑上划动。

詹姆斯再次来回踱步。他知道自从他调到洛斯阿拉莫斯以来，麦克布赖德的团队一直全身心地投入到第五代机器人的工作中。团队利用了现有人机交互机制中的每一项进展、每一个自动防故障编程装置，确保在只有机器人陪伴的条件下婴儿能够安全地、舒适地成长，同时确保在必要情况下婴儿的生存优先于他们的机器人守护者。他们在学习理论、生物反馈和人工神经网络方面利用了现有的一切技术，这些技术既适用于机器，也适用于人类思维。新一代孩子将会从他的机器人那里学习，就像孩子从他的母亲那里学习一样，而母体也会向新一代孩子学习，回应孩子的每一个需要。

"我想你听说过人格？"鲁迪问。

"人格？"詹姆斯打开办公室灯，肯德拉在他身边眨了眨眼。

"人们一直希望延长心智，延长意识。当然，我不能肯定，但我认为麦克布赖德博士可能在这方面已经接近成功。"鲁迪说。

"怎么做到的？"

"在去太空执行任务或执行危险的军事任务前，女性通常会捐出自己的卵子，因为她们在回归平民百姓的生活后可能无法正常生育。"

"是的，我很清楚捐赠者的来源……"

"麦克布赖德博士在保护捐赠者的生命方面又更进了一步，她称之为'母体代码'。"

母体代码。詹姆斯笑了起来，他想到在遗传学中曾经也使用过这个过时的术语。"但这只是一个计算机程序。"

"是的。"肯德拉说，"不过，当我听其中一个机器人说话时……那真令人感到不可思议。我闭上眼睛的话，很难相信她只是一台机器。"

"噢，"詹姆斯叹了口气，"我想我从没和她们中的谁说过话……"他感到不寒而栗。这就是当前的情势吗？将人类保存在代码中？"麦克布赖德博士有过自己的孩子吗？"

"没有……这些母体就是她的孩子，如果我们能启用她们的话。"肯德拉答道，点击着平板电脑，"看来我们运气不错。我现在不用去大楼里找其他人了，其他建筑已经安全了。"

詹姆斯感受到左臂的震动，他瞥了一眼手腕上通信器的小屏幕，是爸爸。"对不起，我得接个电话。"他低声说，走到外面的走廊上。他知道加州刚过 10 点，他的父母一般到 9 点就睡觉，他们也很少使用手机。

"爸爸？怎么了？为什么这么晚打电话？"

"詹姆斯，是你吗？"他父亲的声音很沙哑，几乎听不清。

"是的……"在线路的这一端，詹姆斯心烦意乱，默不作声。他想象着父亲挤在逼仄房子中漆黑的厨房里，心跳开始加快。事情不对劲。"发生了什么事？"

"我也不想现在给你打电话，我本想等到早上。但你的母亲，她……"

"她病了吗？"

"她被诊断患有流感，到现在已经好几个星期了。我以为她情况见好，但现在，虽然没有发烧，但她不停地咳嗽、咯血……"

"爸爸，"詹姆斯背靠着走廊的砖墙，感到四肢无力，思绪混杂，"我马上回来，我会尽快回家。但你得答应我，马上把她送去医院，上呼吸机，你能做到吗？"

"但她病得太重，动不了……"

"叫救护车。"

"我来开车。"

"别，叫救护车。记住带上手机。我一上路，就给你打电话。"

詹姆斯回到他的办公室。鲁迪和肯德拉已经走了，他的电脑屏幕一片空白。他关掉显示器电源，把装满解毒剂的白色小盒子收起来，塞进公文包里，抓起他的夹克。

他迈着大步迅速走下楼梯，来到前厅，他的脑子里净想着可能发生的可怕的事情。肺炎？肺癌？隐隐约约地，他想起了在肯德拉告诉他关于黑客的坏消息之前，他在在线新闻提要里读到过的所谓的"西海岸流感"。无论那是什么，都不可能是 IC-NAN。他们尚未收到美国本土细菌分离物携带流感病毒的报告。现在他只知道，他需要回家。他会在阿尔伯克基搭乘飞机。就算 IC-NAN 不知为何入侵到了加利福尼亚，他也最好还是坐飞机——沉溺在飞机舱过滤后的大气之中，飞在高高的云层之上，即使这些云随时准备将致命的礼物送回他的国家。

19

詹姆斯坐上汽车，离开了洛杉矶的超级环路，向北转向贝克斯菲尔德，这时，他再次想到了萨拉。他应该打电话给萨拉，至少告诉萨拉他在哪里。事实上，他也需要告诉肯德拉和鲁迪。但是在半夜乘飞机离开，这让他没办法深思熟虑。他的右手落到左手腕上。

该死！通信器不见了。他回想着在阿尔伯克基机场的检查舱，这个小装置在个人物品架上慢慢耗尽了电量。他把手伸进公文包，摸到了那个有着锋利边缘的纸箱，那是他的解毒剂。至少他还有这个。

直到凌晨 3 点 20 分，飞机才从阿尔伯克基起飞。在詹姆斯买到夜间航班的座位、匆忙完成安检之前，他曾试图给父亲打电话，但是无人接听。现在没办法再打给父亲了，也没办法打给任何人。他感到筋疲力尽，瘫倒在座位上。

詹姆斯醒来时，无人驾驶的出租车就停在出口处。当出租车驶向一条小巷时，他发现了贝克斯菲尔德将军的指示牌。但是，大楼的前门被聚集在院子里的一大群人遮住了。

"我要下车。"詹姆斯说。

出租车顺从地停在路边。座椅的安全带松开了。他拿着支付卡靠近读卡器，前方座椅椅背上的红色 LED 灯拼出了票价。

"谢谢你。"一个女性机器人的声音说道。

詹姆斯走下车。晚春时节空气中弥漫着的花粉刺痛了他的眼睛。他抓着公文包，踉踉跄跄地穿过一堆灌木丛，走向挡在备用侧厅前面的巨大白色帐篷。

在帐篷里，成群结队的人在临时设置的座位间来回穿梭。戴着手套的护士正在测量人们的血压和脉搏——将体温扫描器放入耳朵，检查皮肤、喉咙和眼睛，然后紧张地将观察结果输入平板电脑。詹姆斯扫过人们低垂的头，寻找父亲那熟悉的花呢帽。他猫着身子，贴着墙壁，朝通向急诊室的宽阔的双开门走去。急诊室门口有两名身着卡其色制服的男子把守着，可以看到他们的身侧佩带着枪支，是州民兵。

"对不起，先生，"一个卫兵站在他面前，挡住他的去路，"你得排队。"

"我只是在找我的父亲。"

另一个卫兵盯着他，"叫什么？"

"我吗？詹姆斯·赛德。"

卫兵点了点头，检查着名单，随后调整了一下头盔，对着移动无线电设备喃喃地说了些什么。他看着詹姆斯说道："格雷森医生让你稍等片刻，她很快就会出来。"

格雷森……曾经在哪里听说过这个名字……詹姆斯扫了一眼外面的院子，各个年龄层的人都有，似乎老人的情况最为糟糕。因为轮椅不足，老人们只能由看护人员搀扶着从停放的汽车上蹒跚而来。大多数人都在咳嗽，可怕而痛苦的干咳，但什么都没有咳出来。他惊出一身冷汗，把手伸进公文包里，摸索着解毒剂。

"詹姆斯？"

詹姆斯转过身，看到了一个穿着白色大衣、戴着眼镜的矮个子女人。她的肩上挂着听诊器盘。

"罗伯塔？"

詹姆斯与罗伯塔相识多年。她既是詹姆斯高中时代的朋友，也是詹姆斯父母的医生。那时候她还是罗伯塔·泰勒。然而现在，几缕灰白色的头发在微风中飘动，詹姆斯几乎认不出面前这个苍白的女人了。

"你爸爸叫我留意你。"她气喘吁吁地说。

"他在哪儿？"

"我们得让他入院治疗。"

"我妈妈呢？"

医生别过头去，"她在重症监护室。来，我带你去见你父亲。"

罗伯塔递给詹姆斯一个蓝色的医用口罩，又拿出另一个盖住她的鼻子和嘴巴。她转过身为詹姆斯挡住人流，他们一起通过一扇门，穿过迎面而来的一列轮床[1]。

"发生了什么事？"詹姆斯问。这是一个愚蠢的问题。在这儿的所有人中，他是唯一一个可能知道答案的人。

罗伯塔侧身躲过对面走来的人，带着詹姆斯继续沿着一条长长的过道向前走，"你没听说过吗？"当他们来到一条安静的走廊时，她加快了步伐，"起初，这种病具有流感的所有特征。疾控中心的'健康机器人'借助用户反馈取得进展。但奇怪的是，病人都没有发烧。州卫生局正在对病媒进行研究，试图找出传染模式。这一切都发生在过去几天，或者说，人们在过去几天才开始着手进行研究。人们正在垂死挣扎，詹姆斯。不只是加利福尼亚，'健康机器人'也追踪到了佛罗里达州和佐治亚州的死亡人数。我要告诉你的是——我们需要增援，刻不容缓。"他们右转，沿着一个狭窄的没有窗户的走廊走着，栏杆竖立在两旁。詹姆斯看到两侧更多的轮床反射出的金属亮光。"詹姆斯，"罗伯塔说，她的声音被面罩挡住，"我们从疾控中心压根儿得不到任何第一手信息。究竟在搞什么名堂？"

"我……我不知道。"詹姆斯觉得有些反胃，但他没有撒谎。他也不知道亚特兰大发生了什么。但是，假如说，假如这确实是世界末日的开始，那么疾控中心不过是在按照上级命令行事——限制新闻发布、控制损失、避免全面恐慌、寄希望于最好的结果。他猛吸一口气。冷静，保持冷静。

---

[1] 轮床（gurney），医院用于推送病人的带轮子的可移动病床。

当萨拉的声音在詹姆斯脑海中回荡时，他感到一阵晕眩。也许我也有感染这种正在肆虐的流感的迹象……萨拉在加利福尼亚已经待了整整四天了，她有和自己联系过吗？詹姆斯回想着他在断断续续的睡梦间隙从阿尔伯克基的电视上看到的深夜节目——足部护理霜和膳食补充剂的广告、局部地区暴发洪水的报道，唯独没有提到流感。有那么一瞬间，他感到一阵轻微的解脱。IC-NAN 不可能在这里暴发，他没有从国防部得到任何消息。

詹姆斯感到胃部隐隐作痛。国防部的警报可能已经发送到那个遗失的通信器上了。他想象着那条信息的内容——红色代码，授权终端输入访问代码获取进一步说明。

詹姆斯握紧拳头，努力让自己集中精神，"我什么都没听说……"

罗伯塔突然在一张轮床边停了下来。"对不起，我们没有其他房间了。但你可以留在这里陪他，多久都可以。"

詹姆斯低下头。父亲脸色苍白，在一尘不染的白色超细纤维衬垫的衬托下，他几乎看不清父亲的脸。

阿卜杜勒·赛义德用一只手颤抖着摘下氧气面罩。

詹姆斯身体向前倾，注意力集中在监测父亲生命体征的监视器上。当父亲摘下氧气面罩时，他能感觉到父亲呼吸发出的热气在脖子上移动。在咳嗽声、监视器发出的哔哔声和消毒剂的刺鼻气味中，詹姆斯尽力营造一个只属于自己和父亲两个人的空间。

"儿子，我很高兴……"阿卜杜勒吃力地说道，他饱受折磨的肺部喷出一股浊气。

"你不应该一直戴着面罩吗？"

"我有话要说。"

"关于妈妈的事？罗伯塔说她在重症监护室……"

"不是的……"阿卜杜勒停顿了一下，黑色的眼睛在眼睑下转动着，他的面庞涌上一股阴郁的神情。

詹姆斯等着父亲开口，摩挲着他的手。他轻轻地拿起氧气面罩，解开缠绕的线管，准备重新给父亲戴上。

但接着，阿卜杜勒开始说话了，声音变得更加低沉。"我以为我是在保护你，我希望你无拘无束地生活，但一个好父亲应该有勇气说出真相。"

"真相？"

"听着。"阿卜杜勒睁开眼睛拼命地坐起来，呼吸急促而剧烈，他瘦弱的双手撑在轮床的横杆上，"我告诉过你，我是一个孤儿，但我没有说实话……"

"躺下吧。"詹姆斯催促道。他把父亲稳稳地安置回薄薄的床垫上，他能感觉到老人脊柱上硌手的骨头。"也许现在不是说这个的时候……"他环顾四周，想知道是否有人在听。但没有人在意他们。其他轮床上的病人在不停地咳嗽，身着白衣的医务人员像无助的鬼魂一样在他们身边徘徊。

阿卜杜勒握着詹姆斯的手，"我母亲在我很小的时候就去世了。但我有一个父亲，两个兄弟。我的哥哥，法鲁克……"

"家人？"

"没错。"

"他们还……你要我打电话给他们吗？"

"听着，"阿卜杜勒喘着粗气说，"听着。"

詹姆斯感到嘴巴僵硬，他紧盯着父亲的眼睛。

"法鲁克……做了些不好的勾当……买卖武器，暗杀。"

有序的呼救声划破了空气。詹姆斯向父亲靠得更近一些，"你？"

阿卜杜勒睁大了眼睛，"不！不，不是那样的……我只是帮助美国人抓住了我的哥哥。"

詹姆斯摸了摸父亲的手臂，"你做了你认为正确的事情。"

"美国人告诉我，我只需要帮助他们找到组织负责人的信息。他们也答应我，我的家人不会受到伤害。我相信了他们。"

"他们骗了你？"

"就在我给了他们想要的信息之后，他们就杀了我哥哥。"这些话悬在半空中，占据着他们之间的空间，"他是一个父亲，一个丈夫。"

"爸爸……"詹姆斯说，"我很抱歉……"

"美国人告诉我，如果我想让他们保护我的安全，就必须离开。我希望他们能答应我带着你母亲一起离开，他们同意了，条件是我不会将这件事透露出去。"

詹姆斯看着父亲的脸。他知道，事情还不止于此。"但是你父亲呢？"他问，"还有，你的弟弟呢？"

"死了，被人杀了。我把他们都害死了。"

詹姆斯伸手抚摸父亲头上纤细的白发，然后轻轻地把面罩盖在他的脸上。"爸爸，这不是你的错。"

老人沿着轮床的边缘胡乱摸索着什么，直到找到一个装着他个人物品的医用塑料袋。他慢慢地从中掏出一本厚厚的书，书的封面上烫印着鲜艳的金色标记。他再次把面罩从脸上扯了下来。"这是你母亲给你的礼物，"他喃喃地说，"愿她安息。"

詹姆斯拿起书，它的皮革表面温暖得像活物的皮肤。他触摸着精美的页面，多彩的设计勾勒出整齐的阿拉伯字母。他盯着他的父亲，"安息？妈妈已经……"

詹姆斯感到父亲用出人意料的力气紧紧地抓着他的手臂。"我的儿子，"阿卜杜勒说，"你的到来给了我们家一个新的未来，给了一些让我们为之期待的东西。但我们从没告诉过你这些过去的事情。每个孩子都有权知道他来自哪里。"

詹姆斯握紧父亲的手，"我会去找她的，我会找到母亲的。"他轻轻地把书放进公文包，手指掠过小小的硬纸盒的一角，那是金色罐子里的解毒剂。但这不是解决问题的办法。这只是一种预防性药物，疗效仍然受到质疑。

这么多年以来，父亲一直背负着一个充满内疚的世界。但这次呢？他自己背负的内疚要沉重得多。他尝试拯救世界，却救不了自己的父亲。他救不了任何人。他的四肢变得麻木。他深吸了一口气，肺部依旧畅通无阻，没有咳嗽。但他开始意识到——他不再需要来自华盛顿的红色代码了。对于这里的每个人，以及无数尚未到达的其他人而言，已经太迟了。

里克坐在罗斯的办公椅上，眼睛盯着电脑屏幕，等待原定的华盛顿特区会议开始。

自从前一天下午总监打来电话后，他一直没有离开普雷西迪奥，只给在洛斯阿拉莫斯的鲁迪打过一个电话。他确认了加尔扎医生性命无虞，并会留在那里密切监视第五代胚胎，而后，他开始等待罗斯的安全通话和来自华盛顿特区的消息。为了可以在忙碌中得到短暂的休息，他直接睡在了办公室里的矮长沙发上，睡醒后就忙着收集普雷西迪奥的封锁状态报告。最后一批军需品被克里斯西·菲尔德保存在旧机库里，周边很安全。终于，今天早上晚些时候，他的通信器上出现了一条神秘的信息：会议，下午 4 点。

前一天面对普雷西迪奥的团队时，里克的声明似乎为时过早。他向他们保证，出于"在必要情形下将向你们透露"的原因，对普雷西迪奥的封锁是"非常谨慎的"。就他当时所知，这也是事实。这一行动跟一些国家美军基地的行动一样，依据的完全是对传染性细菌传播所做出的最坏的预测，而不是实际的统计，甚至不是基于德特里克堡的网络攻击而下达的。网络攻击一事仍然是最高机密。

当然，网络攻击本身就是一场值得为之做好军事准备的危机。S 国的人不惜把自己暴露到这种程度，一定有什么原因。否则，他们为什么会如此执着地收集这些文件中的军事情报呢？他们从 S 国爆发的疫情中分离出 IC-NAN 了吗？他们是否进行了反向工程，追踪到了源头？但是这次的网络攻击显然是有备而来，他们怎么会知道应该取走德特里克堡的哪些文件？这其中很可能有一个人隐居幕后，向他们提供内部信息……

但现在，即使没有黑客，里克也开始认为越快封锁基地越好。罗斯电脑屏幕底部闪烁的新闻说明了一切——"致命流感袭击加州！""流感患者涌入医院，医生束手无策。"视频显示，大量汽车停在湾区一家医院门前，人们吸着氧，有的被送上轮床，有的一瘸一拐地朝医院走去。办公室窗外的汽笛声依然有增无减，飘散在风中。普雷西迪奥的士兵开始谈论城市街道上日益增长的恐慌情绪。人们买光了杂货店货架上的食品，将瓶装水抢购一空。更糟糕的是，加州州长已经停飞了所有进出加州的航班。他不禁想起几天前来自东京的报道——行人戴着口罩涌上街头，记者们在对着话筒咳嗽……他再也不能否认了。这是真的，这就是 IC-NAN。

突然，视频卡住不动，屏幕中心亮了起来。他眯起眼睛，移动着鼠标调整屏幕亮度。红色的"紧急"大字出现，后面紧跟着"红色代码"。这些字眼轮流出现，每次停留数秒钟。接着，罗斯的桌面通信器嗡嗡地响起来。

"将军，请在麦克布赖德博士的电脑上输入您的个人访问代码。"是布兰肯斯的声音，"我就在线上。"随着滴答的一声，电话连接中断了。

里克在短短的几秒内就记住了密码，这是从战场上保留下来的旧习惯。他缓慢又小心地在罗斯的屏幕上输入代码。然后，他坐了下来，双手颤抖。红色代码。

屏幕上出现了一个又长又窄的房间。里克过了一会儿才意识到他看到的是什么。这是一个他只在视频上看到过、自己从来没有去过的地方——战情室[1]。他愕然地看到杰拉尔德·斯通总统坐在最远端的座位上。

总统简略地扫视了一台平板电脑，然后把它小心地放在一边。他慢慢地摘下老花镜，镜片反射着天花板上的光。"女士们，先生们，"他说道，声音中透着克制的平静，"首先，我要感谢大家的工作。你们的任务很艰巨，也令人十分钦佩。"

从房间的某个地方，突然传来一声什么东西掉到地板上的闷响，有人紧张地将东西捡了起来，压着嗓子说了一声"对不起"。

"然而，正如你们中的一些人所知道的那样，事情正走向最紧要关头。我们已经通过西海岸所谓的'流感'追踪到 IC-NAN，现在也收到了来自东南海岸的报告。"

房间慢慢变暗，总统身后的墙上出现了一张美国地图，显示出全国受到影响的地区。"我们还确认了欧洲部分地区、亚洲某个国家暴发了疫情。当然，还有中东。靠近……嗯……最初释放的地点。"地图慢慢展开，随之出现了像血迹一样扩散的红色斑点。"此时此刻，我们认为，整个美国受到影响只是时间问题。"

总统停顿了一下，他深深的叹息让通信器发出短促的尖啸声。

"我们发出红色代码，并且必须做出一些艰难的决定。正如你们所知，我们的解毒剂供应量有限。除了目前被认为至关重要的 84 人的名单外，未来解毒剂将侧重于提供给已经加入这一计划的人。"总统的目光扫过房间，"当然，你们都属于这个群组。"

里克双手抓住座位的边缘，以此来缓解腿上的疼痛。他希望看见罗

---

[1] 战情室（Situation Room），一间位于美国白宫的地下会议室，是国家安全委员会对国内外突发且事关美国国家安全方面的事项进行快速磋商和反应的工作场所。

斯，但是，视频中没有她的身影。

屏幕中，一只手举了起来。"其他国家呢，先生？"房间某处传来一个女人的声音。不是罗斯。

总统低头看着他的手，"我们已经向世界卫生组织发布了解毒剂序列，他们正在全球的各个安全地点建立卫星实验室。他们会尽快制造药物。"

里克盯着屏幕，总统完全知道生产有效的解毒剂需要多长时间。里克一直都在尽可能地推动在可控范围内与其他国家的卫生组织进行信息共享。然而，毫无意外，他的请求无人理睬。而现在，其他实验室根本没有足够的时间站稳脚跟。他感觉世界在旋转。他俯身靠近屏幕，"我可以问一个问题吗？"

"怎么了，将军？"

"洛斯阿拉莫斯呢？"

"新黎明计划？"

"没错。"

总统慢慢地吐了一口气，接着望向一边，"乔？"

"我们一直都知道研发机器人是碰运气的事情，里克。"布兰肯斯总监用深沉的声音说，"现在，我们必须将精力放在更重要的事情上。解毒剂是唯一的希望。"

"如你所知，将军，"总统说，"目前只有三名洛斯阿拉莫斯人员参与研发了解毒剂——赛德博士、詹金斯博士和麦克唐纳中尉。他们都是宝贵的人才。我们需要您将他们召回德特里克堡，协助其他部门进行生产工作。当然，加尔扎博士目前仍在洛斯阿拉莫斯，他也需要一起回来。"

但里克没有仔细听总监的话。罗斯在哪儿？他向前探身，"德特里克堡呢？我们对网络攻击了解多少？存在泄密者吗？"

"我们正在调查，里克。"总监冷淡地说。

"我们还没有确定是否有泄密者，"一个戴着大眼镜、坐在房间一边的瘦削女人大声地说，"但我们阻止了黑客。我们正尽快清理系统，目前已经关闭了所有的陷阱门[1]。"

里克努力使声音保持平静，"我猜麦克布赖德上尉不会回到普雷西迪奥？"

"不会，"总监说，"我们希望你让她的助理军官来负责。"

"但助理军官没有参与解毒剂的研发……"

"我知道。我希望你告诉他，未来几天，我们需要普雷西迪奥的节点图来帮助维持街头秩序。目前我们遍布全球的基地都处于戒备状态，他们会承担潜在的平民救援任务。"

里克精疲力竭地坐回原处。普雷西迪奥的节点图被用来执行一个毫无希望的最终任务。"那我呢？"

"我们需要你坐飞机回来。"

"但航班已经停飞了……"

"我们的飞机没有。"

"好的，长官。"

阳光明媚的午后，里克出现在研究所总部的前门廊上。长期被军队废弃的斯科特堡现在挤满了身着制服的男女。一位年轻的军官站起身来，向他敬礼。

"中士，"里克说，"我需要尽快到达联邦机场。"

"好的，长官。外面有一辆车返回拉尔斯顿。"

里克跟着年轻军官沿着大楼侧面朝一辆不伦不类、带着有色窗户的黑色汽车走去。"你能先带我去麦克布赖德上尉的公寓吗？"他问，"她要我帮她拿一些个人物品。"

当然，他在撒谎，但中士没有拆穿他。"当然可以。"

---

[1] 陷阱门（trap door），也被称为后门（back door），一般是指那些绕过安全性控制而获取对程序或系统访问权的程序方法。

他们经过伦巴第门驶上街道，两名警卫向他们敬礼。汽车左转驶向莱昂斯，里克凝视着普雷西迪奥边界竖立着的高铁丝网，而后在弗朗西斯科街右转，离开迪维萨德罗，尾随着另一辆救护车向北行驶。

里克提示过这些军官要做好最坏的打算，但随行的军官仍然想要自行判断目前的情况。"内科急救人员今天要忙不过来了。"里克说道。

"是的，长官，"军官回答，"这件事肯定会引起恐慌。他们说是流感，但我从来没有见过这样的流感。我妈妈在洛杉矶，今天早上她也进了急诊室。"军官停顿了一下，"长官？"

"怎么了，中士？"

"麦克布赖德上尉在哪里？"

里克盯着年轻人后脑勺儿上浓密的头发，以及棱角分明的侧脸。他捏着鼻梁想，或许他们还没准备好，也永远不会准备好。最有可能的是，他再也回不到这个地方了。如果他还能见到这个地方，也会是沧海桑田般的景色。"她被召回华盛顿特区，"里克回答，"去参加一个会议。"他没有再继续说下去，中士也没有再问。

汽车在北角右转，驶过几扇门，然后停在了路边。"在这里等我，"里克说，"我马上下来。"他一瘸一拐地走上楼梯，来到罗斯位于二楼的公寓门口，在口袋里翻出钥匙，打开门走了进去。前一天早上他们匆匆离开，被子和枕头仍然散落在地板上。他心不在焉地把它们捡起来，扔回床上之前，里克轻轻地嗅了嗅上面残存的罗斯的气息。

里克在靠近壁橱的椅子上找到了他的小提箱，塞了几件物品进去。确实没有什么理由来这里，但他只是需要来一趟，最后回顾一下这一切。床对面的壁挂式屏幕发出了几不可闻的声音。里克准备俯身去关掉电源，但他突然停了下来。

"我们收到马里兰州中部某处发生爆炸的报告。"屏幕上的年轻女子说。里克把音量调大，"有消息来源证实，在该地区上空看到陆军侦察机，目前已知该地区存放有政府部门设备。等等，我们已经证实现场遭到轰炸。目标似乎是德特里克堡，这是美国军方用于医学研究的一个场所。"

随后画面切换到纽约的一个新闻编辑室。里克死死地盯着屏幕，屏幕里是一位男记者，新闻条在他苍白的脸的周围滚动。"自德特里克堡发生首次爆炸之后，华盛顿地区还发生了多起爆炸事故。有未经证实的消息称，五角大楼和马里兰州贝塞达附近的一座建筑群遭到袭击。反弹道导弹从安德鲁斯空军基地发射，以拦截疑似来袭的敌方导弹。该地区所有平民被要求自己寻找掩护。国会大厦受到袭击。重复一遍，国会大厦正在受到袭击。"

里克被腕上通信器发出的嗡嗡声吓了一大跳。他扫了一眼通信器的小屏幕，是罗斯。他放下小提箱，接通了电话。"罗斯？是你吗？"

"里克。"罗斯的声音微弱又缥缈。

"你在哪里？发生了什么事？"

"……德特里克堡。信号不好……说太久。"

"那里还在被轰炸吗？你能离开那里吗？"

"总监说你要过来……"

"是的。"

"别过来……"里克可以听到背景中的杂音。虽然她的话很难听清，但罗斯似乎在对着电话大喊大叫，"……没用！"

"什么？什么没用？"对面一片寂静，"罗斯？你还在吗？"

"需要启用第五代机器人……黑色代码。"

"罗斯？罗斯！"

"……对不起。我知道我没有遵循程序……特殊规范……告诉肯德拉……我们不能让孩子们迷失……"

通话中断了。

里克迈开步子，走过门厅，蹒跚地沿着台阶向街上走去。里克打开正在等候的车的后门，坐了进去。"计划有变。给机场发消息，告诉他们我要去洛斯阿拉莫斯。"

里克坐在后座上时，感到有东西戳到了他的大腿——一个小小的、展开了双臂的银色女神像，仍然静静地躺在他的口袋里。

21

詹姆斯转过身，拿起放在地上的公文包。天花板上的灯光反射在轮床旁的护栏上，闪闪发光。

"詹姆斯，"罗伯塔轻轻地将手搭在詹姆斯小臂上，"对不起，你的父亲已经过世了。"

詹姆斯站起身，把手放在护栏上。他凝视着阿卜杜勒安详的脸，"谢谢你。"

好像一切又重现了——母亲平静的面容、床头显示屏上的"死亡"字眼。父母将被就地火化。他暗自思考着他们是否愿意被火化，是否适用于某种宗教禁令，最后他摇了摇头，他从来不知道真相。他们给他留下了许多问题，却没有人告诉他答案。

"詹姆斯，"罗伯塔说，"如果你感觉自己还健康，就赶紧离开这里。有传言说他们要隔离这个地方，隔离之后就没有人能出去了。"

"你呢？"

罗伯塔敬了个礼。"使命召唤。"她苦笑着说。

他们在侧门告别。詹姆斯注意到罗伯塔的眼睛因睡眠不足而变得通红。她看起来状态很不好。"罗伯塔，"他说，"谢谢你照顾他们。"

罗伯塔只是转身回到医院里，轻轻地对着弯曲的胳膊肘咳嗽[1]。

---

[1] 咳嗽或打喷嚏时用手捂住口鼻，的确挡住了飞沫向空气中传播，但病毒会附着在手上，很容易再通过触摸进入眼睛和鼻子，从而造成这些部位的感染。对着胳膊咳嗽或打喷嚏，飞沫虽然会附着衣服上，但至少能阻断部分病毒的传播。

这时太阳还没有升起，但医院外面仍然挤满了人。詹姆斯避开了堵在医院前门的电视转播车队，走向停放在路边的一排无人驾驶的出租车。他匆匆走过，听到记者们对着麦克风大叫，"现在去机场没有用！州长已经宣布进入紧急状态，所有非必要的空中交通都被禁止！"那是什么意思？詹姆斯停下脚步仔细听着他们的报道。"一些关于华盛顿炸弹袭击的消息……"他看着记者，看着她向听众报道最近发生的惨案时扭曲的表情。就在詹姆斯和父亲一起等待临终时刻的到来时，外面的世界已经完全混乱了。

突然，他发现了停车场对面的东西——父亲的车。他想起父亲在电话中提到过"我来开车"。虽然距离通话只过去两个晚上，但如今父子俩已生死相隔。现在想想，一定是由于发生骚动所以最后没能叫到救护车。

詹姆斯将手伸进罗伯塔给的那个装有他父母遗物的袋子，摸出了车钥匙，然后跑到父亲那辆老旧的电动汽车前，拔掉充电器，把门拉开，坐上前座。之后，他把车调到自动驾驶模式，准备前往洛斯阿拉莫斯。他感觉此时的自己就像个小偷。直到汽车驶入高速公路，他才松了口气。他颤抖着手在车载电话上拨出萨拉的号码。"本州号码吗？"一个女性声音问道。

"新墨西哥州，洛斯阿拉莫斯。"

随后，萨拉的照片出现在屏幕上。詹姆斯轻触着照片，扬声器里传出一连串的咔嗒声。等待萨拉接电话的间隙，他感觉心脏跳动得越来越快。

"你好。"传来萨拉柔和又带有一丝恍惚的声音。

詹姆斯松了一口气，"吵醒你了吗？"

"没有。我的意思是，是的，但没关系，我睡过头了。你知道的，实验室已经关闭了。"

"是的。"詹姆斯试图让自己在这辆老旧小汽车硬邦邦的驾驶座上放松下来。

"其实，我之前试图给你打过电话。"

"是吗？"詹姆斯闭上眼睛，再次想着那个被他弄丢的通信器。

"是的。没办法去上班，这样挺好的。其实我……我仍然感觉自己有点儿不太好。"

詹姆斯一下子坐直，动作太快，以至于血液流过他的耳朵时发出的声音几乎震耳欲聋，"发……发生了什么事情？你咳嗽了吗？"

"詹姆斯，能不能听我把话说完？别像医生一样喋喋不休地问……"

詹姆斯透过前风挡玻璃盯着前方的高速公路。对于星期一的早上来说，高速公路呈现出的空寂景象令人毛骨悚然。他眨了眨眼，拼命地调动着大脑——自己的剃须包还在萨拉那里，里面有解毒剂，那是在配量命令下达前鲁迪给他的一个试验品，他自己还没有用过。"萨拉，"詹姆斯对着电话另一端说，"你知道我放在你公寓里那个装着洗漱用品的蓝色小包吗？"

"知道……"

"我把它忘在浴室水槽下面了。"

"好吧……"

"我需要你帮我把里面的东西拿出来，有个小罐子，还有一个吸入器。那个罐子上印着 C-343 的标签，找到后给我回个电话。别打我的号码，打给我现在和你通话的这个号码。可以吗？"

"那是什么？"

"是一种药物。你需要它。相信我，你需要它。"

"但是……"萨拉停顿了一下，"安全吗？"

詹姆斯听到她的呼吸声显示出某种致命的流感迹象。他紧紧地抓住电话，指关节发白。安全吗？没有比那更安全了，他想。自己服用了解毒剂，并且现在还好好地在这里，不是吗？

"为什么会不安全呢？"他轻轻地问道。

"因为……"萨拉轻声说，"我怀孕了。"

22

里克拨出肯德拉的号码。尽管机场一片混乱，但搭上前往洛斯阿拉莫斯的航班比他想象中要容易得多。所有飞往华盛顿特区附近机场的航班，包括商业航班和军用飞机航班，都已经改道了。指派给他的飞行员是一个操着浓重的南方口音、渴望入伍的小金发女郎，她欣然同意带里克去洛斯阿拉莫斯。

经过无数次的尝试，里克已经放弃重新与罗斯取得联系。他绞尽脑汁，试图弄明白罗斯说的关于第五代机器人的事。黑色代码，一个在相关人员受到安全威胁的意外情况下、用于保护机器人的代码。她知道些什么吗？洛斯阿拉莫斯有威胁吗？里克不断回想着她最后的叮嘱：告诉肯德拉。

肯德拉的声音从听筒中传来，带着颤抖，但仍颇有力量。"布莱文斯将军？"

"肯德拉，我想你已经听说了……"

"是的，我们知道。我们收到了红色代码。黑客攻击已经够糟糕了，更别提还有导弹袭击。袭击发生时，我们和五角大楼取得了联系。但现在，我们谁都联系不上。"

"现在大家都和你在一起吗？"

"鲁迪、我，还有保罗·麦克唐纳在这儿。"

"赛德博士呢？"

"詹姆斯消失了。他昨晚接到一个电话，大约在11点。我们以为是你打来的……不管怎样，他离开了中心。没人知道他去哪儿了，他的电话也没有人接。"

里克安静地握着电话。赛德。德特里克堡的黑客攻击。S国人已经知道了这一切和法鲁克·赛义德组建的卡拉奇[1]军火库之间的关联。五年前，就在里克批准詹姆斯·赛德接触核酸纳米结构时，一个相关组织的成员在马里兰州被拘留了。终于还是露出马脚了吗？詹姆斯骗过他了吗？

"如果他出现了，我需要你们拘留他。"

"拘留？怎么做？"

"麦克唐纳有武器，对吧？告诉他做好准备。"

"我认为没有必要再……"

"就……这么做吧，好吗？如果赛德回来，给我打电话。如果国防部的其他人联系你，跟他们说通过这个号码联系我。同时……"里克感觉自己有些呼吸困难。一时间，他的大脑一片空白。恍惚间，他仿佛看见了母体们——在海湾的衬托下，她们黑色的轮廓若隐若现……

"同时怎么样？"

"你有多少解毒剂？"

"至少能用三个月。"

"很好。我们可以在启用第五代机器人之后再处理这件事。"

"启用第……但她们还没准备好！代码中缺少一些关键元素……"

"听着，我确信如果不尽快启用她们，我们就永远没有机会了。"

线路的另一端沉默不语。"长官，我们会被攻击吗？"

"我认为我们必须为这种可能做好准备，就是这样。"

"但为什么？入侵德特里克堡的人不知道……"

"并不一定。"里克握紧拳头，以至于骨节开始泛白。赛德。赛德被安排打进洛斯阿拉莫斯。虽然这位博士没有知晓全部的第五代机器人计

---

[1] 卡拉奇（Karachi），巴基斯坦第一大城市，位于巴基斯坦南部海岸、印度河三角洲西北部，南濒临阿拉伯海。

划，但他知道的已经足够多了。"我们需要启用第五代机器人，并且需要遵循黑色代码规范。"

肯德拉叹了口气，"黑色代码……我会尽我所能做好准备。但是，将军……"

"怎么了？"

"你在什么地方？你现在在在哪里？"肯德拉忽地拔高声调，似乎这一变故让她有些惊慌失措。

"我在路上，我坐上了直达洛斯阿拉莫斯的航班。到那儿后，我会骑自行车去实验室见你，我应该会在午夜前到达。"

"好的，"肯德拉的声音又变得沉着起来，"好的。我会为你准备一份评估。我们需要讨论发布黑色代码的风险，以及做好启用第五代机器人的准备工作。"

"很好。"里克说。他关掉电话，伸手拿出一瓶水。

驾驶舱里传来了飞行员咳嗽的声音——一种干燥、空洞的声音。

"你没事吧？"里克对飞行员喊道。

飞行员转过身来，"没事，长官。也许只是染上了一点儿讨厌的流感。"

窗外，里克只能看到一层平坦的云层，遮住了下面的地表。他思考了一下自己现在的状况——如果飞行员失控，他不确定自己能不能驾驶这个玩意儿……

飞行员清了清嗓子，"长官，我们还有人留在马里兰州吗？这说不通……为什么我们不进行动员呢？"

里克感到些许的反胃，胃酸仿佛已经冲到了喉咙。如果有时间进行调查，他毫不怀疑袭击所使用的导弹会与 S 国潜艇武器发射系统兼容，如果有时间的话。正如他看到的那样，湾区机场的大屏幕显示，现在还有许多战机在马里兰州中部的森林上空盘旋，地面上不断发生爆炸，滚滚浓烟掩盖了下面燃烧着的废墟。他不得不接受现实，德特里克堡不存在了。很有可能，罗斯也已经不在了。

里克再次想象着第五代机器人待机的样子，她们的翅膀紧紧地收合着。罗斯很可能已经不在了，但她的灵魂仍然留在世上。她的特质被输进其中一个机器人，她将成为孕育第五代胚胎的母体。这是罗斯留给他的所有……他会尽全力去保护。

里克到达洛斯阿拉莫斯时，时间刚过晚上 11 点，肯德拉已经站在大楼前等他了。一进大楼，里克就直接倒在了接待台后面的椅子上。肯德拉向他解释说，鲁迪正在检查胚胎，麦克唐纳正在对第五代机器人进行系统检查。

"赛德回来了吗？"

"没有。因为你叫我们对他拔枪相向，所以我也很高兴他没有回来。说真的，你能和我说说你对詹姆斯的看法吗？"

"我也没有定论。但我认为，在让他更多地参与进来之前，我们得对他进行一次盘问。"

肯德拉露出一种奇怪的神情，把始终带在身边的平板电脑递给里克，一起浏览第五代机器人的检查清单。

"与第三代不同，第五代机器人是有编码的。每个胚胎会被分配给一个特定的机器人。"肯德拉说道。

"没错，这只是第五代机器人与其他几代相比诸多不同中的一点。每个孩子都需要与他们母体所安装的'人格'相匹配——这将是他们共享纽带中的关键要素。"

"幸运的是，麦克布赖德博士上周给我发送了最新的代码。在德特里克堡被袭击时，我们的团队正在对代码进行调试。后来，我不得不关掉我们的调试系统。但是，接到你的电话后，我就开始了脱机工作。"

"有什么发现吗？"

"没有发现什么简单的解决方案。当然，我无法评估文件的具体内容，我只能评估文件的结构，确保内容可以完全上传到内存中正确的位置，并应用了适当的冗余 [1] 级别。都是些诸如此类的事情。"

"那么，现在没什么问题了？"

"麦克布赖德博士已经做到了面面俱到。"

里克眨了眨眼睛。当然，罗斯已经做到了。曾有多少次他盯着罗斯的眼睛，想象着那双眼睛背后有关第五代机器人的复杂工作。

"还有什么问题吗？"里克问道。

"将军，还有一件事……"

"怎么了？"

"定时报告还没有设定好。计时器已经安装完成，但是，当超过约定时间时，指示她们接下来行动的程序还没有设定好。"

里克扶住额头，闭上眼睛。目前他们已经制定了第五代机器人的两个启用方案。最好的方案——安全协议——和迄今为止在试验过程中使用的方案最为接近。母体们将留在洛斯阿拉莫斯或附近地区。如果没有人幸存下来，她们可以在现有的地区里分娩并抚养她们的后代；如果有人幸存下来，则可以轻易地停用机器人并寻回新生儿。

但现在里克计划启用的并不是那种方案。在现阶段的形式下，启用机器人会存在安全隐患，因此遵从"黑色代码"原则，第五代机器人将以秘密模式启动，并装载激光防御武器。同时为了避免暴露踪迹，她们将被分散在犹他州南部的沙漠里。虽然这在一开始可以确保新生儿不会在同一时间遇到生存上的威胁，但这也意味着，在漫长的成长岁月中，孩子们将过着十分孤独的日子。

在喝着咖啡、吃着烤面包的时候进行这样的谈话有些奇怪。但是，这种孤独的养育方式带来的优缺点也是显而易见的，罗斯对此总是表现得十分苦恼。她说过，如果最终的目标是繁衍后代，那这可能就是件好

---

[1] 冗余，计算机术语，为了减少计算机系统或通信系统的故障概率，而对信息进行有意重复或部分重复。

事。"在一起抚养的孩子会更多地将彼此视作兄弟姐妹，而不一定是潜在的伴侣。"从人类社会化的角度看，母体的存在可能也会导致一些问题。孩子们早期的社会化必须完全依靠母体——她们携带着只有自己的孩子才可以听到的人类女性的声音、可令人牢记于心的面孔以及独特的个性，数据库中还充斥着她们诞生前世界上的各类信息，甚至包括苏格拉底式教学法[1]的大量程序设计。这些都是罗斯为母体代码精心构建的元素。

但是，在"黑色代码"下，如何让孩子们最终找到彼此非常重要。为了达成这样的目标，每个母体都携带一个计时器，不断倒计时，等到孩子六岁时，母体将遵循一系列指示到达一个特定的安全位置。在那里，有着完善的医疗用品、丰富的食物配给和安全的房屋。在那里，孩子们可以建立一个新的社区。如果运气好的话，甚至可能会有其他没有恶意的幸存者在那里迎接他们。

倒计时已经编入程序。到达指定时间时，每个机器人的计时都会结束，这意味着她们是时候离开了。但离开后要去哪儿呢？

上次与布兰肯斯会面时，里克拍摄了罗斯的照片。那只是在是两周前拍摄的吗？

"我们需要这些黑色代码的归航坐标，将军。"那天，罗斯坚持道，她脸颊泛红，愈加不耐烦。

"如果你问我，那么只会有一个选择。"总监回答道，"她们应该返回兰利，但可能需要飞行很长时间，负责机器人的团队并不赞成。恐怕这件事目前已经陷入了僵局。"他冷冷地凝视着罗斯，然后突然笑起来，"当然，我不会过多地担心这件事。启动黑色代码的可能性非常渺茫。"

就这样，直到最后，这个坐标都没有确定下来。

---

[1] 苏格拉底式教学法（Socratic method），通过双方的辩论，一问一答，不断揭露对方的矛盾，迫使对方不得不承认错误，从而否定自己原来已经肯定的东西，以求得一般的概念。

"我应该上传洛斯阿拉莫斯的坐标吗？"肯德拉问。

"这需要多长时间？"

肯德拉闭上眼睛，嘴唇默默地翕动着。里克等待着，可能这个小个子女人本身就是一台计算机，此时她的大脑在不断运行着程序。"鉴于软件已经整合，而且只有我一个人在这里……至少需要二十四小时，也许更长。"

里克紧张地用食指敲击着额头。一天，可能太长了。德特里克堡的缺口无疑为敌人打开了通向洛斯阿拉莫斯的大门——通过詹姆斯·赛德。但还有另一个选择——自动防故障装置。如果结果出现错误或没有必要，这是一个用于终止任务的备选方案。

"他们是否安装了自动防故障装置归航传感器？"

"是的。"肯德拉闪过一个微笑。

"还有……如果我们还在的话……我们可以设置一个信标，在我们需要的任何地方调用它，只要我们能确定那是安全的。"

"可以。"

"那么就没有问题了。"

"不……"

"还有什么吗？"

"还有一件事……黑色代码要求，除非我们可以成功地让她们归航，否则即便是我们，也无从知道她们在哪里。"

"我们不能知道吗？没有 GPS 信号？什么都没有吗？"

"目前还没有制定出安全措施。补给站将是我们最好的线索……"

"补给站……没错，已经设置好了吗？"

"在几个月前就已经完成了，负责建设的团队只被通知说，补给站是沙漠战争战术训练场的一部分。无论如何，第五代机器人的编码中含有补给站的位置。我们可以想象，一旦孩子们出生，她们就会经常出没于这些补给站。但在那之前，一旦她们到达沙漠，就会像大海里的针一样。虽然这些针很大，但针毕竟是针。"

"我们会找到她们的，"里克说，"在我们能确保安全的情况下，我们会找到她们的。"

里克睁开眼睛，等着它渐渐聚焦。他感觉脖子无法动弹，挣扎着在狭窄的单人床上坐起来。周围漆黑一片。

这是哪里？洛斯阿拉莫斯。艾博大楼。一个小型会议室被改建成了临时休息区，对有特别许可的人开放。

里克伸展着四肢，四处寻找假肢。他一边忍受着难挨的刺痛感，一边急忙把它绑起来。下肢似乎在用这种方式告诉里克它有自己独特的生命力。他跛着脚走出休息区，沿着走廊来到机器人实验室。往常挤满了人的走廊上现在空无一人，实验室里也一样。大楼的后门敞开着，第五代机器人已经停在外面。她们的机舱窗户反射着初升的太阳的暖光。肯德拉在她们的队列中踱步，右手在平板电脑上来回跳跃着。

"鲁迪在哪里？"里克问。

"他正在准备孵化器。"

麦克唐纳正拿着一把电动扭矩扳手，在机器人中间来回穿梭。"有些踏板的螺母没有拧紧，"他喃喃地说，"我真希望这些东西好使……"

"她们必须好使。"里克说。

鲁迪出现在他身后，推着一辆推车，前面还顶着四辆一模一样的推车。软垫胶合板箱内安放着有着厚厚的玻璃外壳的孵化器。"胚胎已经准备好了，我们只需要把孵化器装入母体。"他说着转向里克，"将军，你确定我们现在的所作所为是正确的吗？"

里克看着面前的机器人队伍，她们强壮有力的翅膀在身后收紧。阳光下，他觉得她们仿佛是巨大的鸟，正准备进行史诗般的迁徙。"肯德拉说过，系统安全可靠。第三代机器人将按计划进行分娩，"里克回应鲁迪说，"你我还活着，并且活蹦乱跳。第五代机器人也已经如我们所愿做好了准备。"

"但 C-343 刚刚研发出来，还没有在胎儿身上测试过……"

里克转向个子比他矮小的鲁迪，抓住他狭窄的肩膀。他了解其中的风险，但他想起了罗斯说过的话：我们不能让孩子们迷失方向。

"我们现在必须让她们离开，"里克说，"这是罗斯的愿望。而且，这可能是我们唯一的机会——我们不能肯定那些黑客知道些什么。"

肯德拉也在旁边点了点头，转身继续她的检查。麦克唐纳和鲁迪则仔细地安装和检查孵化器。里克在开着的门旁边发现了一小罐黄色磷光油漆。他一手抓起油漆，另一只手抓起一块车间布，在成群的机器人中间来回搜寻，留意她们的标志。直到找到目标，他才停下，爬上母体的阶梯。

"你在做什么？"麦克唐纳问。

"这是我的，"里克说，在机翼的后边缘涂上一个明亮的黄色图案，"罗 -Z 号。"我会跟紧你的，里克在心中暗暗想着，我保证。

已到了傍晚时分，但天气仍然十分晴朗。里克感到一阵头晕目眩。他什么也没吃，除了一顿即食餐——白色包装里的一块味如嚼蜡的灰肉——这是军队的主食。"她们准备好了吗？"他问麦克唐纳。

"准备好了，随时可以出发！"麦克唐纳喊道，将自己瘦长的身躯塞进门边岗哨的椅子里。

"那么，出发！"里克喊道。

在靠近大门的控制台处，肯德拉下达了命令。慢慢地，母体们开始移动，她们排列成行，各自隔开一个翼展的距离，朝大楼另一侧的宽阔停机坪走去。肯德拉戴着耳机挤在控制台上，似乎没有注意到周围的喧嚣声。

里克握紧双手，跟在母体们身后。当她们停下来时，周围又恢复了安静。

然后，五十组管道风扇同时启动。母体们头朝北，向前俯身，五十对翅膀在两侧展开。五十个母体升空，她们伸展着自己的手臂，将踏板藏在机身下，巨大的身形遮蔽了阳光。

里克靠着大楼的外墙，在一片飞旋的碎屑中闭上了眼睛。当他再次睁开眼睛时，看到了两个机器人摇摇欲坠，稍稍落后于其他机器人。他们中会有罗-Z吗？他眯着眼睛，却看不到自己画的黄色标记，那个标记现在应该正对着太阳。里克伸长脖子，看见了从机场骑来的Zero FX自行车，他的头盔仍然放在座椅上。里克跑过去，戴上头盔，蹬上自行车，打开电源。他来不及细想，就追了上去。

里克全速来到实验室的南门，穿过了路障和树林设下的重重封锁。在4号公路上，他看到母体们在火山谷上空飞翔。但是，当通过赫梅斯河[1]支流旁一系列危险的发夹弯的几分钟里，他没有看到那些闪闪发光的机器人。电动自行车可以轻易达到时速120英里，但他在地面上行驶，母体们则是在树林上空疾飞。

里克拐上126号国道西向的小路。他知道前面有一段路还没铺好，但他不在乎。他现在能做的，只有一边骑在满是车辙的道路上，一边留意着天空中的机器人。他不时透过高大的松树间隙窥见她们。在靠近古巴的小镇里，他庆幸自己能回到美国550号公路上，这里的土地虽然贫瘠但十分平坦，只偶尔出现低洼冲积地带或峡谷。机器人现在在他的右边，向西北方向飞去，她们的队形开始松散。落后的那两个似乎也已经赶上了——至少他再也分辨不出她们。

当里克接近荒凉的布卢姆菲尔德镇时，他选择顺着64号公路向西走，朝着法明顿和纳瓦霍民族的东部边缘地带前进。他经过希普罗克镇，飞驰着穿过新墨西哥州西北角的干旱荒凉地带。他试图不去想这些小城镇的居民。他们在垂死挣扎吗？他们已经死了吗？或者，他们站在前门廊上，抬手指向昏暗的天空，惊恐地看着头顶上飞过的奇怪的

---

[1] 赫梅斯河（Jemez River），美国新墨西哥州格兰德河（Rio Grande）的一条支流。

鸟群？

这条路沿着库姆岭向西南方向延伸，纳瓦霍砂岩从卡延塔一直延伸到犹他州。但高空中，母体们转向北方，飞过巨石纪念碑。里克全力加速，偏离道路，但也于事无补。地形太过崎岖，行驶速度减慢不少，他只能无助地看着自己和母体们拉开了距离。突然，他看见一群羊在前面乱窜，他躲闪不及，猛地将车把手向右一拉，自行车从他身下飞了出去。他本能地跳下车。他的假肢高高地飞在空中，好像在追逐着母体。

里克感到自己的身体虚弱无力。他闭上眼睛。在黑暗中，他看见了老鹰，展翅飞过一片神秘的土地。

似乎有什么东西挡住了太阳。里克听到一阵沉闷的声音，接着头顶出现了一张黝黑、光滑的脸。"……你没事吧？"里克感觉到一双强壮的手熟练地脱下他的衣服。有什么东西托着他的脖子，然后他被慢慢地移动到一个平坦坚硬的表面上。"那是什么？拿过来！"

里克感觉自己飘浮在空中，手臂无助地晃动着。然后他感到一阵刮擦，背部传来一丝疼痛，世界再次陷入黑暗。

里克在一间四面白墙的小房间里醒来。附近有人哼着曲子，嗓音低沉粗嘎，曲子听起来既愉悦又悲伤。当他挣扎着坐起来时，感到胸口有密实的胶状重物。他想举起双臂推开，但双手被套在长方形的塑料物体中。这时，一个矮小消瘦的女人将一只手轻轻地放在他的胸前，同时用另一只手抓住这个物体。她小心翼翼地将袋子从他的毯子上取下，挂在他视线下方的钩子上。

"对不起，"她说，"你刚刚要用到导管。"

他闭上眼睛，任由女人温柔地照料自己。"我在哪里？"他问。他的声音虚弱而无力，似乎不是从他的嘴里说出来的。

"你现在很安全。"女人说。

"是谁……？"

"是我的儿子威廉发现了你。"

"但是怎么……"里克慢慢恢复了知觉，他觉得每根骨头都在疼痛，试图坐起来却感到头晕目眩。他无助地看着女人把手放到他后腰处，引导着他放松身体。

"你脱水了，同时扭伤了背部。毫无疑问，还遭受了脑震荡，你必须给自己一段时间恢复。"女人说，"我的另一个儿子艾迪森是医生，他会照顾你的。"

当里克再次醒来时，察觉到自己被包裹在柔软的白色毯子里。他忍着疼痛动了动脖子，发现现在待的房间和之前不同。这是个黑暗的长方形房间，墙壁上粗糙的图案在闪烁的灯光下跃动着——四条腿的动物、怀抱着婴儿的女人、辛勤耕作的农民，还有活人造型的生物。在天花板附近，他看到黄色、蓝色、红色和白色的矩形图案。他抬起头，凝视着天花板上看起来像一个洞的地方，凝视着那里透出的星光灿烂的黑夜。

在他的耳边，有一个女人在低吟浅唱，舒缓的声音让他的感官变得迟钝，却使他意识更加清醒。是同一首歌，和白色房间里回响的是同一首歌。

"啊，你醒了？"女人说。她的白发紧紧地编成辫子，皮肤因为年老刻着深深的印痕，那双黑眼睛紧紧盯着他。

"你是谁？"里克问。

"我叫海伦，"她说，"这是我的儿子，威廉。"

"看来你是来报信的。"右侧传来了一个更加深沉的声音。

里克定了定神，目光集中在一个穿着白色棉质衬衫和蓝色牛仔裤的黝黑男子身上。

老妇人走近他。在她细细的手指之间，拿着一个小金属物体，是一个银质女人雕像，她的手臂张大，身上挂满了细腻的银色羽毛。"威廉在你的口袋里找到了这个，"她说，"你能告诉我，为什么我女儿的项链会在你身上吗？"

23

2053 年 5 月

詹姆斯开着车经过了他那个已经被废弃的家，将目光投向萨拉的公寓楼。他已经关注了好几个小时的车载电视新闻了——从东西海岸开始，致命的流感疫情迅速蔓延开来；华盛顿遭遇了空袭。所有人都被命令就地避难。他希望自己国家仍然安然无恙，健康的人仍然躲藏在道路两旁的建筑物内。但是，当他小心翼翼地穿过一辆又一辆被弃置的汽车时，只感到一阵怪异的空虚。他把车停在萨拉公寓楼下的车道上，扫视着周围。他记得邻居们曾在花园里浇水，孩子们曾在暮色中玩耍，但现在空无一人。

几个小时前，他和萨拉谈过，告诉她如何服用解毒剂。他叫萨拉待在自己的公寓里，紧闭窗户，直到他来。但是当詹姆斯最终到达洛斯阿拉莫斯时，萨拉没有接他的电话。他感觉听见了自己脉搏跳动的声音。他拉上萨拉公寓楼外面楼梯的门闩，在门口的密码锁上键入四位数的密码。

屋内一片寂静。詹姆斯穿过昏暗的公寓，轻轻推开卧室的门。他的心脏似乎一瞬间停止了跳动。被褥一片混乱，没有萨拉的身影。

然后，他看见枕头上有一缕栗色的头发。他走过去打开床边的灯，伸手去摸萨拉的手臂。

"嗯？"她喃喃地说。

詹姆斯几乎哭了出来。萨拉抬起头看着詹姆斯。

"萨拉，"他低声问，"你还好吗？"

"詹姆斯？"

"萨拉……"

"嗯，我没事，我想我没事。"她慢慢地坐起来，眼睛呆滞无神，纤细的手指仔细调整着宽松的睡衣。她清了清嗓子，声音让詹姆斯皱起了眉头。

"你吃过药了，对吗？"

"那个吸入器？是的，但是……"

詹姆斯将耳朵贴着她的背仔细地听，只有轻微的咯咯声，胸口的声音似乎更高。"好像起效了……"他坐在萨拉旁边，没有理睬她困惑的神情。"萨拉，我知道你可能行动不便，但是我需要带你去实验室。"

"实验室？"

"你看过今天的新闻了吗？"

萨拉的眼睛明亮水润，眼圈通红。"没有……我……太累了。"

詹姆斯咽了口口水。"发生了一些事情，我稍后再跟你解释。但是我们待在实验室里会更好，大楼里的空气是过滤过的……"他没有再说下去，现在不是说这个的时候。"我会把一切都告诉你，我保证。现在我只要你相信我。"

詹姆斯帮萨拉穿上衣服，紧握着她的胳膊，把她护送到外面的车上。当他们穿过欧米茄大桥向实验室的北入口大门驶去时，他转过身来，在仪表盘的灯光下看着萨拉。她脸色蜡黄，原本有力的手正虚弱地搭在自己的腿上。詹姆斯祈祷萨拉服药的时间还不算晚，但他也担心着别的事情——布莱文斯。在之前他终于通过车载电话联系到肯德拉时，肯德拉警告自己布莱文斯正大发雷霆。詹姆斯知道，自己不应该一声不吭就擅自离开，即使带着萨拉回到大楼，也不一定会逃过布莱文思的审问。

废弃的入口拦住了詹姆斯前进的路，他再次拨打肯德拉的号码。

"詹姆斯？"这一次，肯德拉认出了通信器上滚动着的名字——"阿卜杜勒·赛义德"。她的语气很着急，但似乎松了一口气。

"嗯，我在北门，你能开一下门吗？"

"好的。"大门应声缓缓向上升起。当汽车疾驰驶入帕贾里托路时，车头灯照亮了一条漆黑的小路。5月下旬的夜晚，空气中到处都弥漫着松树的气味。但是詹姆斯提醒自己，现在空气中充满病毒，或者很快就会充满病毒，这对任何没有参与行动的人来说都意味着死刑。汽车经过艾博大楼的后方，沿着一条小路转了个弯，然后在空荡荡的前院停了下来。

在大楼前气闸的两扇门后面，肯德拉在昏暗的大厅里等着詹姆斯。保罗·麦克唐纳站在她旁边，手里拿着一个又长又细的东西。詹姆斯帮助萨拉从车上下来，扶着她走了进去。

"嗨，肯德拉。"詹姆斯说，"肯德拉，我知道你感到意外……"

肯德拉只是双目圆睁，盯着他们。

萨拉头晕目眩，半闭着眼睛，对着他们不自然地笑了笑。"麦克，"她说，"肯德拉……母体们怎么样？"

麦克唐纳放下手臂，詹姆斯瞥见了军步枪的灰色亮光。

"嗯，"麦克唐纳说，"这很有趣。赛德博士，你能向我解释一下，为什么我得到命令要拘留你吗？"

24

2054 年 2 月

里克醒来时，清晨的阳光从透明窗户里透射进来。他在柔软干净的毯子上转了个身，伸展着不完整的右腿，享受着片刻舒适的感觉。他向上躺了一些，朝窗外荒凉的景色望去，看见一片平坦的冲积平原穿插在陡峭干燥的峡谷中。

这里之外的世界似乎已经消失。电话和无线电都无人接听。随着电力的消失，网站也不复存在。夜间卫星照片上曾经显示出的繁华的城市街道图像，或许如今只呈现出一片黑暗。华盛顿的高级官员和国外的敌人、电脑程序员和攻击他们的黑客、发射致命导弹的人和拦截他们的战士，统统都不见了。里克想象着无人驾驶的出租车在空荡荡的路边等着、工厂中的机器工人还在为那些已经空置的房屋制造和包装电器、检票机器人还在等待那些永远不会到达的旅客。不过现在，可能它们也已经停止运作了。

里克坐起身，对着自己的臂弯咳嗽起来，他现在身体情况不算太坏，甚至比过去还要好一些。在过去的几个月里，他不得不习惯这些新的症状。解毒剂并不完美——根据鲁迪的说法，它无法消除在服药之前已经造成的那部分伤害。在最后一次加州之行中，他可能已经接触到了危险的 IC-NAN。无论如何，由于不明原因，里克似乎比其他人更容易受到影响。他必须从充满 IC-NAN 的空气中更加努力地保护自己。为此，他征用了一架洛斯阿拉莫斯的空中运输机。多亏了麦克，这架空中运输机工作状况良好，并升级了空气过滤系统。现在，这架空中运输机就是他的家，既能作为一个移动单位快速行进，也可以作为一个固定的地面基地。在这个世外桃源之外的地方活动时，里克都戴着防毒面罩，以避免接触被感染的土壤细菌和 NAN。

里克没有同其他洛斯阿拉莫斯的幸存者一样，他没有选择栖身在艾博大楼内，享受慢慢等待外面世界终结的特权。他有一个使命，一个他自己创造的使命。他一心想要修正九个月前自己犯下的那个可怕的错误——抢先一步启动了黑色代码。他需要找到母体们，并且要把她们都带回家。

里克本以为找到她们会很简单——肯德拉可以召回她们，也可以根据需要调整她们的防御能力。但是肯德拉对定位传感器的看法是错误的。"我之前没有考虑清楚，"她说，"她们确实有传感器，但当我们选择黑色代码时，传感机制已被停用……我猜想设计团队本来的意图是避免敌人召回机器人。"

于是，里克不得不在广阔的沙漠里搜索，寻找那些被他送走的母体。在这几个月里，他只成功找到了三个坠毁的机器人，她们的零件像成堆的垃圾一样散落在沙漠上，孵化器也已经毁坏。她们都不是罗-Z号，但每一个都提醒着里克，自己是多么缺乏远见，在面对压力时又是多么失败。

里克从未指挥过战场上的部队，但他听说过，如果指挥官在炮火下做了错误的决定，最后都会陷入悔恨以及永无休止的内疚中无法自拔。现在，他也要承受这些。在那些命运攸关的日子里，里克所做的一切都是基于自己一时冲动创造出的幻想，一个在压力下创造出的幻想——詹姆斯·赛德是恐怖分子。

里克还没有向赛德道歉。在赛德搀扶着萨拉回到洛斯阿拉莫斯时，其他人很快就原谅了他之前一声不吭就离开的行为。鲁迪坚定地为他的忠诚辩护，肯德拉担保他可靠、可信，就连麦克也更加相信这个救了萨拉的人。但里克从来没有见过赛德好的一面。在与他一起工作的日子里，里克只见过这个人的固执以及他顽固的抵抗。也许赛德真的只是战争中的一个牺牲品，只是另一个受害者，而不是他设想中的恶毒的对手。但赛德从来没有让里克的工作变得轻松过。他不断反对里克的每一个决定，这种针锋相对的工作模式，只会引发不信任，导致里克最终的判断失误。

透过窗户，里克看到了篝火散发的烟尘。至少他在这里并不孤单。自从威廉·苏斯奎特瓦把他从凯恩塔的路边救出来，并带到霍皮族人居住的平顶山上，两人就一直结伴而行。霍皮族人在这场灾难中也受到了不小的影响，只留下威廉、他的兄弟艾迪森——一个在凤凰城受训的医生，以及他们的母亲海伦。在仍然生活在平顶山上的大约二十个霍皮族人中，他们是仅存的幸存者。罗斯说得对，她希望有一些人天生不受

IC-NAN 的影响。这几个人奇迹般地活了下来，可以自由地呼吸空气。

对威廉来说，任务已经变成了寻找失去的妹妹——诺瓦。霍皮族人相信，现在她是他们的"银灵"之一。威廉的证据就是他妹妹的项链，以及里克的证言——诺瓦作为一个不知情者参与了母体计划。

海伦，这个被大家称为"祖母"的女人，她的看法则更为激进。她认为母体们都是神圣的，都值得被保护。在她看来，第五代机器人是她丈夫预言的化身——她们总有一天会作为金属女神回到平顶山上。里克不确定自己是否应该相信这个说法，但他想要去相信。

里克固定好假肢，依旧因为疼痛而龇牙咧嘴。他想知道坠毁的母体是否会感受到疼痛，但他明白他不可能知道。那些还在沙漠中游荡的母体也不会停下来，不会意识到她们是多么的失落迷惘。根据程序设定，她们将隐藏在犹他州沙漠的峡谷和沟壑中，在孵化过程中庇护她们宝贵的孩子。如果她们已经到达那里，那她们就正在进行着一项令人钦佩的工作。

现在，随着孵化的结束和第五代婴儿即将降生，人们期待着找到她们会变得更加轻松。然而，这不像肯德拉预测的那般容易——她假设母体们一旦分娩，就会去补给站寻求补给而被追踪到，因为机器人的程序中写入了补给站的位置，人们只需从上传的参数中检索就可以找到她们了。但是，肯德拉很快发现，数据库中并没有补给站的位置，并且，每个母体的控制系统都有一套固有的坐标，当母体离开洛斯阿拉莫斯时，这些坐标就会传入她们的系统中。肯德拉找不到洛斯阿拉莫斯主机上的位置记录，这些记录是由建造补给站的承包商保存的，但现在她甚至都不知道承包商的下落。威廉率领着侦察兵们一直在寻找标志性的水塔，并在每一座塔上都留下一批人，等待母体的到来。但到目前为止，七十六个补给站，他们只找到了十三个，并且都没有使用过的痕迹。

这时，飞机侧门打开了，正压风扇的噪声几乎淹没了威廉深沉的声音。"里克……我们在峡谷里发现了一些东西。艾迪森正在赶来的路上。"

麦克位于洛斯阿拉莫斯的办公室就像一个洞穴,里面乱作一团。詹姆斯的目光停留在萨拉优美的下颌线上。在萨拉旁边,肯德拉在麦克的屏幕上浏览着一系列菜单,选择了"机器人视图"数据流。

为了响应政府削减能源成本的号召,艾博大楼自 30 年代建成以来,一直在收集和储存自己的电力,能够"离网"维持生命。尽管现在水电资源非常宝贵,需要不断地进行监测和保护,但在这座建筑里,水电还不算是稀缺资源,人们依旧能正常地生活。正因如此,"新黎明计划"才会被安排在这里进行。这个建筑配备了巨大的太阳能电池板和电力储存墙,通过自成一体的空气过滤系统进行通风,连通了瓦尔斯火山附近的自流井,建造了自己的小型净水设施管道。

詹姆斯把注意力集中在他面前的监视器上。在犹他州沙漠中,里克和霍皮族人侦察队通过国家安全局卫星的安全连接与洛斯阿拉莫斯保持着联系。几个小时前,里克打来电话,说在峡谷底部有一个坠毁的机器人,大约在莫阿布市西南方向五十英里处。他说,通往现场的道路很危险,可能需要花一些时间。

詹姆斯握住萨拉的手。在过去的九个月里,萨拉承受了常人难以想象的痛苦。与鲁迪、肯德拉和麦克不同,与布莱文斯以及詹姆斯本人也不同,萨拉甚至没有时间面对突然失去一切的现实。她几乎迷失了。她失去了孩子,那是他们的儿子。也许这不失为一件幸事——即使他们的孩子降生,他也不能从笼罩地球的大瘟疫中幸免于难;而且萨拉太虚弱了,她根本无法承受孕期的各种不适。但这仍是一件他们都不能接受的伤心事。他们选择把婴儿埋在外面的草坪中——一个透过洛斯阿拉莫斯宿舍的窗户就能看到的地方。"我们很快就会有第五代婴儿,"詹姆斯向萨拉保证,"完美的、可以免疫这个病毒的婴儿。"但从那以后,萨拉每天早上都凝视着窗外,下唇颤抖着,双手在膝盖上紧握着。她无法承受这一切。

但他们还是活了下来。鲁迪在洛斯阿拉莫斯重启了 C-343 的合成计划，尽管这只是当初德特里克堡计划的缩小版。计划重启后，就可以生产出足够的解毒剂。洛斯阿拉莫斯的幸存者每天一次雷打不动地服药。现在希望仍在。用于解毒剂的新序列与第五代胚胎的序列相同，如果这个序列可以使幸存者免受 IC-NAN 的影响，或许第五代胚胎也能存活下来。

詹姆斯的思绪飘向海伦·苏斯奎特瓦——那位被里克称为"祖母"的老妇人，以及其他在数世纪以来仍生活在荒沙土地上的为数不多的霍皮族人。从疫情发生时的情况判断，这些人似乎与常人不同。他们有特殊的细胞程序性死亡途径特征，并且这种基因编码似乎是隐性的。一个人只有是这种特征的纯合子[1]，携带两个隐性基因，才能使其在生存所必需的范围内进行表达反应。海伦的丈夫阿尔伯特三年前因自然原因死亡，而海伦是纯合子，她的儿子威廉和艾迪森都活了下来。但艾迪森失去了他的妻子和三个孩子中的两个，只有他的女儿米莉活了下来；威廉的妻子和两个儿子都活了下来。这些人，连同其他几个家庭，将构成一个新的霍皮血统的核心。詹姆斯的理论——人体中沉默的 DNA 在被召唤时可以重新唤醒遗传功能——在他们身上得到了证实。

不仅如此，这些人已经被证明是洛斯阿拉莫斯居民的天赐之物。霍皮族人十分擅长在艰苦条件下生活，他们能为洛斯阿拉莫斯居民提供丰富的食物——玉米、羊肉、牛肉、豆类和南瓜。所有的食物都经过精心处理，通过气闸运送到艾博大楼的自助餐厅里。但也许更重要的是，他们提供了治愈萨拉的希望。萨拉是艾博大楼里唯一被证实感染了 IC-NAN 的人。詹姆斯和鲁迪从霍皮族人捐赠者的气管吸出物的细菌中采集干细胞，用于开发最有效的治疗方法。这是一个漫长的过程。在大瘟

---

[1] 纯合子，指同一位点上的两个等位基因相同的基因型个体。相同的纯合子间交配所生后代不出现性状的分离。

疫爆发前的世界，通过类似的实验寻找治疗肺损伤的方法总是以失败告终。但这还是给他们带来了希望。现在，希望就是一切。

当里克的声音从左边的扬声器中传来时，詹姆斯大吃一惊。他听到一声啼哭，那是一种洋溢着非同寻常的幸福的声音。"好吧……我们发现了一个小女孩！"

詹姆斯的心脏几乎要从嗓子眼儿里跳出来了。他想象着里克全副武装，想象着他结实的手一手抓着卫星电话，一手托着一个婴儿。

肯德拉迅速打开麦克风，"她活着吗？"

"勉强活着。"里克兴奋的声音传来。

詹姆斯觉得萨拉紧紧地抓着自己的手。通过电话线路，詹姆斯能听到各种慌乱的叫喊声。谢天谢地，艾迪森在现场。

"查阅出生记录。"詹姆斯低声对肯德拉说。

肯德拉命令说："接通生命系统控制模块。"

"完成！"里克答道。

肯德拉靠近显示器，疯狂地翻阅着显示菜单。她在一行输出数据上停了下来：氧饱和度低过了安全界限。肺部劳损。

詹姆斯坐到前面，眯着眼睛。"孵化器耗尽。复苏已启动，但它似乎没有工作……"

在詹姆斯旁边，萨拉屏住呼吸，一只眼睛流出了眼泪。很久很久之后，电话里传来了第二个声音。"詹姆斯，我是艾迪森。相比母体的状况，小家伙的情况相当好。防护舱在坠机中受损，但已经吸收了足够的空气来维持她的生命。虽然她被困在孵化器里，还没有转移到温床，但我们已经给她补充了氧气……"

詹姆斯把肯德拉推到一边，他感觉自己的大脑不听使唤，大声发出命令，"尽快把她带到医疗中心，持续给她提供过滤的空气，直到我们有机会为她做检查，明白了吗？"

萨拉站了起来，靠在书桌上稳住自己。"艾迪森，"她问道，"她……

一切正常吗？"

"是的，"艾迪森答道，"她很好，萨拉……虽然她的四肢带着些许蓝色，有明确的青紫症[1]迹象。但我们会竭尽所能。"

米莎闭上眼睛时，仍然能想起生命最初几年里昏暗的亮光。在那个朦胧的世界里，她的周围满是刺鼻的柴火和沙漠尘土的味道。有人笑着，有人唱着歌。大手和她的小手一起握住奶瓶和果汁。有人背着她，慢跑，跳跃，颠簸，给她讲故事，抚摸她的头发。用木头、布和羽毛做成的娃娃在空中跳舞。

"妈妈，"她说，"妈妈。"这是她说的第一个词。

米莎不孤独，她从来都不是一个人。妈妈永远都陪在她身边。

米莎有一个父亲，叫詹姆斯；有一个母亲，叫萨拉；还有一个大家庭，大部分人都住在平顶山上那些用泥土、木头和石头建成的房子里。

家里年龄最大的人是祖母。祖母的大儿子威廉叔叔胸肌健壮，皮肤黝黑，深棕色的头发梳成整齐的马尾辫。有时，一个叫里克的人会来，他和威廉叔叔一起出去侦查。其余的时间，威廉叔叔都在他的田里，放羊或种玉米。祖母的小儿子艾迪森叔叔是个医生，更瘦更高，他戴着黑边眼镜，深色的头发总是剪得短短的。每天早晨，他都开着卡车去医院。在那儿，他总是穿着一件白色外套，拿着一个笔记本。她的两个叔叔都有自己的孩子，甚至不止一个。但她，米莎，没有兄弟姐妹。

---

[1] 青紫症（cyanosis），指血液中去氧血红蛋白增多使皮肤和黏膜呈青紫色改变的一种表现，也称为紫绀。

"为什么我没有兄弟？"她问，"为什么我没有姐妹？"

"你有很多兄弟姐妹，"妈妈说，"但我们只找到了你。"

"你们在找其他人吗？"

"是的，我们一直在找。我们也很幸运，已经有了你。"

爸爸和妈妈住在艾迪森叔叔医院里的一个特别的房间里。房间里有玻璃门和风扇，风扇会发出很大的噪声。每当爸爸和妈妈到户外去，都戴着丑陋的面罩。他们说，那是为了保护他们的肺部免受空气的侵害。米莎不喜欢那些面罩，它们让她想起在霍皮族人仪式上跳舞的男人们——当他们从祖母家中出来时，他们就会把脸隐藏起来，让人感到神秘莫测。

"为什么祖母住在地下？"米莎问。

"那儿不是她真正的家，"妈妈说，"那儿是她的地下礼堂，当有重要的事情发生时，她就会去那儿。"

"但是，会发生什么呢？"

妈妈笑了。"去问祖母吧，"她告诉米莎，"仔细听祖母说的话。虽然有时她会东拉西扯。"

祖母给米莎讲过一些不好的事情——30 年代可怕的水战，以及曾经将野生动物关在笼子里的动物园。但祖母也讲过一些好的事情——可以载着数百人在天空中翱翔的巨大飞行器、自动驾驶的汽车，还有通过绑在人手臂上的微型机器发送的照片。

"还有什么是您没见过的！"米莎说。

"我见过很多东西，"祖母说，"但有一个景象，我至今仍然翘首以盼。"

"那是什么？"

"是我的一个梦，"祖母说，"银灵。"

"银灵？"

"她们是你们这一代孩子的母亲。当她们回家找到我们时，我就会把这件事告诉我的丈夫。"

"您有丈夫？他在哪里？"

"他在平顶山的另一边等着我。"祖母说。

米莎沿着平顶山的边缘走着，低头看着祖母说的她丈夫等待她的地方。但和往常一样，她只看到了一个残影。妈妈说这和她出生时没有足够的氧气有关——她的眼睛混沌，没有正常发育。她只能想象在她的家下面很远很远的地方，有一个编织着漂亮图案的毯子。

但米莎能听到，干燥的风拍打着在高空中翱翔的老鹰的羽毛，发出沙沙的声音；能听到古人的灵魂，像岩石缝隙冒出的一缕缕烟一般升腾而起。她想象着上界和下界的神，马萨乌[1]，想象着他那可怕的五官扭曲成一个和蔼的微笑。她想象着聪明的蜘蛛祖母，责备着在玩鹿皮棒和鹿皮球的蜘蛛孙子们。她蹲在峭壁附近，摸着用帕霍羽毛标记的巢穴。威廉叔叔告诉她，那是祖父的专用场所。她尽量向前探身，想听到祖父的声音。

巢穴里似乎飘出来了祖父的声音。"米莎，"他低声说，"等待银灵的到来。"

但米莎永远也看不见他。

随着年龄的增长，爸爸和妈妈越来越频繁地带米莎去洛斯阿拉莫斯，那是一座有着大窗户的大建筑。他们说这个地方对健康有益，但米莎觉得那里很遥远。为了去那里，他们不得不乘坐一艘叫作运输机的飞艇。米莎在洛斯阿拉莫斯有一个特别的房间，房间的一面墙上有扇小窗户，其他墙上则挂着五颜六色的照片，房间里有一张柔软的床。如果米莎感觉身体状态良好，她就会在爸爸和鲁迪叔叔的实验室里扮演科学家，或者在肯德拉姨妈的电脑上玩游戏，鼻子紧紧地贴着明亮的屏幕。

---

[1] 马萨乌（Masauwu），在霍皮族人的传说中是死亡之灵和大地之神，通常被描述成戴着丑陋的面具的形象。

但她害怕保罗·麦克唐纳，一个被称为麦克的高个子男人，他总是像鬼魂一样无端冒出来。"他只是害羞，"妈妈解释道，"他还不习惯有小孩子在这里。"

一天，爸爸和妈妈告诉米沙，他们要留在洛斯阿拉莫斯。"对不起，米莎，"妈妈说，"我不能再呼吸平顶山的空气了，即使用呼吸器也不行。"

"你是说面罩？"

"是的，即使用面罩也不行。在洛斯阿拉莫斯，我们有一些事情需要处理。"妈妈把手放在米莎的脑袋上，"你可以一个人留在平顶山，如果你愿意的话。"

米莎并不愿意，有爸爸和妈妈的地方才是她的家。过了一段时间，她开始觉察到有些地方不一样了。他们每天都把米莎推得更远。一扇关着的门，一场安静的谈话，一顿没有妈妈的饭。"我们很抱歉，"爸爸说，"但你不应该一直和我们在一起。你属于太阳，属于你的朋友们。"

是自己做了什么吗？

在平顶山，她可以和威廉叔叔以及他的妻子洛蕾塔婶婶在一起，可以和他们的孙子伯蒂、小霍诺维一起玩耍。米莎还学会了编织平底篮，制作妈妈非常喜欢的蓝玉米饼。米莎想念爸爸妈妈，但是她也不得不接受事实——现在的情形已经有所不同。

米莎八岁生日刚过，爸爸和妈妈来平顶山探望她。妈妈靠近她时，米沙看到的是一个模糊的面容。她以为妈妈在洛斯阿拉莫斯遇到什么伤心事了，但妈妈没有和她说任何悲伤的消息。

"我们给你做了几只新眼睛。"妈妈说。

"你现在是个大女孩了，"爸爸说，"你的眼睛需要手术，我们觉得你已经准备好了。"

妈妈吻了吻米莎的额头。米莎能闻到她长发间飘出的肥皂的清爽气味。

"但是，我为什么需要新的眼睛？"米莎问，"我的视力足够好，看东西非常清晰。"

"你有了新眼睛，就能看到一切。你的眼睛会像鹰的眼睛一样锐利。"妈妈说。

"如果我的新眼睛不好用呢？"

"它们会好用的，"爸爸说，"我保证。"

米莎看着父母。当艾迪森叔叔在他们身后徘徊时，她真正能看到的只有艾迪森叔叔眼镜的黑框。"好吧，"她说，"我可以试试。"

当米莎从手术中醒来时，她感觉自己的眼睛里布满了什么东西。她睁开眼睛，只能看到一片灰色的阴影。她呜咽起来。是手术失败了吗？

"米莎？你醒了吗？"是爸爸的声音，米莎感觉到他把手放在了自己身上，"怎么了，亲爱的？痛吗？"

"妈妈呢？"

"她现在不在这里。她会回来的。"

"他们治好了我的眼睛吗？我看不……"

"你的眼睛盖着纱布，你刚刚不应该试图睁开眼睛。你和你的眼睛需要相互适应一段时间。"爸爸笑了。

米莎也笑起来。

"我亲爱的小米莎，"爸爸说，"我勇敢的小战士。"

米莎并不觉得自己勇敢。她紧紧抓住爸爸的手，不想让他离开。她还想妈妈。"妈妈什么时候回来？"

爸爸没有马上回答她。当他开口时，他的声音弱了下去，"她也有一个手术。"

"眼睛手术？"

"不，是她的肺。手术可以帮助她更好地呼吸。"

"所以她不再需要面罩了？"

"我想她仍然需要面罩。不管怎样，她现在正在恢复。等你取下纱布之后，我们可以一起去看她。”

经过两个漫长的日夜后，米莎才感到有手指轻轻地摘下包着她眼睛的长长的绷带。灰色变成白色，然后是……彩色。色彩斑斓。清晰明了。太清晰了。她闭上眼睛，"哎哟！"

"来，"爸爸说，"戴上这个。"

她举起双手接过眼镜架在耳朵上。

"这只是用来阻挡一点儿光线的，等到你的大脑适应了，就不需要眼镜了。"

米莎睁开眼睛，看着爸爸的脸慢慢聚焦。他的鼻子和嘴巴被面具遮住，但米莎仍然可以看到他的眼睛，以及那周围深深的皱纹和凹陷。她可以看到父亲苍白的脸颊、带着胡楂的粗糙皮肤，以及上面的每一个毛孔。穿过房间，她看到了一扇扇窗户，窗户外面，明亮的太阳光芒四射，光线掠过放在闪亮的金属桌上的一瓶水。米莎感到眼睛开始疼痛，她艰难地咽了口唾液。

"我知道，"爸爸说，"你需要一些时间来适应。"

"我们现在能去看妈妈吗？"米莎喃喃地说着，闭上了眼睛，"我准备好了。"

"她在睡觉，"爸爸说，"艾迪森医生现在要检查你的视力。等妈妈醒来，我会告诉你的。"

几个小时后，米莎坐在床上翻着图画书，她把妈妈教给她的简单词句和书上这些看起来更加清晰的字母对照起来。

这时，爸爸终于回来了。"妈妈现在醒了。"他告诉米莎。

米莎紧紧地握着父亲的手，沿着长长的、昏暗的走廊，来到爸爸妈妈住的特殊房间。艾迪森叔叔打开了门。走进去时，一阵密实的空气迎面扑来。

"我们尽了最大的努力，"艾迪森叔叔低声说，"她现在很舒服。"

米莎歪着头。他们以为她听不见，但她可以。这是她没有透露过的秘密——她能听到别人无法听到的声音，还能理解很多她不应该理解的事情。那是她的超能力。

米莎慢慢走近妈妈的帐篷。这确实就是帐篷的样子，跟她和伯蒂、霍诺维在寒冷但星光灿烂的夜晚宿营用的帐篷一样，不过这个帐篷是双层的，可以看到里面那一层上覆盖着露水。米莎朝帐篷里看去，辨认出了妈妈的床。她看得并不真切，就像她进行手术之前看到的那样——温和而模糊。

"妈妈？"

"进来，"帐篷里传来妈妈的声音，"让我看看你。"

米莎回头看了看爸爸。爸爸摘下面罩。米莎看到他又长又瘦的鼻子、狭窄的脸上的褶皱，以及游走在他下巴底部的一条豆状的黑痕。爸爸点了点头。好。

米莎小心翼翼地拉起帐篷一侧的拉链，恰好拉到妈妈旁边的床上，然后反手关上了帐篷。现在帐篷里面只有她们两个人，周围的空气潮湿但温暖。米莎能感觉到妈妈的手臂放在自己身边。她看着妈妈的脸——高高的颧骨、丰满的嘴唇、像池水一样深邃的眼睛。"我看见你了，妈妈。"她说，"你真漂亮。"

"我也看见你了，"妈妈说，"你更漂亮。"

从那以后，妈妈再也没有离开过她的帐篷。晚上，爸爸和妈妈住在一起，爸爸睡在那个特别房间里一张轻便的小床上。每天早晨，米莎走下长廊，和他们待在一起。

之后有一天，太阳的第一缕光线还没有穿过窗户，艾迪森叔叔就来找米莎。在妈妈的房间里，爸爸在等米莎，还有鲁迪叔叔，甚至还有麦克叔叔。祖母坐在角落里的一张小椅子上。

"妈妈呢？"米莎问。

"她和我丈夫一起在等待，"祖母说，"在下界。"

米莎站在那儿，双手握成拳头。她从来没有见过祖母的丈夫，不管她多么努力地看。她甚至不确定她的新眼睛是否足够好用。现在妈妈也去了那里，那个米莎看不见的地方。

2062 年 6 月

在洛斯阿拉莫斯狭窄的宿舍里，詹姆斯坐在他和萨拉的床上，凝视着窗外的松树和标着帕贾里托路的路牌。他旁边那凌乱的床垫上，仍保留着萨拉柔软的身体留下的凹痕，以及淡淡的香水味。

詹姆斯还记得那个晚上，那是在九年多前，他第一次带萨拉来这里。在照顾萨拉、督促她服用解毒剂时，他还曾向他从未相信过的神祇祈祷。

后来萨拉活了下来。她虽然失去了自己的孩子，但米莎的到来让她从另一个意义上得到了一个孩子。在那些宝贵的岁月里，萨拉和米莎为詹姆斯创造了他从未想象过的生活，一种充满爱和激情的生活。他们曾是一家人。

但现在，萨拉走了。

透过沾满尘土的窗户，詹姆斯扫视着外面的地面。萨拉留给他的只有第二块墓碑，竖在他们小儿子的墓碑旁。他失去了一生所爱，但真正失去的或许远比这更多。对詹姆斯、对洛斯阿拉莫斯的每一个人来说，萨拉的离开意味着再也没有希望。他们都在劫难逃。

事实上，很久以前，詹姆斯就知道了。麻烦始于几年前，那时米莎只有四岁。当时的他们发现对萨拉来说，只用吸入器已经不够了。通过艾迪森的帮助，詹姆斯和鲁迪在波拉卡霍皮医疗中心的一个治疗室里建立了一个肺部灌洗系统。当萨拉在镇静剂作用下躺着时，机器会将含有愈合剂的雾气泵入她的肺部。旧的受感染的细胞会被吸走，新生的细胞内富含 C-343 解毒剂，并且可以使表面细胞产生一层对 IC-NAN 免疫的清洁面板。萨拉确实在治疗后展现出更多的活力。但与解毒剂一样，清洁面板只是在病毒和人体间创造出一种微妙的平衡，而不能将人治愈。

最后，由于反复的灌洗，萨拉原本柔和的声音变得嘶哑，她开始觉得有必要回避他们的小女儿。"我不想让米莎看到我这样，"她说，"我不想让她有这样的记忆。"詹姆斯知道萨拉的故事——她的母亲身患癌症，因此，她很小的时候就失去了母亲。她知道失去至亲会在孩子脆弱的心中留下难以愈合的伤疤，以及不断的痛苦。

"我们可以进行移植。"詹姆斯承诺。他和鲁迪已经小心翼翼地将霍皮族人干细胞从冰冻沉睡中唤醒。

当医疗移植系统得到完善后，萨拉就全身心地投入到最后一个项目中——让米莎重见光明。在决定性的、命运攸关的加州理工学院会议上，她曾了解到一个无缝视网膜植入技术现在已经处在临床试验阶段。在眼镜上安装摄像机，通过笨重的视频处理软件进行手术的旧手段已经过时了。整个系统，包括能够取代米莎受损视网膜的独特生物传感器，已经微型化并且可以植入。在萨拉的授意下，麦克和威廉飞到帕萨迪纳得到了完成手术所必要的硬件、软件和专业知识。萨拉也向詹姆斯保证，如果出现了不得已的情况，整个手术过程也都是可逆的。不过他们都祈祷手术能够成功。在一个充满危险的世界里，视力是一份值得珍惜的礼物。

米莎的手术确实很成功。不过起初无法确定，因为她的大脑还不习惯这种不和谐的感官输入，因此她花了一些时间来重新掌握方向感。但最终，她成功蜕变了，那个以前就充满好奇心的米莎有了全新的甚至更惊人的表现，仿佛一只破茧而出的蝴蝶。

但萨拉就没有那般幸运了。干细胞实验失败了，新细胞拒绝在她受损的肺部生长。詹姆斯在氧气帐篷的潮湿空气中将她紧紧地抱在怀里。

"你不用感到遗憾，詹姆斯，"萨拉低声说，"我没有遗憾。"她用柔软的手摩挲着詹姆斯的胳膊，"你要照顾米莎。你还要找到其他孩子。"

詹姆斯揉了揉眼睛。他没有勇气告诉萨拉他已经意识到的事情。多年来，每次去户外，他都戴着呼吸面罩、穿着笨拙的防护服，他告诉萨拉这是为了"以防万一"。但他很清楚，自己的肺发出的响声日渐低沉，他无法忍住剧烈的咳嗽，每个夜晚都辗转难眠。想到萨拉的虚弱和里克的频繁生病，他再也不能认为这是以前接触过病毒的原因，再也不能对此视若无睹。他不得不面对现实——纵然是洛斯阿拉莫斯的幸存者，也仍是 IC-NAN 的受害者。尽管解毒剂成功地对肺部表面细胞进行了修复，但顽固的干细胞和祖细胞依旧继续分裂，产生出一批又一批易受攻击的新细胞。萨拉身上发生的事情也同样发生在他们身上，只是晚一些。

詹姆斯的目光飘向屋内的一块岩石。岩石被清洗得很干净，放在床边的一张小桌子上，在傍晚昏暗的灯光下闪闪发亮。岩石平坦的黑色表面上有着白色的刻痕，是三个人物的简笔画——一个高大，一个中等身材，一个非常矮小。下面写着：爸爸、妈妈、米莎。米莎的很多举动都会让詹姆斯想起萨拉。勇敢的萨拉，她不顾自身的健康风险，在霍皮族人的平顶山上与米莎度过了这几年宝贵的时光；聪明的萨拉，把视力当作礼物送给米莎。但现在，自己能给米莎带来什么？能留给米莎什么她可能需要的东西？

突然传来一阵敲门声。詹姆斯转过身，看到鲁迪撑着门框站在门口。他几乎没认出这个皮肤苍白、眼圈通红又十分虚弱的人。

"詹姆斯，"鲁迪说，"有人在卫星电话上等你……"

"谁？"

"米莎。"

詹姆斯转过身来，喉咙像是被什么东西卡住了一般。"告诉她……"

他回答道，"告诉她，晚些时候我会给她回电话。"

鲁迪点了点头。"我明白，"他说，"我明白。"

2065 年 6 月

过了好一段时间，米莎才明白，詹姆斯——那个她喊"爸爸"的人，只有在为数不多的、不需要在医院接受治疗的时候，才会回到平顶山。而米莎只要想去，随时都可以去洛斯阿拉莫斯见爸爸。她会经常陪同威廉叔叔运送食物，然后在自己的小房间里过夜。她向肯德拉姨妈学习电脑，从爸爸和鲁迪叔叔那里学习生物知识。三年过去了，她的大脑已经适应了她的眼睛，她开始更仔细地审视迄今为止听到的所有故事，越发渴望了解自己的身世。

"你的妈妈机能缺损，"威廉叔叔告诉她，"但我们设法救了你。"

"当我们找到你时，"詹姆斯说，"你就像上天给我们的一个礼物。"

通过他们讲述的母体坠毁的往事、祖母讲述的银灵故事，以及大人们告诉她的点点滴滴中，米莎拼凑出了自己的身世——她的亲生母亲是那些魂灵之一。威廉和里克正在努力寻找更多米莎母亲的同类。她们仍然生活在沙漠中，有自己的孩子，那些孩子就是米莎的兄弟姐妹。

米莎现在十一岁了，可以和大人们一起搜寻了，但威廉叔叔仍然坚持说这太过危险。"起初几天，我们什么也没找到，"他说，"后来终于找到她们的时候，她们却向我们开枪了。"

"朝你们开枪？怎么开枪？为什么？"

"她们有激光。但是我们必须明白，母体只是在保护她们的孩子。她们不知道我们其实没有恶意。"

米莎坚持认为母体永远不会向自己开枪。她和肯德拉一起坐在昏暗的实验室里，当肯德拉随意输入搜索词展示着母体们学习数据库中的图像时，米莎会想象自己是沙漠的孩子，从另一位神秘的母亲身上学习各种知识。被带回洛斯阿拉莫斯时，她接受了各种检查。她重新梳理了在此期间看到的各种细微的信息——踏板、巨大的手臂、妈妈设计的柔软的手。米莎能感觉到嵌在自己额头上的芯片。以前妈妈总是告诉她，这个标记使她变得与众不同。这些母体，这些银灵……米莎是属于她们的。她是她们的孩子。

今天一大早，一个侦察兵来到威廉家，带来了一个消息。他说在一个有着神奇名字的地方——华梯——看到了一个东西。米莎一直在医院里等着威廉为里克的运输机装上补给品。她溜过后门，躲在两箱瓶装水中间。起飞了。尽管她藏身的地方只能看到侧窗，但她仍能判断出运输机是朝着正北方飞行的。

引擎带起的气流声夹杂着空气过滤器发出的稳定的回音，弄得米莎昏昏欲睡，但她仍然挣扎着保持清醒。突然，她感到气压发生了变化，接着整个身体都在下沉。运输机缓缓降落，发出砰的一声。当威廉拉开侧门准备卸货时，她不由得屏住呼吸。威廉卸下水箱，一个一个堆到外面。米莎随着他的动作侧着身子一点一点往后退，最后在货舱后面折着的毯子下找到了一个可以藏身的地方。门砰地关上了，她几乎听不到外面的声音了。

"我们去查看一下峡谷吧。"威廉喊道。

米莎看见里克挣扎着戴上面罩，然后爬出飞行员座位的侧门。

之后，一切沉寂下来。

米莎从毯子下面爬出来，偷偷溜出门，踩在细砂的壕沟中。她看到两人朝前方一个深邃又狭窄的峡谷走去，威廉步态稳重，里克的步伐则带着他特有的蹒跚。米莎小心翼翼地藏在运输机后面，一边盯着他们，一边匆匆离开，然后躲在一块巨石后面，这样他们就看不到自己了。

米莎的视线转向下面的峡谷，那里似乎有什么东西——是两个闪闪发光的机器人。她盯着机器人，看到机器人一侧的门打开了。她屏住呼吸。一个女孩爬了出来，瘦弱的身体上裹着一条破烂的毯子，光滑的黑发遮住了她的脸。女孩顺着机器人的阶梯来到地面上。米莎远远地看着女孩沿着峡谷的边沿走着，然后消失在一个被红岩覆盖的山洞中。女孩走得有些踉跄，米莎好像看到有一只强壮的手臂从山洞里伸出来，把女孩扶稳……

突然，地面震动起来。一阵呼啸而过的风搅乱了空气，粉状的灰尘使空气变得混浊。米莎努力睁开眼睛，接着她看到了金属腿、一只手臂，还有一个巨大的身体，站在几米外。她瞪大眼睛，感觉到这个……家伙……也在盯着她。虽然它没有脸、没有眼睛，但米莎肯定它在看着自己，静静地等待。她竖起耳朵，但没有听到它发出任何声音。

不知为什么，米莎并不害怕。她看到在那个黑发女孩刚刚出来的地方，空着的防护舱的半透明窗户在阳光下闪闪发光。她看到了萨拉设计的手，以及柔软的内饰。她的内心充满了深深的惊叹，她的母体，在沙漠里生下她的母亲……她的母亲也是她们之一。

但接下来，平静被打破了。母体的注意力集中在两个男人身上，她转过身，紧接着冲向运输机，朝他们的方向走了两步。地面突然坍塌了，母体右臂连接处发出了一声令人不适的、音调极高的轰鸣。米莎回过神来，飞快地跑向运输机，在两个男人爬回驾驶舱前挤了进去。似乎有东西击中了运输机旁边的地面，里克迅速发动引擎，小心翼翼地把运输机从地面上拉起来。米莎感觉自己的胃快要从喉咙里跳出来了，她用力吞咽着口水。不到片刻，运输机便腾空而起。

"……太险了！"威廉的声音从驾驶舱传来，"你数下来一共有多少？"

"只有两个，"里克回答，他的声音嘶哑，面罩仍然盖着他的嘴巴和鼻子，"包括追赶我们的母体的女儿。"

"这只是开始，"威廉说，"我们留下的水足够她们维持一段时间的生活。我希望她们可以留在原地。沙尘暴正逐渐逼近，待在峡谷中比在山顶上更好。"

米莎蹲在毛毯下，努力地稳定呼吸。心脏仍然在剧烈地跳动，但她无声地笑了起来。终于看到她们了。那些孩子正过着她原本也应当过着的生活。自己是对的，虽然其他人或许有理由恐惧她们，但银灵永远不会伤害自己。在她们的认知里，米莎属于那儿。

詹姆斯站在计算机实验室的门口，看着肯德拉在中央控制台前专心地工作。他不再想知道是什么支持她继续工作，相反，他每天早上都重复着肯德拉教他的颂歌。"你只需要一步一个脚印地向前走，"肯德拉说，"直到你再也坚持不下去。"然后，她笑了笑。他们在一起这么多年，连她挖苦讽刺的表情，詹姆斯都已经十分熟悉了。

詹姆斯知道，人在面对自己的死亡时会拥有一种不同寻常的力量。虽然不知道自己会什么时候死亡，但知道自己将如何死亡也算是一种慰藉。他找到了一个新的方式兑现他对萨拉的承诺——为第五代孩子们尽其所能。

自从启用母体以来，找到她们几乎是一个不可能实现的目标，六年的时间点一过就变得更加困难了。母体的计时器将指示她们离开孕育孩子的地点，前往一个程序未指明的地方。但现在，情况发生了改变。霍皮族人将他们的童子军每两人或三人编队，寻找第五代孩子潜在的营地。目前母体处于一种高度戒备的状态，没有人敢接近她们。不过令人高兴的是，第五代孩子中的一些人似乎已经找到了伙伴。

更重要的是，第五代孩子们似乎终于停止了四处行动。同时不幸的是，麦克发现这种新行为将带来另一个隐患。20年代，包括犹他州东北部、科罗拉多州西部以及怀俄明州、蒙大拿州和达科他州北部在内的美国西部沙漠，一直是小型石油公司的必争之地，他们声称在这片土地上拥有不受限制的开采权和钻探权。而联邦政府为了提升可再生能源的价值，充当了幕后推手。最后，联邦政府达到了他们的目的，在30年代后期，天然气价格暴跌，各家公司也不再费心争斗。问题是，再也没有人垫付清理场地所需的资金。经过多年的极度干旱和无休止的法律交锋，这些废弃的场地不断接受着阳光的烘烤，大片土地被污染，几乎无法维持任何植物的生命。现在，正如麦克通过雷达扫描所证实的那样，一个来自加拿大的高压气旋正在将狂风吹向犹他州。狂风将呼啸着穿过东北方的峡谷，带起长达数英亩的尘土，其中很多无疑是有毒的。尽管那些 20 年代的检举人可能已经预见到环境的恶化，但这个"新尘暴区"的规模将是史无前例的。人们似乎看不到沙尘停息的那一刻。

第五代机器人将会很快瘫痪，她们的发动机和过滤系统会被堵塞，她们将无法再保护她们的孩子。因此团队商定，为了确保第五代孩子存活，必须找到一种方法，将母体召集到一个更安全的地方。

肯德拉尽了最大的努力，日夜寻找一些之前被忽视的编程片段，期待能找到解决方案。詹姆斯和鲁迪花了几个小时，梳理大量程序注释，但都徒劳无功。

"如果有可能找到些什么，"肯德拉说，"那一定是在洛斯阿拉莫斯接触不到的东西。"

IC-NAN 和"新黎明计划"信息的中央资源库在马里兰州贝塞斯达的一个安全服务器阵列里。这一阵列在针对华盛顿特区的爆炸袭击中被摧毁。但在爆炸袭击和美国疫情暴发前的几个小时，肯德拉在关于网络攻击的汇报中得知北达科他州有一个镜像站点。那片地区被人们视为穷山恶水、不毛之地，地下却是密集的服务器集群。其中，兰利的"新黎明计划"文件也已经备份。但冷却服务器集群所需的电力早已耗尽，服务器也已经关闭。在多年冰雪和烈日的交替影响下，数据都处于休眠状态。肯德拉知道服务器的地址，她需要找到它，然后激活它，并进入系统。

里克和威廉已经完成了第一部分，他们驾驶运输机成功避开了沙尘暴。服务器集群的警卫和报警系统早已失效，进入服务器系统变成了一件轻而易举的事情。他们从服务器中取回了硬盘，安全带回了洛斯阿拉莫斯。肯德拉毫不费力地将硬盘插入她的系统，但真正的难点在于破解数据。不过，她的努力终于得到了回报。昨晚晚些时候，她在数据中找到了一个办法。

詹姆斯向实验室走近，"肯德拉？鲁迪说你有进展了？"

"詹姆斯，"肯德拉说，"我想你应该先看看这个。"

"你找到召唤母体的方法了吗？"

"还没有，"肯德拉说，"但我确实发现了一些别的东西，其中一个就是人类母亲的身份。"

詹姆斯斜视着肯德拉屏幕上一行又一行的文字，"我以为这些是机密。"

"事关政府时，即使是最机密的信息也会记录在案。"肯德拉笑了，"还有一些事情你可能会觉得有趣。"

"我吗？"

"根据罗斯·麦克布赖德的面谈结果，她做出了一个特殊的选择。其中一名捐赠者被选中为两个婴儿提供卵子。或许罗斯强烈地意识到，这个女人会比其他人更有机会生出一个可以大难不死的孩子。"

"我不知道麦克布赖德上尉还涉猎了生物学……这个女人是谁？"

"她的名字叫诺瓦·苏斯奎特瓦。"

"苏斯奎特瓦？"

"她是一名战斗机飞行员。大瘟疫暴发前，在某地执行任务时阵亡。"

"那她是……"

"没错，她是祖母的女儿。詹姆斯……她是米莎的生母。"

詹姆斯靠在米莎的小桌子旁边，想象着萨拉给她的眼睛——明亮的绿色眼睛映衬着她浅棕色的皮肤，她宽阔平坦的额头和美丽的栗色头发。

肯德拉俯身向前，对着詹姆斯低声耳语。"所以，米莎实际上属于霍皮族人。更重要的是，她在什么地方可能还有兄弟或姐妹。"

詹姆斯将手放到胸前。霍皮族的母亲。亲生兄弟或姐妹。但萨拉是米莎的母亲，米莎是他的女儿……他闭上眼睛。他们从不对米莎撒谎。虽然故事很难理解，但他们依旧向米莎解释说萨拉不是她的亲生母亲，他也不是她真正的父亲，她是在沙漠的孵化器里出生的。但米莎要如何面对这个新消息呢？

詹姆斯转身面对肯德拉，"我不能告诉她这个。"他脱口而出。

"我理解不能让米莎为其他第五代孩子感到不安。但是她难道不应该知道她的亲生母亲是谁吗？还有她的祖母？这些不应该告诉她吗？"

詹姆斯用拇指按着太阳穴。是他自私吗？难道米莎没有权利知道这些吗？

不，现在还不到时候。

除了恐怖的大瘟疫之外，詹姆斯为自己曾经可以远离那痛苦的过去心怀感激。后来米莎进入他们的生活中，当他和萨拉向米莎解释她的身世时，就像他们设计义眼时一样谨慎。米莎也在这样小心谨慎的呵护下接受了这个故事。詹姆斯开始稍微理解父母在保护孩子免受真相的伤害上所承担的责任，在鲁迪和肯德拉教导米莎这个世界的历史时，他给了他们很多限制。他更喜欢祖母说的那些神秘故事，而不是教给米莎那些不好的东西——可能破坏他们现有生活方式的仇恨和战争背后的残酷现实。

詹姆斯开始考虑是否要与米莎联系，告诉她有关洛斯阿拉莫斯的幸存者经历过的真相。但是，他准备讲述的，并不是一个亲生母亲在战争中失踪、兄弟姐妹可能已经死亡的故事。

"我需要时间来考虑这个问题，"詹姆斯回答道，"我甚至不确定该不该告诉祖母……即使她已经知道一切，我也不会感到惊讶。"

肯德拉给了他一个微笑，"我只希望米莎知道如何称呼这些母体……"她转过身面向屏幕，"这里还有别的东西，你可能会感兴趣。"

"怎么了？"

"罗斯·麦克布赖德做了第二个选择。她自己也是第五代母体之一。"

"其实这并没有让我感到吃惊，"詹姆斯回答，"我可以理解她将自己作为人格程序的原型。"

"但父亲可能让你吃惊。"

"父亲？父亲是匿名的。每次受精，我们都使用数百个不同的精子。我们会选择最有生育希望的胚胎……"

"但在罗斯身上不是这样。她有一个特别的精子。"

"她人为选择了父亲？"

"罗斯明确要求父亲必须是理查德·布莱文斯。根据这些记录，她似乎如愿了。"

28

里克平躺在路边，笨拙地用肘部支撑着身体，身下铺着泰维克[1]材质的垫子。他屏住呼吸，把面罩往下拉了一些，好给自己戴上一副野战眼镜。

威廉躺在里克旁边，他粗糙的棉衬衫和工装裤上布满了灰尘，嘴和鼻子用一条手帕紧紧地缠住。随后他指向一个峭壁的边缘。"看那儿。"

现在他们的视野变得更加清晰。根据计算，在这个被上帝抛弃

---

[1] 泰维克（Tyvek），一种纺粘烯烃用高密度聚乙烯纤维，是一种用途广泛的材料。

的沙漠中，至少还有十五个活着的生命。但这次却不同，威廉找到了罗-Z号。

里克调整了一下眼镜的焦距，摆脱了一开始困扰他的重影。然后他看见在宽阔的冲积平原下方，有两个机器人驻扎在一个小洞穴的入口附近，她们的侧翼覆盖着一层薄薄的粉尘。

"看样子她们待在这里有一段时间了，"威廉说，"还设立了一个不错的小营地。但侦察员说，之前有三个人在这里……"

在里克盯着那边看的空当，其中一个机器人正慢慢朝他的方向转动身体。被发现了吗？里克变换着重心，尽可能让自己贴近地面。他很高兴这个时候他的假肢没有任何不适，即使这样，他也知道自己现在的状态并不好——头晕，四肢无力。以前也有过这样的感觉，这是身体需要再进行一次肺部灌洗治疗的迹象。

"沙尘暴，"他说，"看起来她们挺过了一周前那次猛烈的沙尘暴。但是麦克在卫星上检测到一个更大的沙尘暴正在接近，而且之后还会有更多。"

"这只是时间问题……"威廉喃喃地说，看向里克，"我们需要找出一种方法，让她们全部离开这里。"

"我猜第三个机器人不可能走得太远，也许她取水去了？"里克再次调整着眼镜。突然，他瞥见了什么东西。那是一个瘦弱的孩子，皮肤晒得很黑，从离洞口最近的机器人身上爬下来。"看到了吗？"里克对威廉说。

"是的，"威廉笑道，"但是另一个机器人……她是你的，对吧？"

里克眯着眼睛，搜寻着那个机器人身上的亮黄色纹样。里克点了点头，他现在看到了——翅膀边缘的尘垢下显露出的黄色条纹：罗-Z号。"对，"里克喃喃地说，"是我一直在寻找的那个。"

里克让自己保持冷静。但是当罗-Z号的舱口打开，里面的男孩出现时，他还是感觉自己的心脏漏跳了一拍。那个男孩有着像他一样浓密的头发，发色却与罗斯一样是红褐色的。里克微微弓着背向前倾身，看着男孩向地面移动。当男孩转身面向他的母体时，母体机械手的外壳打开了，柔软的内手随之出现，轻轻地抚摸着男孩的头顶。黄色纹案在阳光下闪闪发光。

"凯……"里克吸了口气。

"你说什么？"

"如果是男孩，她想给他起名叫凯。"沙漠里一片寂静，微弱的脉搏声是里克唯一能听到的声音。他闭上眼睛，想象着幸福的生活——乡间的房子、妻子、儿子……他似乎听到了罗斯的声音。在失去她的前一天晚上，罗斯曾躺在他怀里对他轻声说话。

"德特里克堡会同意我们的请求吗？"

"已经同意了。但是，如果受精不顺利，他们有权使用另一个捐赠者的精子。"

"我不想要其他的捐赠者。"

"但是，罗斯，我希望你能有一个孩子。"

里克看到男孩把什么东西递到嘴边——是一个水壶。他有水。当然，他当然有水。他聪明机灵，就像他母亲一样；他足智多谋，就像他父亲一样。这是他的儿子。这就是他的儿子。他现在丝毫不怀疑。里克脸上落下一滴眼泪，他多么希望此时此刻罗斯也在这儿……

罗斯？里克转过头，在身后寻找着她的身影。罗斯不在这儿，但她的声音总是萦绕在里克的脑海里。事态紧急，人们坐在五角大楼狭窄的办公室中，她恳求的眼神锁定在布兰肯斯身上：我们需要这些黑色代码的归航坐标，将军……

里克转过身来，闭上眼睛。但罗斯的声音仍然在他的脑海中萦绕不绝，好像正从兰利的地下碉堡中传出：我知道我没有遵循程序。特殊规范……

里克睁开眼睛。罗斯最后做了什么未经授权的事情吗？在绝望中，她是否可能自作主张，自行插入了坐标？但是，如果她这么做了，母体们为什么没有归航呢？告诉肯德拉……肯德拉正不遗余力地寻求着解决方案。她到处都找过了，除了……

"我有个主意，"里克说，"也许罗斯可以帮忙。"

"罗斯？但是……"

"我要去旧金山。"

里克回到运输机驾驶舱里，在过滤后的空气中摘下面罩。和机器人一样，运输机可以掠过山顶，冲进山谷，可以在三千米或更低的高度飞行。在 30 年代，运输机标志性的三重叶片，在美国参与的以色列水战以及后来在印巴边境的小规模冲突中，是一个众所周知的不祥之兆。但今天，它的使命是和平的。现在它在高空中飞行，掠过云层。里克摩挲着布满粗细胡楂儿的下巴，看着旧金山市那曾经闪闪发光、如今却像桅杆一样在雾中升起的塔楼。这里曾经灯红酒绿，但现在一切都归于平静。

运输机上唯一的乘客威廉在里克右边的座位上睡着了。后货箱的中段大部分空间被里克的摩托车占据了，摩托车周围放着一箱即食餐、六辆五加仑的淡水车、为里克的面罩配备的全新过滤罐和几部额外的电话。这些补给品都是为了"以防万一"，这次的行动将是一次精准的军事行动。

他们故意避开城市飞过海湾，在克里西球场软着陆。这里遍地是沼泽，过度生长的荒草几乎挡住了运输机。一束暗淡的黄色光芒穿透浓雾，照亮了附近机库破旧的红色屋顶。里克打开驾驶舱的灯，在地板上摸索着找到步枪并绑在背上，他检查口袋寻找他的吸入器，最后检查了一遍肯德拉给他的小小的矩形外部存储器。他戴上过滤面罩，固定好假肢，打开侧门，站到湿透了的地面上。

"我们到了吗？"威廉揉了揉眼睛，直勾勾地看着里克。

"没错。"

在威廉的帮助下，里克打开后门，卸下摩托车。他骑上摩托车，透过面罩用尽全力深吸了一口气，随后感觉到一阵熟悉的虚弱感——手脚刺痛，意识逐渐模糊。或许应该听从艾迪森的建议，先接受灌洗治疗，然后再来这里冒险。但对于沙漠里孩子们来说，时间在一分一秒地流逝。凯也在其中。如果普雷西迪奥的文件可以提供任何召唤母体的线索……他没有时间担心自己。

冰冷的海雾透过里克的夹克，弄湿了他的皮肤。他想到了罗斯，她是多么喜欢这样的雾……

"上来。我们先看看周围，然后再去那边。"

"你认为可能有幸存者吗？"

"不太可能。但看看也无妨。"

他们在普雷西迪奥周边巡逻——沿着罗斯监管建造的围栏边界，搜寻着幸存者的踪迹，同时留心周围是否有食肉动物。讽刺的是，人们曾经非常担心人类的行为会破坏野生动物栖息地，但现在，在那些以前由人类主宰的地区，这些不受 IC-NAN 影响的"弱小物种"正失控地繁殖。里克在沙漠里遇到的兔子和土狼都非常胆小，而城市里的宠物猫狗却大量繁殖、狂暴易怒，加州山地间的山狮和熊则饥饿难耐，不停地徘徊，可能会成为更大的威胁。两人沿着普雷西迪奥大道行驶，经过丰斯顿大道上空荡荡的房屋。街道上空无一人，偶尔会出现消瘦的狗或野猫，鬼鬼祟祟地在杂草丛生的后院里徘徊，毫不在意他们的存在。确认了这里安全后，他们沿着林肯大道全速行进，向西朝金门方向驶去。

当进入中心指挥阅兵场北端的隧道时，甚至有老鼠在大灯的灯光下飞快地窜过。隧道的出口在一座公墓下方。他们到达废弃的马厩，向右转，然后向左转，经过了一排废弃的房屋，前面就是普雷西迪奥研究所。

里克看到一个小棒球场的遗迹。罗斯的团队绕着基地修了一圈路，他们曾经进行野餐和放风筝的地方，现在杂草丛生。在文艺复兴风格的总部里，罗斯的办公室在二楼，通过办公室的窗户，可以将这一切以及其他研究所的建筑尽收眼底。里克扫视着那些深色的窗户，身体开始颤抖。如果说研究所中存在人类遗骸的话，应该就会在这里。他慢慢绕着场地，把车停在总部门前。威廉肩扛步枪，跟着他走上水泥台阶，来到正门口。

大厅里覆盖着一层厚厚的灰尘，微风从敞开的门吹向右边的木制楼梯。里克的呼吸开始变得急促起来。在房间的对面，似乎有一张脸正在盯着他。他条件反射地伸手去够他的步枪……

但在他身后，威廉仍然一副轻松自在的样子。房间对面的那个压根儿不是人——不再是人。"他死了，里克。"威廉喃喃地说。

当里克的眼睛适应昏暗的环境之后，他眼前好像出现了更多的幻影。五具骷髅聚在一起，没有半点毛发。他们曾经是军人，穿着制服，但现在衣衫褴褛。在他们坐着的桌子旁，放着一个空荡荡的威士忌酒瓶，旧的扑克牌像丢弃的情书一样散落一地。他们的军用步枪躺在地板上。除了那个最初引起里克注意的人外，所有人都倒在座位上。

里克摇了摇头，强迫自己盯着侧墙上一个长方形的金属门，门上写着"发电站"。他猛地一拉把手，门就开了。但令他懊恼的是，所有的太阳能电池都不见了。

"我不怪他们，"他说，脑海里浮现出末日的混乱场面——有些人试图离开这个瘟疫肆虐的城市，但都是白费力气。"我们带了替换电池，对吧？"

"带了两个，在运输机的后面放着。"威廉说，"我们不能直接把电脑带回去吗？"

"我们无法确定要找的东西是在罗斯的电脑上，还是在网络存储中的某个位置。不过我答应过肯德拉，会给普雷西迪奥网络供电，并将其连接到洛斯阿拉莫斯。"

"好的。我去去就回。"

威廉回来时，里克勘察了一遍废墟。在疫情发生以来的十二年里，他一直避免看见这样的场景——被遗弃的城市、在摇摇欲坠的房屋中畏缩着的已经死去的人们、满载行李的汽车。但他们无处可去——病毒无处不在。他走上楼梯，驱使着颤抖的双腿向罗斯的办公室走去。办公室的门在里克触摸时吱吱作响。他凝视着昏暗的房间。谢天谢地，这里没有骷髅。随后他感到筋疲力尽，倒在墙边的沙发椅上。

"里克？"威廉声音从大厅传来，若有若无。

里克猛地清醒过来，"我在这里！你安上电池了吗？"

"已启动，正在运行。"

里克挣扎着站起来，蹒跚着走向罗斯的办公桌，打开电脑。令他宽慰的是，屏幕发出了熟悉的绿色光芒。安全模式，是否继续？

他按下回车键，屏幕上出现了一个空白对话框。他一边看着自己通信器上显示的密码，一边一字一字地敲入对话框中。再次按下回车，他闭上眼睛。再次睁开眼睛时，罗斯的主屏幕已经出现了——一张金门大桥的照片，以及排列有序的图标。他点开无线电图标，输入一个代码，这样就可以建立一个安全卫星连接，以便和在洛斯阿拉莫斯的肯德拉之间进行资料传输。肯德拉给他的指令清单里只剩下一件事——为了防止卫星无法连接，他需要把外部存储器插入罗斯电脑的端口，并激活系统下载。

当存储器正在传输时，里克看着屏幕，桌面背景在红木林、田野、浑圆的山脉等熟悉的场景间切换——这些都是罗斯喜欢的风景。之后，他的目光转向屏幕右侧的面板：个人日记。

里克抬起食指，点击图标。但文件没有打开，相反，出现了另一个对话框，要求输入另一个密码。幸运的是，他知道罗斯倾向于将这些子密码设置得相对简单。里克输入"Gen5"[1]，系统提示密码错误。他

---

[1] 意为"第五代"。

闭上眼睛想，应该还可以尝试两次，否则就不得不拜托肯德拉进行破解了。他输入"Journal"[1]，这是最简单的密码。还是拒绝访问。突然，他想起来一串字母，"Rho-Z"[2]。文件打开了。里克笑了起来。屏幕上出现了一个个按时间顺序反向排列的条目。母体们在一开始就被贴上了数字条形码，每个条形码都包含了各种基础信息——项目编号、制造日期、操作系统版本，后面跟着数字 01~50 来表示特定的机器人。这些数字对罗斯来说没有任何意义。她本来想用希腊字母表中的字母，配上英文字母来为母体们命名，这样的命名方式可以体现人类母亲的名字。她是罗 -Z，巴维什亚·夏尔马是贝塔 -S。在某种意义上，这样的命名方式也可以帮助罗斯认识她们每个人的个性。"这样当孩子们出生的时候，"罗斯曾经说，"他们能念出母体们的名字。"

里克俯身，眯着眼睛看最后一条日记：

2053 年 5 月 23 日

里克明天会来这里帮忙做演讲。谢天谢地，我不确定是否准备好回答他们的问题。我讨厌所有秘密。

他叹了口气，调出一个搜索对话框，输入"黑色代码"。电脑的响应很快。

2053 年 5 月 14 日

上午 9 点将第五代代码的最新修订版本发给了肯德拉。我们尚未就"黑色代码"做出任何决定，尤其是关于她们会合的指定位置。一想到那些将独自在沙漠中徘徊的可怜孩子，我就彻夜难眠。

---

[1] 意为"日记"。

[2] 意为"罗 –Z"。

但这个问题没有得到任何关注。没有任何理由的，他们严重低估了启动"黑色代码"的可能性。

在正式提出要求之前，我已经做好了决定。我内置了调用他们的代码。

里克睁大眼睛，继续往下读。

孩子们会有食物和水，以及所有他们需要的东西。在我们清理完 100 号楼后，我在那里存放了不少储备物资，有工具、炊具、餐具等。归航协议中包括中心指挥所旧储藏棚的坐标，目前那里用于储存考古挖掘用品。我们可以把其他补给品也留在那里。

然后，他看到这样一句话：

特殊程序指令 ＝ "请，谢谢。"* 父亲嘱咐过我，永远不要忘记这两件事情。

特殊程序指令。据肯德拉说，特殊程序指令是启动辅助程序所必需的关键命令。这就是他来寻找的宝藏。里克再次陷进罗斯的椅子里，他能感觉到心脏正在微弱地跳动着。"特殊程序……"他喃喃地说，"唷，麦克布赖德上尉。看样子，你确实不喜欢秘密。"

当他们再次出现在前门廊时，天空中的太阳已经升得很高了。

"准备好了吗？"威廉说。

里克透过过滤面罩，深吸了一口气，然后把面罩从脸上短暂地拉开，咳出一口粉红色的痰。他感觉整个世界都在摇摆，他注意到自己的指尖在明亮的日光里呈现出一种病态的蓝色。

"老天爷！里克，你看起来糟透了。"

"是糟透了，但我达到了此行的目的。"

"来吧，换我来骑车。"威廉说着，登上了摩托车。

里克用最后的力气把假肢搁在后座上。他的双臂抱着威廉的腰，看着车轮下快速掠过的普雷西迪奥的道路。摩托车停下来后，里克被搀着坐到运输机的客座上。威廉有力的双手帮里克系好安全带，然后关上了里克旁边的门。

里克听到驾驶座的侧门也砰地关上，机舱里回归寂静。然后，威廉的声音仿佛从远处传来。"来一些干净的空气吧。"他听到空气系统开启的声音。威廉解开了他的过滤面罩。

"……你确定你能驾驶吗？"

"你教过我，记得吗？"威廉向他保证。很快，运输机缓慢上升，里克感觉到熟悉的向下的推力。

里克把头懒洋洋地倚靠在座位上，他的心绪又回到了罗斯阳光明媚的公寓里，在铺着干净白床单的安乐乡里流连忘返。

里克靠在长凳上，旁边的 DNA 合成机在嗡嗡作响，他的思绪也逐渐安静下来。他从不是一个 NAN 合成专家——这份工作既乏味又要求独特的技能，并且已经降级交给了鲁迪的团队。不过鲁迪还需要足够的时间来优化整个流程，所以他们一直在轮流监测 C-343 的生产。相比吸入器，波拉卡医院的灌洗系统需要更多的解毒剂。几次合成的失败已经让整个项目进度落后。现在，在萨拉去世的那个房间里，里克·布莱文斯正艰难地喘着气。他们需要更多的解毒剂，刻不容缓。

詹姆斯凝视着面前这台机器，小型机械臂在玻璃隔板下呼呼作响，进行着一系列复杂的操作。他的精力大不如前，无法一夜之间就完成合成，鲁迪也正在经历一个艰难的时期。几年前，他们已经用完了所有的前体细胞，现在使用的是霍皮族侦察员突袭圣达菲和凤凰城的生物实验室后找到的补给品。或许很快，他们就不得不训练新的霍皮族的技术人员，来保持解毒剂的生产效率。

"詹姆斯？"他转过身来，发现肯德拉抱着双臂站在门口。她没有拿着那个总是带在身边的平板电脑。

"里克怎么样？"詹姆斯不喜欢肯德拉现在的表情。

"他正在渡过难关，但是这次治疗过程十分缓慢。"

詹姆斯深吸了一口气，忍受着胸口的紧绷感，这样的感觉他已经习以为常。他不是把 IC-NAN 释放到生物圈的人，也不是送走第五代机器人的人，他更没有任何把握可以找回那些母体。这些事情应该由那些比他权力更大的人做——比如里克那样的人。但他现在没有时间考虑这个问题了。

"据我所知，"詹姆斯说，"里克找到了召唤第五代机器人的方法？"

"似乎是这样。我研究了从罗斯·麦克布赖德电脑中下载的内容，现在已经想出了实现她埋藏的特殊程序指令的方法。"

"特殊程序指令？"

"这个指令可以激活一个代码，让母体们归航到旧金山的普雷西迪奥。"

"旧金山？我们不能直接让她们归航到霍皮族人的平顶山吗？"

"不行，代码已经设置好了，位置不能更改。但也许这是最好的办法。每次霍皮族的童子军和第五代孩子们尝试沟通，最后都被机器人阻止了，还导致童子军成员负伤。如果机器人现在去平顶山，天知道这些机器会做些什么。"

鲁迪出现在肯德拉身旁。他曾经强壮的手臂正软绵绵地搭在身体两侧，在第五代孩子出生后的十一年中，他仿佛苍老了三十岁。"我同意肯德拉的看法，"他声音嘶哑地说，"这是我们唯一的选择。"肯德拉轻轻地把手搭在鲁迪的手臂上表示支持。

詹姆斯闭上眼睛。他们在等待他的意见。"里克有什么看法？"

"不用说，当然是同意。"

"米莎在哪里？"

肯德拉说："在平顶山，和威廉的孙子们在一起。"

"很好，"詹姆斯说，"我宁愿她不知道这个计划，直到我们完成一切。"

肯德拉脸上闪过一个心领神会的表情，"那群孩子里可能有她的兄弟姐妹。"

"没错。但只有在定位到孩子们之后，我才会告诉她。那么，我们来讨论一下细节。"

他们挤在肯德拉的控制台上，查看罗斯·麦克布赖德的程序注释。"里克告诉威廉，他在罗斯去世的那天晚上接到了她的电话。整个通话断断续续，但有一件事情罗斯说得很清楚。她提到了一些关于特别程序的事情。在用安全密钥将'请，谢谢'转换为二进制代码，并用这个代码搜索第五代机器人代码时，我终于找到了一些我一直在找的内容，其中就有普雷西迪奥基地的坐标。"

詹姆斯坐在肯德拉旁边，"那么，我们可以将这个代码传送给她们吗？她们会收到吗？她们会按指令行动吗？"

"她们配备了无线电接收器，我们可以使用卫星传输反复发送代码，这样可以减少沙尘暴带来的干扰。一旦启动，这些特殊指令会取消代码中其他坐标下的所有防御措施。"

"那会发生什么？"

"一旦她们到达普雷西迪奥，将会经历关机和重启。在这个过程中，某些系统将停止工作。她们将不再开放防护舱，或者将孩子们带到别的地方，除非受到威胁……"

"为什么麦克布赖德博士认为这么做有必要？"鲁迪问。

"飞行本身是一件相当危险的事情。这个想法是让孩子们待在机器人之外，多和其他孩子交流。"

"社会化。"詹姆斯说。

"没错。罗斯在那里建了一座大楼，储存了一些烹饪器具等日常用品，孩子们可以在一起生活。还有一座储存其他供给品的建筑。"

詹姆斯揉了揉下巴。"普雷西迪奥已经准备好了吗？"他问。

"威廉保证说他会准备妥当。"

"那么水呢？"

"在中心指挥所附近有一座冷凝塔，是 20 年代一家非营利性机构为示范水回收技术而建造的。碰巧的是，这座塔是由参与'新黎明计划'的同一家公司设计的，并且比用于计划中的塔要大得多。威廉说，他需要排干它后清理出来，再重新填充淡水。根据普雷西迪奥周边的环境来推断，几天内就能完成重新填充。即使发生意外，孩子们也会有比以前更多的食物和水。"

"那么，你觉得会有什么问题吗？"

"是的，安全性问题。"

"这不正能够保证孩子们的安全吗？"

"没错，他们应该会非常安全。问题是我们……"

"我们？"

"母体的第一要务，是保证周边安全……"

"保证周边安全？"詹姆斯站起来，搓着手掌。

"你必须记住，罗斯这些行动都是在黑色代码的原则下进行的。假设兰利不在了，洛斯阿拉莫斯不在了，敌人也有可能得到情报，进而找到机器人。这些机器人本身就是理想的军事硬件。任何危及机器人的东西都会危及孩子们，'保证周边安全'对机器人来说就是驱逐敌人。"

"所以，我们还是无法与孩子们取得联系……"

"威廉将解锁斯科特堡总部，罗斯的电脑会保持在线。他会在100号楼里留下几部卫星电话。但是我们需要小心……母体们会把来自外界的任何信息都解读为威胁。"肯德拉转向詹姆斯，"我们只能接受这个结果。假设我们可以把她们引到普雷西迪奥，那么这些孩子将受有史以来最强大的士兵组成的军队保护。"

30

一道细长的灰色光线穿透了罗西的舱门窗。凯仍能听到她控制台下小风扇的嗡嗡声，她的过滤系统一直在使空气保持循环。凯把毯子从嘴边拉开，慢慢吸了一口气。防护舱里的空气闻起来像暴风雨前的风，混合着自己的汗臭味。

凯摇摇头，不再想这个问题。距离沙尘暴第一次侵袭已经过去好几天了——尽管有时很难分辨白天和黑夜。沙尘暴一波接着一波，一波比一波剧烈。"塞拉在什么地方？她回来了吗？"

"有一个孩子离我们目前的位置很近。"

凯伸手去够闩锁，"我能不能……"

"风速9千米每小时，能见度30千米，PM10计数仍然超限。请戴上你的防尘面罩。"

凯伸手从座位下把面罩拿出来，戴好之后轻轻地推开舱门。当他穿过舱门滑到罗西的踏板上时，一些结块的灰尘随着他的动作掉了下来，同样的灰尘块覆盖了他周围的空地。他几乎无法将灰色的大地和苍白半透明的天空区分开。凯爬到贝塔身上，拍打着防护舱的窗户，然后清理出一小块区域。卡玛尔在里面看着他，神情茫然不知所措，然后戴上自己的面具，打开舱门。

"塞拉回来了吗？"卡玛尔问。

凯扫视着空地，仍然不见她的踪迹。"我肯定她没事，"凯向卡玛尔保证，"她应该只是躲在了什么地方……"虽然凯试图摆出一副勇敢的样子，但塞拉持续不见踪影这件事，仿佛已经在他饥肠辘辘的肚子里形成了一个空洞。

"罗西还在运行吗？"卡玛尔问，"除了空气过滤器和基本通信之外，贝塔已经禁用了大部分功能。"

凯转过身看着罗西，她风尘仆仆的外表几乎让人认不出来。"罗西说过，这只是一个预防措施，避免发生意外。但现在，她跟我说话的方式有些奇怪。她好像很忙……"凯摇了摇头。让恐惧在头脑中占上风没有任何意义，他们会挺过这个难关的，就像他们经历的其他事情一样。"我们去弄点儿水吧，我要渴死了。"

他们从货舱里拿了三个水瓶，沿着狭窄的小路向泉水匆匆走去。凯眯着眼睛，他现在已经几乎看不到公路了……他在潮湿的土地旁停下来，拼命地用脚扒拉着地面上的泥土。他能听到心脏剧烈跳动的声音。他弯下腰，把脚边的淤泥舀到两边。"就在这里，"他喃喃地说，"我知道它在这里。"但现实并非如此简单。他站起来，双手捧着滴着水的潮湿泥块。

突然，凯听到了罗西的声音。他转过身向远方望去，看见了一道不祥的黑色边缘。"我们得回到防护舱里！"他不等卡玛尔回答，将几乎见底的瓶子夹在胳膊下，沿着小路往回走，很快便登上了母体。"你的系统还好吗？"他问罗西，但没有得到回应。新一轮风暴袭击即将开始，他的心也沉了下来。

在这段时间里，凯的梦断断续续地在喝水和咬生仙人掌之间交替，思绪在噩梦和罗西那令人安心的回声之间飘荡。每次他醒来时，都觉得腿很疼，头也在一抽一抽地痛。

突然，他听到了什么东西发出的声音——轰隆隆。一块泥土从他面前的窗户上滑落下来。这是梦吗？不，他们正在移动。罗西正飞离洞穴口，向洼地中心平坦清澈的区域前进。在不远处，贝塔也在他们身边飞行。

"发生什么事了？"凯问罗西。

"离开。"

"为什么？"

"信号。"

"信号？哪来的信号？"

罗西没有再回答凯的问题，只留给他一片沉默。凯转过身来，紧张地透过窗户辨认着贝塔，想确认卡玛尔是否仍然在附近。但现在他看不见贝塔了。还有，塞拉到底在哪里？

"不！"他喊道，"我们不能离开！"同样，没有收到答复。凯松开安全带，抓住闩锁。

"请留在座位上。"罗西说。她倾斜身体，准备起飞。

凯感觉到自己的座位向前摆动起来。"我们不能抛下塞拉！"他喊道。

但这时他们已经高高地飞在空中，罗西的外表被风冲刷干净。没过多久，她穿过尘埃云的上层，一轮充满希望的阳光在她侧腹闪耀着。凯用手撑着窗户，紧张地看着外面。贝塔在附近，与罗西一起飞行。在远处，他还看到了其他一个、两个，也许还有第三个机器人，她们就像成群的大黄蜂，在沙漠中腾空而起。

凯睁开眼睛，发现自己深深地陷在座位里，系着安全带，额头靠在罗西侧舱盖的凉爽表面上。隐隐约约地，他想起了罗西引擎的嗡嗡声和照射在舱门上的刺眼晨光……

外面有一双棕色的眼睛盯着他。"凯？"一个沉闷不清的声音喊道。咚！咚！"你还好吗？"

凯解开安全带，赤着脚打开舱门，沿着罗西光滑的踏板表面快速滑到地面上，稍显笨拙地落到罗西旁边。身边都是些肥绿的树叶和多刺的灌木，小小的灌木碎片刺破了他的手掌。

"对不起，我应该提醒你小心一点儿。"卡玛尔说，"这里很湿……"

凯站起来。空气中弥漫着盐味和某种腐烂的气息，寒风让他瑟瑟发抖。白色鸟儿从头顶上疾飞而过，发出刺耳的叫声。不远处，深绿色的浪花拍打着鹅卵石岸边。他记得塞拉给他的照片，那个穿红裙子的小女孩……海洋。

"我一开始没有看到你，"卡玛尔说，"我担心我们又失散了。但贝塔向我保证，这些坐标是正确的。"

"坐标正确……"凯重复道，"什么的坐标？"

卡玛尔盯着他，同样困惑不解，"她不愿意透露更多。"

凯看着他的母体。罗西在他旁边，一动不动，水滴像汗珠一样从她的侧翼流下来。"你的名字是凯，"罗西曾经告诉过他，"意思是'海洋 [1]'。"罗西要带他回家了吗？凯想听到罗西的回答。但在他的脑海里，只能听到柔和的敲击声，就像水滴缓缓滴落在岩石上——这是罗西在思考时发出的声音。

"为什么罗西这么安静？"他问。

"贝塔也已经好几分钟没有说话了，"卡玛尔说，瞥了一眼他的母体，"我再也听不到她的想法了……"

凯摇了摇头。他的脑袋就像这里的空气一样，混混沌沌，朦胧又空虚。他凝视着水面，想知道罗西到底要去哪里。

他之前从视频里看到过这样的地方，但现实不一样，这里有寒冷刺骨的空气、辛辣刺鼻的气味，以及水无情地拍打土地的喧嚣声。他慢慢地转了一圈，试图弄清自己的方位。之前他还看见其他人从沙漠里腾空而起……但是塞拉在哪儿？

---

[1] 在夏威夷语里，凯（Kai）代表海洋。

173

他眯着眼睛，在沙滩上寻找着。一片空寂。而后，他看见天空中有什么东西——两个小点，就像他在沙漠中看到的鹰一样，在上升的气流中盘旋。随着高度的下降，小点慢慢变大，轮廓也更加明显，是母体。"那些……"在风声和海浪的撞击声中，凯几乎听不到引擎的嗡嗡声。但当她们准备降落时，管道风扇传来真切的轰鸣声。

凯跪下来，双手捂住头，避开砂石的冲击。当他把头抬起时，看到卡玛尔已经迈着瘦弱的双腿跑向一个小女孩——她卷曲的金发几乎把她的脸整个遮住了。凯慢慢走近，他听不清女孩的声音，但可以看到她羞涩的微笑和有缺口的门牙。

"我的母体叫我梅格。"女孩小声地说。

山坡上有一个冒着热气的母体，她旁边站着一个长着稻草色头发的结实男孩。他摸着自己的脑袋，"我叫扎克。"男孩自我介绍道。他的目光在沙滩上游移，"还有人跟我一起……"

"他们很快就会到的，"凯保证道，他希望自己的判断是对的。在他们周围，更多的母体三三两两地着陆，舱门砰地打开，孩子们从里面走出来。他们就像罗西放过的自然视频中的雏鸟一样，但塞拉仍然没有出现。

在凯旁边，扎克只是干瞪着眼睛，给他一种不舒服的怪异感觉。"我当然也希望是这样，"扎克说，"但这件事似乎有些不对劲。"

穿过海岸线的薄雾，凯突然发现一个孤零零的身影在海滩上徘徊。阿尔法-C？他一阵小跑，跟着那个机器人。她在水面上飞翔，然后朝着凯的方向飞过来。突然，凯动不了了，感到双腿被什么东西绊住了——他的左脚被一种黏稠的绿褐色植物的卷须缠住了，奔跑的惯性带着他整个人都飞了出去。当机器人降落在附近的地面上时，他才抬起头来。

凯挣扎着用肘部支撑起身体，看见一双赤裸的脚正踢着沙子。"天哪，妈妈！"女孩摇了摇头发，抖落下一团尘土，"你一定要这么用力地着陆吗？我老早就知道你为着陆步骤运行诊断程序了……"

凯坐起身，不由自主地笑了起来。"你去哪里了？"凯冲着女孩喊道。

塞拉也对着他露齿而笑。"你没事吧？阿尔法差点儿把你压死！"她开心地扶起凯，"对不起，我就那么跑了。其实我立刻就意识到那么做不对。但是不那么做的话，我们会不得已扔掉摩托车的。"

凯忍不住笑了起来。他们都在这里，塞拉很安全。还有其他孩子。

突然，卡玛尔冲他们跑来，新来的女孩梅格紧随其后。"感谢上帝！"卡玛尔哭了，他的白牙闪闪发光，随后给了塞拉一个拥抱。

"罗西告诉我，她收到了某种信号，"凯说，"阿尔法有说是什么吗？"

"没有，"塞拉说，"我们刚刚起飞。她没有给我任何解释……"在他们旁边，阿尔法-C已经安坐在地上。她的手臂放松，露出柔软的内手，保持异常的静止状态。"她现在在做什么？"塞拉问，用手掌摩挲着阿尔法-C的可伸缩翅膀。

"我不知道，"凯说，"但不管是什么原因，她们似乎都做了同样的事情。"

"我希望我的母体能尽快恢复之前的状态。"卡玛尔皱着眉头，伸手用他细长的手指抓了一把粗沙。

塞拉凝视着变得稀薄的雾气，"我们在什么地方？"

"海洋？西岸？我能想到的就这些。"凯从口袋里掏出塞拉送他的指南针。指针正指着"西南"的位置。在那个方向，一个高耸的铁锈棕色建筑在海面上呈现出弧形，消失在厚重的白雾中。那是桥——在罗西的屏幕上，他见过一次。但这里是哪里呢？他向南扫视着破裂的印着车辙的土地。公路附近有一座水塔，和他在沙漠营地里遇到的冷凝塔一样，不过这个要大得多，是一座高耸巨大的橙色瓶形建筑，和附近的一棵树一般高度。塔的远处还矗立着一群建筑，其中有几个小小的木结构建筑，它们的玻璃窗都碎了，墙皮剥落，似乎即将变成彻头彻尾的废墟。

但那几座较大的用红砖建造的建筑和另一些用白色石块建造的建筑，在岸上的海风面前依然屹立不倒。

最令人惊异的景色在东边。那里有一座巨大的、白色大圆顶的石头结构建筑。它的后面和左边，一小片静静的蓝色水域正闪闪发光。远处的一个缓坡上，分布着大大小小、或平或尖的建筑物。是一座城市——虽然它看起来更像一个幻影或一幅画。

凯瞬间被迷住了。但下一刻，他想到了自己与这个城市的前居民的遭遇——瘟疫的侵袭。瘟疫无处不在，城市里的人本来就比沙漠里的人多得多……熟悉的恐惧萦绕在他心中。他在脑海中呼叫着罗西，但仍没有得到回应。

突然，他感觉到地面隆隆作响。他转过身，发现罗西正朝他走来。"我想她恢复正常了。"他喃喃地说着放下心来，心跳也逐渐放缓。

旁边，卡玛尔抬起了头，"我的母体也恢复正常了。"

现在，母体们带着孩子们在低空飞行。他们经过一片沼泽，飞过水泥马路，经过另一边的巨型水塔，进入一片草地，那里的荒草几乎与他们肩膀相平，脆弱而干燥。田野的尽头是一座红砖建筑，它有一个木质门廊，窗户是白色的。所有母体都停下来，面对着这座建筑。孩子们爬出舱门，走近它。

凯停下脚步，转向他的母体，"食物怎么办呢？"罗西只是站在那里，一言不发。也许里面有食物？他翻过灌木丛，走上狭窄的人行道，爬上水泥台阶，来到大楼宽敞的前廊。在一扇双开门右边的墙上，用螺栓固定着一块牌子——"100 号楼"。

塞拉穿过人群，左手握住门上生锈的门闩，猛地一拉，但厚重的门没有打开，反而是一片片脏兮兮的白色油漆从伤痕累累的墙面上剥落下来。"母体们好像想让我们进去，但这些门被锁住了。"她说。

"我来帮你，"凯说着，抓住右边的门把手，"一！二！三！"随着一声巨响，门打开了。两人没收住力气，向后绊倒了。陈年的铰链吱吱作响，一时间，所有人都目瞪口呆地看着面前黑暗的空间。

大楼有着宽阔的阳台和华丽的外墙，看起来相当吸引人。但是，当凯进门的时候，一股潮湿的、混合着轻微化学品气味的气息猛地冲进他的鼻孔。一个小小的黑色东西从他脚上掠过，他愣了一下。随后，那个东西的尾巴消失在门廊的一侧。

其他孩子在他身后聚集，他们踩在破旧的地板上，脚步声非常低沉。当跨过门槛时，凋敝的墙壁传来空洞的回声。正前方是一列黑暗的木质台阶，似乎通向一片漆黑的空间。塞拉避开楼梯朝右走去，经过布满了蜘蛛网的米色墙壁。凯紧随其后。金属装饰从天花板上垂下来，看起来就像老式电灯。

"这是什么地方？"凯大声问道。

塞拉低声说："从我看过的视频来看，这像是一家老旅馆，或者一所学校？"

一行人挤进一个狭窄的房间，阳光透过前门廊的窗户，依稀照亮了房间——沉闷的绿色墙壁、各种大小的橱柜和抽屉。

卡玛尔的新朋友梅格打开柜子，吸了一口气，里面是一套金属餐具。凯发现了一个装满炊具的抽屉。两个大钢桶靠在墙边，正对着窗户，连接着墙上生锈的管道。

他们进入另一个房间。里面仍然很逼仄，只有一排空架子。最后，他们来到大楼的尽头，看到长长的金属桌和折叠椅穿插在两排粗壮的柱子之间，原本涂着的厚厚的油漆已经斑驳剥落了，光线穿透四面高大的窗户照进屋内。

突然，传来一声响亮的轰鸣声，接着是什么东西划破空气的声音。凯本能地用螺栓锁住前窗。透过肮脏的玻璃，他只能分辨出似乎有一批机器人正以松散的队形移动。再次传来两声巨响，每一声都来自他左边的某个地方。他望向场地，一个母体突然对着一丛灌木射击。

"她们在朝什么开枪？"塞拉挤到他旁边，用外衣袖子擦着窗户。

"不知道……"

房间里很冷，但凯的脖子上却流着汗。他记得罗西的话："除非出现极端情况，否则不能使用武器。只有我们的生命受到威胁时才行。"他旁边的卡玛尔脸上已经没有了血色。他扭过脖子，看到新朋友们紧张的面孔。他数了数，有二十二个人——女孩比男孩多几个，身高、体型和肤色都不相同。在人群后面的某个地方，一个孩子正在轻轻地抽泣，"我们要在这里待多久？"塞拉安慰着那个孩子。

不久，枪声停了。凯放下心来，转过身朝房间外走去。其他孩子已经按原路返回了，因为狭窄的前门而被迫放慢了速度。

回到外面，凯跑着去寻找他的母体，搜寻着她翅膀上明亮的黄色印记。他漫无目的、跌跌撞撞地走着，差点儿绊倒一个小男孩。那男孩正跪着检查一个亮蓝色背包里的东西，地上散落着儿童膳食补充剂包、碘片、抗蛇毒血清注射剂、绷带、水壶、太阳能灯棒和某种折叠塑料披风。

"你好，"男孩礼貌地说，杏仁状的眼睛微微弯着，"很高兴见到你。我叫宏。"

"我是凯。那个……你从哪里得到这些东西的？"

"德尔塔从那边的大楼里拿的。"男孩指着场地对面一栋高大的白色建筑说道。

建筑。

补给品。

就像沙漠中的补给站已经预料到他们的需要一样，就像瓶装水神奇地出现在路边一样。似乎有人计划着要他们来到这里。凯扫视着周围，寻找神秘陌生人存在的证据。但他只看到一群充满希望的孩子和他们的母体。

在供给大楼的大门附近，罗西将包递给凯。凯爬到罗西身上，拉开舱门。控制台一片漆黑，防护舱中的空气已经霉臭变冷。凯几乎辨认不出座位后面的水瓶，以及他留在地板上的毯子。"罗西，有什么问题吗？"

他听到附近传来一声刺耳的哭声。

"妈妈？"

凯转过身，看见塞拉在地上跺脚，眼泪从她的眼睛里涌出来，而卡玛尔则低着头，用手掌轻轻抚摩着他的母体那深色的侧翼。

"凯，"塞拉喊道，"阿尔法关闭了她的防护舱！她不愿意告诉我原因！"

那天晚上，凯把他的毯子放在 100 号楼冰冷的地板上。他花了一个下午的时间去认识每一个人。大家都吓坏了，充斥着困惑感，没人知道为什么来到这里。但是现在，他们就这样聚在了一起，他们因此感到兴奋和期待。

"明天，"塞拉低声说，"我们可以给自己找一个适合的房间。刚才我从前门溜上楼梯，发现那边有一排小房间。我们明天还可以做一顿丰盛的晚餐。"

房间对面传来扎克的声音。"我妈妈射杀了一只鹿。一开始她以为那是捕食者。不过好在鹿是可以吃的，那时我们已经没有儿童膳食补充剂了！"男孩嘟哝着转过身来，把被子披在身上，只露出了脑袋。

扎克身边是他的朋友克洛伊，一个有着乌黑色头发的女孩。她正躺在那里盯着天花板。凯学着她的样子，平躺在坚硬的木地板上。他把毯子紧紧地拉到肩膀上，开始想念罗西那个狭小的防护舱。这个房间太大了，它的墙壁、天花板、窗户……都离得太远了。虽然他很高兴找到了其他孩子，但美中不足的是，伙伴们的鼾声代替了母体处理器舒缓的嗡嗡声。

"罗西？"凯努力尝试与她沟通。

但罗西没有说话。自从他们来到这个陌生的地方，她就一直一言不发。凯翻了个身，将头枕在了自己的手臂上。

31

米莎沿着长长的医院走廊，朝一台与洛斯阿拉莫斯相连的电脑走去。当午后炎热的太阳炙烤着威廉叔叔的玉米地时，她就会蜷在霍皮医疗中心凉爽的大厅里，研究机器人的学习数据库。经过走廊时，她突然听到了说话声。她停下，侧着头，试图听得更清楚。

是威廉叔叔……还有祖母。

米莎循着声音，来到一个特别的房间。詹姆斯偶尔来这里时，就住在这个地方。她凝视着紧闭的玻璃门，看到里克躺在房间中央的一张小床上。他的胡子剃得干干净净的，但脸色比她记忆当中的还要苍白。威廉叔叔站在小窗前，祖母则坐在房间一角的椅子上，就像妈妈萨拉去世当天一样。

"所以，母体们已经离开沙漠了，侦察员看到她们起飞了。不过，知道她们中有多少已经成功抵达普雷西迪奥了吗？"里克问。

米莎站在门外，站在他们的视线之外，并调整着自己的位置，以便透过房间空气过滤系统的嗡嗡声听清他们在说些什么。

"我们必须拿到航测图，"威廉回答，"现在想出使用卫星进行监视的方法了吗？"

里克叹了口气，"美国本土的监视能力有限，我们尝试过获得一些特权，这能让在沙漠中的搜寻变得事半功倍。但是，只有华盛顿特区的特工才能得到航测图。"他顿了顿，"我们只有无人机。"

"好吧，"威廉回答，"麦克把它修好了吗？"

"他说应该可以正常运行，"里克沙哑的声音传过来，"这次他用特异材料覆盖了无人机的表面，可以保护无人机免受传感器的干扰。"

"里克，"祖母说，"我们必须弄清楚诺瓦是否在那里。"

里克清了清嗓子。"罗斯被诺瓦的故事迷住了，"他说，"最后，她认为你女儿的人格不应该只赋予一个母体，而是应该赋予两个。你女儿一定令人印象深刻。"

"不过其中一个坠毁了，这真让人难过……"威廉说。

"我们找到她时，甚至没有认出她来，"里克说，"直到肯德拉找到那个文件，我们才把阿尔法-B和诺瓦联系起来。团队似乎是用诺瓦所在的空军中队名称来为她的机器人命名的。"

"我们必须心怀感恩，"祖母说，"小米莎是诺瓦的女儿，这真是个好消息……米莎是我们的家人，威廉！我第一次看到她的时候就这样觉得。"

震惊带来的耳鸣声，几乎让米莎听不清门另一边的声音。诺瓦？她抬起手，摸着脖子上那条精致的项链，上面是一个银色的女人，有着宛若鸟类的翅膀。这是祖母昨天刚给她的。祖母说过一些关于她女儿的事，说她在大瘟疫暴发前就死去了，说她叫诺瓦……这就是祖母要自己保管这条项链的原因吗？

米莎的大脑开始飞快地转动。从肯德拉那里，她了解到了一些关于母体的事情。她们都拥有人格，或者说拥有根据真实女性的个性编写的代码，这些女性是母体携带的孩子们的亲生母亲；但是，真正的人类母亲现在都不在了，大瘟疫暴发后，她们都死了。至于她自己的母亲，在肯德拉找到母体捐赠者文件之前，没有人确定是谁。米莎只知道那个神秘的名字——阿尔法-B。

"所以我们正在寻找另一个诺瓦，叫作阿尔法-C。"威廉说。

"是的，"祖母说，"米莎可能有一个兄弟或姐妹。我现在明白了，为什么詹姆斯说直到我们能确定这些事情的时候再告诉她，但是，也许当你回来的时候……"

走廊上的米莎觉得双腿发软。她靠着墙无力地坐下，抱住自己的膝盖，等待更多的消息。

"还有凯，"威廉说，"我们也需要找到他。"他的声音越来越大，米莎觉得他已经从窗户边转过身来了，"那么，计划是什么？"

"我们不会等太久的，"里克答道，"艾迪森说，如果我能熬过今晚，我就可以去。"他深深地吸了一口气，然后剧烈地咳嗽起来。他缓了缓，接着往下说，声音小到米莎几乎听不见，"明天下午，麦克会把无人机带来。如果一切顺利，我们可以在后天一早前往普雷西迪奥。"

米莎听到有脚步声靠近，她飞快地站起来，沿着走廊奔向电脑。普雷西迪奥在哪里？她必须找出答案。

32

米莎坐在运输机那个橱柜般的货舱里，手里拿着一个包，装着她的零星物品——毯子、水壶、一些霍皮族烤饼。等了好久，她终于听到了车轮发出的轰鸣声。她屏住呼吸，运输机的侧门打开了。在外面离她不远的地方，有什么东西刮擦着地面。很快，她听到无人机引擎发出的呼啸声，起初声音很大，随后渐渐减弱。

"很好！"是里克的声音，"是100号楼。"接下来他又说了很多，关于机器人，关于一些沿着海滩散步的孩子。这两个人似乎对计划的成功感到很高兴，然后……

"就是她！阿尔法-C！"威廉叔叔叫喊道。

"还有凯，"里克说，他的声音听起来非常兴奋，"他看起来很好。"

阿尔法-C，米莎笑起来。她从货舱里爬出来，钻进运输机的后部。等待的时间太久，以至于她起来活动时才发现双腿一阵发麻。她从运输机客座后面抓起一部卫星电话藏进包里，然后凝视着侧窗，试图弄清自己的方位。

他们降落在一个屋顶上。米莎看见里克和威廉叔叔蜷伏在无人机的控制台上。趁这个机会，她偷偷从运输机上溜下来，跑到附近的烟囱后面。当里克和威廉叔叔重新回到运输机上时，她紧紧地把膝盖抱在胸前缩成一团。当他们飞远后，她沿着长长的金属梯子磕磕绊绊地往下爬，最后来到地面上。

凯小跑着，尽最大的努力跟上扎克。一条小路绕过他们新家的北端。凯的右边是海湾，汹涌的海浪冲刷着岸边，左边是陡峭的悬崖，上面覆盖着稀疏的植被。他对这里倍感陌生，不论是茂密的树林、高耸的树木、呼啸的风，还是岩石嶙嶙的峭壁以及无尽的海洋。但他们的探险取得了成功。凯的包里塞满了橡子，扎克的包里还有死松鼠。克洛伊跟在他们身后蹒跚而行，她的腰带上绑着临时做的弹弓，肩膀上挂着一袋石块。宏走在最后，使劲拖着一个装满了松果和野生浆果的袋子。

前面有座桥。小路与另一条铺好的道路在桥的阴影下会合了。扎克打算对整个海角进行勘察，但他们被一个延伸到悬崖边的高高的围栏挡住了去路。

"我们去看看吧！"扎克喊道。

像往常一样，没有等同伴们回答，凯紧紧抓住多刺的灌木，每一次用力都像要把灌木连根拔起似的。他跟着扎克向左走，来到陡峭的堤坝上。他们翻过堤坝顶端低矮的水泥墙，来到另一条铺好的人行道上。不一会儿，大家都站在了桥上。铁锈色的塔楼高耸着，直指明亮的蓝天。塔楼的背部是一排锁着的金属门，横跨一条宽阔马路的一半。一堵无法通过的高墙挡住了他们的去路。高墙上尽是些残骸碎片——树干、废金属，以及各种看起来像被丢弃的卡车零件。

凯把手伸进包里，拿出旧望远镜。罗西已经关闭了她的舱门屏幕。宏似乎对电脑了如指掌，在他的帮助下，凯从她的控制台上取出了平板电脑，并学会了自己搜索她的学习数据库。凯很快定位到他们现在所在的地方——靠近美国西海岸的旧金山旧城。这里有足够的水，还有许多动物和植物可以食用。母体们把他们带到这里是有道理的，这里远离干旱，远离可能使他们窒息的尘土。最重要的是，他们聚在了一起。

但还是有些事情不对劲——母体们和以前不一样了，这里潜伏着某种威胁，某种使她们时刻保持警惕的威胁。

透过双筒望远镜，凯辨认出了高高的铁丝网围栏，那带刺的壁垒贯穿了远处白色穹顶以东的整条道路。扎克说，围栏自东向西绕过了大片林区，而后沿着海岸向北弯曲，挡住了他们脚下这条道路的靠海车道。凯确定，围起来的土地一定是前军事基地普雷西迪奥的遗址。但是在罗西数据库的地图中，他找不到任何看起来像围栏的东西，因此，这一定是后来建的。他们刚到这里时，围栏仍然有一些缺口，但母体们很快就封锁了东侧的所有缺口，以及横跨雄伟的金门大桥的这一侧。

凯指着围栏，"这些东西究竟有什么用？"

"我也不清楚。可能母体在保护我们。可能敌人在那边。"扎克回答道。

"听着，"凯说着面向这个男孩，"我能看到那座桥，看到另一边的海岸。那里没人。我不明白这些东西和敌人有什么关系！"他的话让自己也大吃一惊。

"他们就在那里，只是善于躲藏。"扎克说，"就像他们躲在沙漠里一样。"

凯沮丧地握紧拳头，"你说在沙漠里见到过一些东西，但我从没见过，塞拉也没有，她可是什么地方都去过的。"

"你是说我在撒谎吗？"这个壮实的男孩扔下包，粗壮的脖子和肩膀因激动而轻微颤抖。他旁边的克洛伊抓住他的手臂，试图使他平静下来。

凯站定，"你看到的是你看到的，克洛伊看到的是她看到的。即便那里有人，也不可能很多。我们一直在观察，除了几只野狗，没有更具威胁的东西。罗西可以把它们都找出来，所以那里没有问题。"

"那么，你认为这是怎么一回事？"扎克此刻将双手垂放在身侧，嘴唇抿成一条直线。

"我想……我们的母体出了问题。"

"什么问题？"

"你想想，为什么我们来到这里之后，她们就关闭了？她们又有什么异常？她们关闭了我们的防护舱、开始射击看到的一切、建立了这些路障……"凯恼怒地说，对着残骸碎片建成的墙挥舞着手臂，"她们在沙漠中从来没有这样做过。至少罗西没有。现在她根本不跟我说话，我今天甚至没见过她……"

"我有一个假设。"宏说，他的声音在风中几乎听不见。

"什么假设？"扎克问。

"我们的母体可能被重新编程了……"

"重新编程？"凯问。

"我一直很爱我的母体，"宏说，"但与此同时，我知道她的大脑和我的不一样。她的大脑是一台电脑。我学过电脑，它们可以编程。我想我们的母体按照程序设定带我们来到这里，而现在，她们按照程序把我们留在这里。"

"但这是为什么呢？"

"我不知道……"宏凝视着金门大桥说。

"也许是那个原因，"扎克说，"也许有人只是在玩游戏……"

"游戏？"凯目瞪口呆地看着他。

"我研究了政府过去是如何通过实验来测试实验对象性能的……"

"你是说你认为我们是某人实验的一部分？"凯问。

"我不知道……但也许宏是对的。也许有人对我们的母体进行了重新编程，强制让我们留在这里。"

"为什么？"

"我说过了我不知道。"扎克凝视着桥对面，眯着眼睛，"也许他们现在正看着我们。"

凯扫视着远处的山脊线。有人控制了罗西吗？又是为了什么？

宽阔的空地上有一块牌子，上面写着"VA 医疗中心"。米莎翻看着卫星地图。她现在在距离普雷西迪奥一英里半的地方。要到达普雷西迪奥，她需要走一条叫作"海洋之路"的道路。这条路会把她带到"林肯大道"，一条从南面直接通往普雷西迪奥的大道。

她直视着前方，无视空车和道路两边空旷的窗户。她从来没有来过这样的地方，在这座城市里，五颜六色的建筑鳞次栉比，每个建筑都有门和编号。她知道没有什么可害怕的——大人们曾经告诉她，她的爸爸妈妈来自加利福尼亚州，那是一个美丽的地方，但现在空无一人。尽管如此，她仍害怕每一种声音——金属路标在风中敲击着支杆的声音、盘踞在屋顶上的黑色大鸟的叫声。

米莎加快了步伐。

在那里，就在前面。

但是，当她终于接近写着"林肯大道"的标识时，发现路被一道高高的铁丝围栏挡住了，围栏顶部还缠着坚硬的铁丝。她知道那根电线会给人造成痛苦，为了阻止羊乱跑或防止土狼闯入，威廉叔叔也用过这种方法。围栏向东西两边延伸，一眼看不到尽头。

米莎向西走去，寻找着地图上指示的"加利福尼亚海岸小径"。虽然风吹雨打让它斑驳不堪，但小路仍在那里，这一路畅通无阻，且避开了高高的围栏。她继而向北走，密实的沙石在脚下发出吱呀吱呀的声音。在她的左边，海浪拍打着宽阔的海岸，翻出阵阵白色的浪花。一片诡异而陌生的薄雾打湿了她的头发。过去的她无法想象世界上会有一个比平顶山更加与众不同的地方。

小路逐渐远离海滩，穿过一丛树木后，地势渐渐抬高。很快，米莎再次与林肯大道处在一个水平线上。就在那儿，但仍围着高高的围栏。

难道没有门或者什么地方可以让她穿到另一边去吗？

然后，米莎发现了一个地方。在一条被雨水冲刷过的小径上，有一个小小的洞。她找到一根粗壮的树枝作为铲子，把枯叶扒到一边，刨开洞，直到大到可以爬过去。她先把包推了过去，然后像蛇一样爬到另一边。她站起身来，擦去衣服和手臂上的尘土。空中传来一种奇怪的嗡嗡声，就像巨大的蜂鸟在树梢上捕食一样。是母体，她很肯定。她离她们不远了。

根据地图，这条路最终会向东拐弯。如果一直走下去，她一定会碰到什么人。果然，在林荫大道和另一条更宽的道路上下交错的地方……她听到了风中飘荡而来的说话声。她把卫星电话放回包里，爬上堤坝，来到更高的道路上。她鼓起勇气，默默地练习着她打算说的话。

凯在桥头准备转身离去的时候，发现有人从金属门后面沿着道路走近。"谁？"他问道。

所有人都看着那个瘦小的黑影靠近。看起来像一个女孩，应该是凯从未见过的人。她背着一个背包，小心翼翼地绕过大门。她起初看上去似乎有些胆怯，但又下定决心朝他们走来。

"谢天谢地，"她喘着气，在他们面前停了下来，"你们在这里！我的母体说你们会在这里，之前我还不相信。"

女孩长长的黑发整齐地别在耳后，用一条细细的绳子扎成一条松散的辫子。尽管很冷，但她脚上什么也没穿，身上也只穿了一件简单宽松的衣服，下身则穿着一条到脚踝的紧身裤，腰部紧紧地扎着一条用五颜六色的珠子做成的腰带。她打量他们时，绿色的眼睛闪过一道明亮的光。

"你好。"扎克说着，后退一步。

凯站着，一动不动。这是谁？

"我叫米莎。"女孩说着和他们一一握手。她光滑黝黑的手臂十分瘦弱，但她握手的时候十分有力。

"你……你是怎么进来的？"扎克问。

"进来这里吗？我们现在不是在外面吗？"女孩说。

"他指的是围栏里面。"凯说。

"围栏？"

"这个地方周围都是围栏，"宏耐心地解释道，"我们谁也翻不过去，你却进来了……"

"我不知道你什么意思……"说到这儿，女孩哭了起来。

"怎么了？"凯走上前扶住她的手臂，"发生了什么事？"

"她走了，"女孩抽泣着说，"我的母体刚刚把我留在了这里！"

33

在一间被孩子们称为餐厅的宽敞房间里，凯把米莎领到椅子旁并让她坐下。

"我们觉得这是一个吃饭的房间，"凯说，"它就在厨房旁边，我们可以把食物存放在那些架子上。"当他指着狭窄的前厅时，其他孩子正从门口走过来。

最前面的几个孩子，米莎已经见过，肌肉厚实、头发呈沙色的男孩叫扎克，身材高大、头发呈黑色的女孩叫克洛伊，还有一个小男孩叫宏。他们身后是一些米莎没有见过的孩子。

"那是阿尔瓦罗，"凯指着一个红头发的粗壮男孩说，"他擅长烹饪。还有克拉拉，"他补充说，对着一个黑皮肤的女孩点头，"她在建造一个花园。"

克拉拉让米莎想到了肯德拉，不过现在米莎的目光集中在一个有着棕色直发和友善微笑的女孩身上，她在米莎对面坐下，将胳膊肘放在桌子上。

"米莎，这是塞拉。"凯说。

"那条项链真漂亮。"塞拉说。

米莎伸手轻轻摸着祖母送给她的银项链，喃喃道："我找到了……"

"我也有一个，是蓝色的，但没有你的好。"塞拉说，"你的项链看起来像我们其中一个的母体。"

米莎看着塞拉充满好奇的棕色眼睛。"我也是这么想的。"她喃喃地说。

"凯跟我说，你的母体刚刚把你留在了这里？"塞拉问，"她就这么飞走了？"

"她出了一些故障，但至少她带我来到了这里。"米莎紧张地朝桌子另一头瞥了一眼。

扎克把手臂交叉在胸前，瞪着眼睛看米莎。克洛伊的手搭在扎克肩膀上，似乎是在安抚扎克。从这个角度看过去，她柔顺的头发完全挡住了她的脸。

米莎突然想起来了——那个峡谷，那个黑头发的女孩。她以前见过克洛伊。威廉叔叔的声音在她脑海里回响："……我们必须明白，母体只是在保护她们的孩子。她们无从得知我们有没有恶意。"克洛伊的母体知道米莎也是这些孩子中的一员。不过，米莎还有一个身份——连接孩子们和外面世界的桥梁。虽然可能要过很久，孩子们才能接受这一点。

"噢，"凯说，"你的母体离开了你……我想我们现在处境不太妙。"

"不妙？但我觉得你们是安全的……"

"我们是安全的，"塞拉说，"但我们不能离开这个地方，不能走出那讨厌的围栏，我们被困住了。我的母体曾经告诉我，飞翔是一个人能做的最美妙的事情。但现在，她甚至不让我待在我自己的防护舱里……"

米莎的心里涌起一种不安的感觉，"但是，你们为什么会被困住？为什么不能自己离开？"

"我们的母体把我们关在了这里。扎克认为她们是在保护我们，或是抵御外面的敌人。"凯说，"你觉得呢？你在外面看到了什么吗？"

"没有……不是那样的……"

"听到了吗？"凯转向扎克和克洛伊。

克洛伊走上前来，对凯不屑一顾，"我们在沙漠里看见过人类，"她说，"他们开着卡车四处转来转去。后来，他们又开着一个有螺旋桨的飞行器回来了。我的母体曾经朝他们开过枪，但被他们逃走了。梅格也看到了一些东西。对吧，梅格？"

"我不确定……"塞拉旁边一个金发碧眼的小女孩轻声说，"当时很黑，我想我看到了灯光……还听到了些什么……在隆隆作响。"

"可怜的梅格一直都孤身一人，"塞拉说，用手臂搂住这个胆小的女孩的肩膀，"但没关系，现在我们都在一起。"梅格站在她旁边，低头盯着自己的膝盖。

"我理解，"米莎说，"我之前也是一个人，但现在……"不可思议，她发现眼泪涌上来了。她很高兴见到他们，但开始意识到自己对兄弟姐妹们知之甚少。

"晚餐还没有准备好……但我们在二楼找到了一些房间。"凯说，"还剩下不少，你可以自己挑一间。"

米莎站起来，双腿不自觉地颤抖着。这真是漫长的一天——徒步远行、探索未知，然后是最后的发现。她要好好整理一下思绪。她把背包搭在肩上，跟着凯和塞拉走上黑漆漆的楼梯。

她看到前面的角落里有一个房间，走过去说道，"这里不错。"

"你确定够大吗？"塞拉问，"我和梅格的房间很宽敞……"

"哦，不用了。"米莎说，然后低头看着地面，"我可能更习惯一个人睡。"

"但你的母体不在，你不会习惯一个人睡的，"塞拉说，"一开始很难。"

在一阵尴尬的停顿之后，凯和塞拉转身离开。"那么，稍后见。"凯说，"广场对面的小屋里有一些补给品，如果你需要，可以自己去拿。"

米莎选的房间比洛斯阿拉莫斯的一个多功能储藏室大不了多少，但它有一个窗户和足够大的睡觉空间。她从包里取出毯子。她裹着毯子，想着祖母那舒适的典礼集会室和歌声。她靠在墙上，抚摸着脖子上的银项链。她现在已经将项链视作自身的一部分了，甚至忘了它在那里。她低声念着那些刚刚认识的兄弟姐妹的名字，依次在脑海中描绘着每个人的脸。扎克、克洛伊……凯，这是威廉两天前提到过的名字，今早在屋顶上，里克又再次提起。他们是怎么知道他的？

米莎又检查了一遍卫星电话。没有来电。威廉叔叔和洛蕾塔婶婶只知道她和伯特、霍诺维一起出去露营了。如果一切顺利，直到明天晚些时候，他们才会发现她失踪了。她本来确信到那时她会得到一些好消息，但现在，她没有了一开始的信心。

米莎闭上眼睛，强迫自己集中注意力。她是带着使命来的——找到她的兄弟或姐妹，以及更多东西。她想象自己是一个信使，是那个会把祖母的银灵送回平顶山的人。但要怎么做呢？如果祖父的预言是真的，母体们就必须离开这里。但塞拉说，孩子们不能再回到他们的防护舱里。也许这意味着母体们要独自离开……但是，这将意味着她们要放弃她们的使命——从围栏外的神秘"敌人"手中保护自己的孩子。她们怎么会离开自己的孩子呢？预言如果成真，孩子们会出事吗？想到这里，她感觉到一阵恶寒。

突然，门打开了。"米莎？我是凯，我可以进来吗？"

米莎开口道："可以……"

"我想你可能饿了。"凯走进房间，手里拿着一小碗东西，闻起来像洛斯阿拉莫斯海湾月桂树的味道，"这是阿尔瓦罗做的松鼠炖肉，我超喜欢这个。但我得警告你，不是每个人都喜欢。"

米莎接过凯递过来的勺子，伸进炖碗舀了一点儿，用舌头轻轻舔了舔。这个菜尝起来很苦，味道非常浓烈。

凯笑起来，"这不是我们最好的手艺，塞拉做的鱼是最好吃的。"

"鱼？她从哪里找到的鱼？"

"在码头那边，她从阿尔法的数据库里学会的方法。"

"谁？"

"阿尔法-C，她的母体。"

米莎盯着他。阿尔法-C……她想象着塞拉的样子——她有着和她一样的棕色直发，有着和祖母一样的眼睛；她扁平的鼻子和圆圆的下巴，就像威廉叔叔的下巴……

"你的母体叫什么名字？"凯问。

"嗯？"

"我母体的名字是罗-Z，但我叫她罗西。你的母体呢？"

"嗯……"米莎感到自己的血液在紧张中疯狂上涌，阿尔法-C是她现在唯一能想到的名字，但紧接着她想起来了，"阿尔法-B……"

"阿尔法-B？和塞拉母体的名字几乎一模一样！"

"我想是的。"米莎羞怯地笑了。

凯低头看着自己的手，不安地摸着大拇指上的划伤，"我想告诉你，"他说，"不用担心你的母体，她会回来的。"

米莎认真地看着面前这个男孩，"你为什么这么认为？"

"有一次，那时我还小，罗西离开我去追一只土狼。当时我超级害怕。但她回来了。她们总是这样。"凯向窗外望去，皱起了眉头，"我们的母体……无论发生什么，都会保护我们。"

米莎盯着他，发觉这个男孩似乎在担心着什么，"凯，我不确定我妈妈会不会回来……"

凯和她四目相对，"但是……她必须回来！"他提高音量说道。他的脸变得通红，注意力还放在自己受伤的拇指上，"嗯……我们拭目以待。不管怎样，你现在有我们。"

"没错，我有你们。"米莎的嘴角挂着微笑。但是，怀疑的种子已经在她心中扎根，这让她不安。肯德拉召回母体和孩子们是为了救他们，然而，自从母体到达这里之后，情况发生了一些变化——这种变化很可能会让他们都处于危险之中。

34

晨雾中，米莎站在 100 号楼的门廊上，看着塞拉走进对面一座高大的白色建筑。她鼓起勇气，溜过两个站在楼梯底部附近的母体，在高高的禾草中慢慢前进。

靠近那座建筑时，米莎听到墙后某处传来一声撞击声。"哎哟！"一个看起来像是旧棒球棒的东西在空中划过，落在她脚边，紧接着是一个皮球。"应该就在附近……"

米莎感觉到了一种熟悉的亲近感。"塞拉？"她喊道，"是你吗？"

"谁在那儿？"

"我是米莎。你在找什么？"

"克洛伊说她在这里看到一辆摩托车，但是这里太黑了，我什么也看不见！"

"到这里来。"米莎蹲下来，从门边一堆东西中找到一个太阳能灯，递进塞拉瘦弱的手中。

"谢谢！"塞拉打开灯，照亮了小屋阴暗的墙壁，露出大片大片的蜘蛛网，"我在沙漠里也有一辆摩托车。但是我们不得不把它留在那儿，货舱放不下……啊！"在灯光的照射下，她看到了一个厚厚的轮胎，然后是一个踏板。她拿着灯光往最远的角落扫去。"这个看起来更像一辆老旧的电动自行车，"塞拉说着，把它拖到更亮的地方，"但聊胜于无。"

"你打算拿它来做什么？"

塞拉看着她，似乎对她的话感到不可思议，"当然是拿来骑！"

"我的意思是，你打算在哪里骑？"

塞拉茫然地看着周围，但马上回过神来。"这个地方不怎么大，但也足够了。肯定还有一些地方我没去过。凯正在修船。在东侧围栏边找到的。我们准备明天去海湾。"

一定要抓住这次两人独处的机会。米莎暗暗下决心。哪怕只是测试一下妹妹的反应也好。"塞拉，你真的想走出围栏吗？"她问。

塞拉脸上闪过一个阴沉的表情，"我知道我们的母体不希望我们出去，但是，这个地方……感觉就像一个监狱。"

"监狱？"

"像一个大而美丽的监狱，虽然这里可能有你想要的一切，"塞拉皱起眉头，"但并没有你需要的一切。"

"我想……"米莎大胆地说，"我们需要测试我们的极限。"

"测试？"

"给她们施加一点儿压力，至少问问为什么我们不能离开。"

塞拉盯着米莎，"你以为我没问我的母体这个问题吗？但我没有得到任何回答。"

"一句都没有吗？"

塞拉撩了撩刘海儿。米莎因为自己天真的想法而脸红了起来。

"好像事情还不够糟糕似的，阿尔法都不再跟我说话了。"

"我注意到她们都很安静。"米莎说。

"我的意思是，她已经不和我在我的脑海里说话了。"

"噢……"

塞拉环顾周围，然后皱起了眉头。"我甚至不知道她现在在哪里。你的母体也这样吗？在她离开之前，她停止和你说话了吗？"

米莎搓着手掌，试图找到适当的措辞。她不知道塞拉在说什么。

194

"不，"她拿定主意，"并没有，她有跟我说话，直到离开。这一定有别的原因……"

塞拉似乎松了一口气，"宏希望这只是暂时的，希望我们的母体可以解决这个问题。"她将自行车靠在门边，转向米莎，"但不管怎样，我们似乎被困住了。"

米莎咽了一下口水，一鼓作气说："如果你想离开普雷西迪奥，我想我知道一个方法。在不远处……就在我的母体把我放下的地方，附近的围栏下有一个洞。"

塞拉半晌没有说话，好奇地盯着米莎，接着咧嘴而笑，"值得去看看。"

米莎凭借记忆，沿着林肯大道向她发现缝隙的地方走去。塞拉是对的，这里很美，树在凉风中高高耸立着，五颜六色的小鸟在树枝间互相追逐。还有妹妹，正在她身后一蹦一跳地走着。

"洞的另一边是什么？"塞拉问。

"是一条小路，一直向南通往城市。"

塞拉睁大眼睛，"城市？"

"你不想去吗？"

塞拉只是笑笑，"当然想去。我们可以走小路，如果在那里没有看到什么可怕的东西，或者即使真的有可怕的东西，我们也可以回来告诉其他人。"

米莎点了点头，"这计划听起来很周全。"她完全不确定自己有什么计划。她只是打算让妹妹离开普雷西迪奥，让她知道外面很安全。这不是什么大事，但总算是好事。整个晚上，她都梦想着带妹妹回家，带她去看平顶山。这会是她们第一次一起冒险。

看到围栏下的凹痕，米莎停下来。"我走前面。"她自告奋勇，将一些泥土从中清理出来，然后把脚伸进去，挪动身体，爬到了小路。这次比她进来时要容易得多。

塞拉坐在人行道的边缘，把手撑在路面上，伸直双腿，将臀部滑到围栏下，做好钻过去的准备。但空中突然响起一个可怕的声音。当阿尔法-C降落时，地面整个儿震动起来。那一刻，米莎想起了克洛伊的母体，她在沙漠中遇到的那个。阿尔法-C以惊人的速度将塞拉抱进自己的怀里，抓着塞拉的肩膀，稳稳地放在路上。

"噢！"塞拉叫道，用双手揉着自己的肩膀，"妈妈！"她叫道，"你别把我弄疼！如果你不允许，你可以和我说……"突然她哭了起来，眼泪顺着她的脸颊流下来。

米莎滑回围栏下，向塞拉跑去，用双臂搂住她的肩膀。"真对不起。"她低声说着凑近塞拉，想要告诉塞拉，她们有着同一个母亲，一切都会好起来的。

但塞拉挣开米莎的怀抱，推着她的母体，"你为什么不跟我说话？"她哭喊道，"为什么不听我说话？"

两个女孩迈着沉重的步伐默默地回到100号楼。在门廊上，塞拉转身面向米莎，"我希望我能像你一样，"她说，"我希望我没有母体。"

米莎盯着她，"别这么说！你知道不是这样的……"

塞拉没有回答。

米莎独自爬上楼梯。当她打开自己小房间的门时，听到一阵嗡嗡声从毯子下传来，持续不断。是通信器。她突然感到浑身发冷，急忙抓起，迅速按下"通话"按钮。"你好？"她小声说。

"米莎！"是威廉叔叔，"感谢上帝！你到底在哪里？我们追踪到丢失的电话在普雷西迪奥，但……"

米莎环顾房间，稀疏的光线透过肮脏的窗户照射进来，勉强照亮了房间。她陷入了迷惘，她不知道怎么让孩子们离开这里，更别提怎么把银灵带回家了。她现在才意识到自己对他们一无所知。"对不起，"她说，"我在医院偷听了你们的话。我以为我可以帮你们，所以就躲在运输机里。但现在……我不确定了。"

35

"她走了？你是说米莎在普雷西迪奥？"在霍皮医院的房间里，詹姆斯坐在祖母的小椅子上，差点儿把椅子弄翻。

麦克在詹姆斯旁边，发出一声悠长低沉的哨音。威廉则站在门口，远远地听着他们说话。里克笔直地躺在房间中央的简易床上，没怎么说话，随后从床头柜上摸出一块布捂住自己的嘴。"她躲了起来，我们没有发现她……"

詹姆斯叹了口气，看着现在的里克，他感到十分揪心。里克脸色苍白，曾经强壮的手臂变得瘦弱不堪。他忍住了想对里克大发雷霆的冲动，慢慢地坐回椅子上，想起自己父亲柔和的声音："每个孩子都有权知道他来自哪里。"也许这根本不是里克的错，也不是威廉的错。也许历史正在重演。他的父亲辜负了他，而他辜负了米莎。米莎需要一个引路人，她需要与同类之间的联系。为了找到自己的出身，她选择在没有任何帮助的情况下独自出击，她的脑袋里或许充满了疯狂的想法。

詹姆斯抬手捂住脸，然后用指尖揉着眼睛。"她发现了什么？发现了她是霍皮族人？还有其他兄弟姐妹……？"

"她听到了我们的话，"里克沙哑地说，"最初是在这里，之后是在我们驾驶运输机的时候。"

"她可真是个十足的间谍。"麦克说。

詹姆斯眨了眨眼睛。米莎，她只有十一岁。自己十一岁时还在上学，还在和他的朋友一起打棒球，还在吃妈妈做的小扁豆和米饭。虽然父母一直以来对自己隐瞒了一些事，但他们至少给了自己一种稳定感和归属感。"我们需要把她找回来。"他说。

"她说沿着海岸小径的围栏下有一个开口。我告诉她，如果她能按原路返回，我可以去接她。"威廉说。

"米莎会没事的，"里克哽噎着说，"她是个聪明的孩子。"他挣扎着抬起头，看着詹姆斯的眼睛。

直到这时，詹姆斯才注意到里克的脸沾满了泪水。

"威廉和你说过吗？米莎遇到我的儿子了。我非常想见他，就一次，靠近他。我想摸摸他，告诉他我有多……"里克突然停下了。他的喉咙里冒出一声微弱的咳嗽，嘴里流出一行血迹，再次弄脏了他沾满污渍的病号服。

詹姆斯意识到，里克永远不会有他曾经拥有过的时光——和心爱的人以及自己的孩子在一起的时光，无论那多么的短暂。詹姆斯想象着米莎的样子，继而想到了令他心痛不已的萨拉。萨拉长长的栗色头发散发着丝兰根的气味，皮肤散发着薰衣草的香味。然而，她不得不接受过滤空气气流长达几分钟的喷射，然后洗澡、换上坚硬的塑料罩服。她忍受这一切，只是为了和他在一起。对他来说，萨拉仍然是他生命中最珍贵的，是他与外界的唯一联系。"我要去。"他说。

威廉把手放在詹姆斯的肩膀上，"这是我的错，我会解决。"

"我和你一起去，"麦克说，"以防万一，我们用无人机。"

36

凯迎着冰冷的海风，裹紧夹克，朝海湾走去。他左转绕过宽阔的沼泽，看到塞拉已经在老码头等着了。

塞拉带着一卷尼龙绳、一箱钩子，还有在码头基地的小屋里找到的三根钓竿。她准备了一个捕鱼行动。她从不在乎在沙漠中捕到的小猎物，也很少吃在这里捕到的鱼，她只是喜欢这项运动，喜欢为别人提供食物的充足感。她很快就学会了在码头上钓鱼。但今天有所不同。他们找到一艘漂着的绿色小船。现在船已准备就绪，用粗壮的绳子固定在码头一侧生锈的金属栏杆上。

"你带上工具了吗？"凯大声喊道。

"已经在船上了。"塞拉回答。她在两根护栏之间左右摇晃，然后沿着一条短绳梯爬到船上，"来吧，趁还没到正午赶紧开始。现在这个时候，鱼看不到你，更容易抓。"

凯跟在塞拉身后上船，船只开始剧烈摇晃。前一天下午，他把船停在浅水中，检查是否有渗水情况，想着在船上捕鱼似乎是一个好主意。但是，当船在巨浪中失控摇摆时，他开始怀疑自己的判断。他深吸了一口气，想起了塞拉的警告——如果不敢尝试新事物，就永远不会有任何进展。

塞拉解开船绳，从地上抓起一支桨。那并不是真正的桨，只是一块铲子形状的浮木。她兴致勃勃地划着船，离开码头，绕过岸边，等待着海浪把他们推向大海。凯没有桨，他唯一能做的就是坐在那里，紧紧抓住船的两侧，压抑着胃里的饥饿感。

在离海岸大约有 15 米的时候，塞拉终于放下了桨。她轻摆手腕，在船边直直地划着。"如果这行得通，"她说，"我们应该尝试每天走得更远一点儿，看看我们的母体会让我们走多远。"

凯抬头望着天空，看着一群巨大的鸟排列成 V 字形。在罗西的数据库里，这种鸟叫作鹈鹕。它们顺风疾飞，捕捉猎物。沿着海岸，凯看到一条小河与海水交汇到一起。第二天，宏带他去那里捉了螃蟹。现在，那里站着三个机器人，附近没别的孩子。

"塞拉，你认为我们的母体会互相交谈吗？"

她转向凯，抬起眉毛，"你为什么这么想？"

"卡玛尔说他做过一个梦。在梦里，贝塔告诉他，她正在学习。但是她在向谁学习呢？现在，每当我看到她们，她们都亲密地聚在一起，互相追随，一起行动。这太奇怪了。也许她们在互相教对方东西。"

塞拉摇摇头，"阿尔法从未和另一个机器人说过话，"她说，"她和我说过她不能和其他机器人对话。不过现在她甚至都不跟我说话了……"她转过身去看凯，"我不确定是否还能相信阿尔法。"突然她用力地划着水，然后猛地一拉，将第一个猎物卷上来。一条胖乎乎的鱼落在她旁边，使劲扑腾着，大口大口地吸着气，鳞片卡在船的金属底板里。

凯小心翼翼地把鱼捡起来。鱼钩正好从鳃后面穿过，血从半透明的肉中涌出。当他把鱼扔进塞拉的布袋时，它锋利的鳍刺破了他的手。至少晚餐的味道会不错。

塞拉把第二根杆递给凯，"来吧，"她笑着说，"作为这艘船的船长，我命令你出一分力！"

凯从桶里拿起一个小鱼饵，穿在鱼钩上，然后笨拙地朝水面扔出渔线。饵钩在风中盘旋了几秒钟，消失在海浪下。他静静地等待着，看着泛着波光的浪涌，留意鱼类活动的痕迹。

他等待着，徐徐升高的太阳开始炙烤他的颈背。

詹姆斯弯腰看着麦克面前的屏幕，眼睛因屏幕光的反射而闪闪发亮。在旧金山 VA 医疗中心的屋顶，麦克发射了无人机，并通过卫星连接将无人机拍摄的画面传了回来。威廉已经徒步前往他计划与米莎会合的地方，虽然他在出发前联系了米莎，但米莎没有离开普雷西迪奥的打算。事实上，自从那通电话之后，就没有任何关于她的消息了。

"发现什么踪迹了吗？"詹姆斯在电话里问道。

"没有。"麦克说。

无人机摄像机第三次扫描了海岸小径，以及与海岸平行的林荫大道。詹姆斯从视频里看到，锯齿状的铁丝网把两条路隔开了。在某个地方，无人机镜头拉近，对准了堆在围栏旁的一堆碎片。

"那是什么？"詹姆斯问。

"不知道，"麦克说，"看起来像一堆金属板。也许她们进行了封锁……"

"封锁？"

"母体们似乎已经封锁了所有的围栏出口。也许她们还发现了那个……米莎说的洞就在那个地方……"

无人机的镜头在斯科特堡上空向东平移，从旧公墓的白色石碑上空飞过，最后在前中心指挥所前盘旋。机器人分散在沙滩上，大多数一动不动。

"那是什么？"当无人机飞到水面上空时，詹姆斯看到了什么东西。

"看起来像……一条船。"

"天哪！"塞拉说，"不知道为什么，在这里捕鱼比在码头上更糟糕。也许我们应该走得更远些。"

"或者回去……"凯眯眼看着岸边说。他们已经偏离了原来的位置，现在他几乎看不到那条闪着微光的小河了。突然，他感觉到钓竿受到断断续续的猛烈拉扯。"抓到一条！"他喊道。

但塞拉正忙着检查自己的渔线，没有搭理他。

"这是一条大鱼！"凯站起身来。他的钓竿弯曲成了一个弧形。他试图稳住自己，使劲蹬着船沿，以免被猎物拖下水。

突然，渔线松弛下来。凯以为猎物挣脱了鱼钩，他俯身向前，想看看那个挣脱的猎物。就在这时，渔线被猛地一拽。凯双手用力抓住钓竿向后仰。没有任何预兆，渔线断了。凯顺势倒下，重重地摔在小船另一侧的船沿上。他试图恢复平衡，但已经晚了。

无人机传来的画面摇晃不定。"见鬼……"麦克在电话里喃喃自语，"有两个机器人正朝这个方向前进。我想无人机被发现了……"

詹姆斯看着镜头渐渐拉远，转向岸边。一个机器人从空中飞过，然后又一个。"你确定她们在追赶你吗？"他问，"她们似乎要去海湾。"

"希望不会撞上。"麦克喃喃地说。

无人机折回海岸小径，现在视频上只能看到树冠。

凯失去平衡，跌进了冰冷的水中。他的眼前只有水面上黑色的岩屑，耳畔只有自己沉闷的哭声。带着咸味的水灌进他的喉咙，被水浸湿的夹克让他的手臂不堪重负。他向后仰着脑袋，鼻子刚好露出水面，挣扎着呼吸新鲜空气。

"蹬腿！蹬腿！"

塞拉微弱的声音，从上面的某个地方传来。但是腿很重，好像被什么东西缠住了，并且把他向下拖。凯屏住呼吸，弯腰伸手解开腿上缠绕的海藻，疯狂地踢腿，用力一撑，向上游去。水面上有东西朝他伸过来，是绳子。他再次听到塞拉的声音——"抓住！"他用力踢腿，伸出手臂，设法握紧绳子。终于，他看到了一片仿佛在旋转的晶莹的蓝天。

但……那是什么？水在搅动，出现了一个漩涡，再次把凯吸入水中。凯被冲到了一边，他的脑海中充斥着令人不安的轰鸣声。发动机。机器人的引擎。船在摇晃。倾斜。翻了。有东西卡在他的胳膊下，把他拉了上去，他感觉脑袋都要断了。

"塞拉！"凯喊道，不由自主地挣扎着，"塞拉！"

当罗西把他抬到空中时，他看到阿尔法-C坠入海浪中。水里还有别的东西——一只瘦弱的手臂，在阿尔法下降时紧紧抓住了她的踏板。

无人机再次上下扫描着林肯大道，但仍然没有米莎的身影。詹姆斯的胸口怦怦直跳。他抓住椅子的扶手，拼命保持冷静。"威廉，有什么消息吗？"

"没有。"传来威廉的声音。

"麦克，"詹姆斯说，"我需要你回去检查海湾。"

"好的。"麦克低声说。

无人机向北移动，越过金门，沿着海岸向东飞去。黑暗中的水面波光粼粼，一群机器人聚在一艘小绿船附近，还有更多的机器人站在沙滩上。

"那里有很多机器人，"麦克说，"我们必须拉高无人机。"

詹姆斯看见了那艘船。"船翻了……"他喃喃地说。

无人机在海岸线上折返，镜头平移扫描着。现在出现了一群孩子，像小点般在沙滩上来回跑动。"不能让他们看到无人机。"麦克说着，操纵无人机向东移动，越过围栏，来到外围。

突然，视频画面放大了。

"该死！"麦克哽咽道。

鲁迪和肯德拉俯身靠近，凝视着屏幕，屏住了呼吸。卫星图像变得模糊不清，然后重新聚焦。肯德拉吸了口气。

一具瘦小的、没有生命的躯体，被海藻缠住，冲到了围栏外的岸边。

无人机在附近绕着圈，盘旋不定，仿佛连它也不忍直视眼前的画面。时间在流逝，每一分钟都像一小时那样漫长。詹姆斯跪在地上，手紧紧握着膝盖。"为什么……为什么机器人没有找到她？"他问。

肯德拉的目光仍然盯着屏幕，张大了嘴巴。"有哪里不对，我想，"她喃喃地说，眼泪夺眶而出，"太……冷了……？"她垂着头，不由自主地抽泣着。

这是詹姆斯自认识肯德拉以来，第一次见她失控崩溃。

"好了，"鲁迪无奈地拍了拍她的肩膀说，"好了。"

詹姆斯的胸口涌动着无法平息的恐惧和愤怒。都是自己的错……

突然，他们听到了一个微弱的声音。

"有人吗？"

"米莎？"线路上传来威廉洪亮的声音，嘶哑，带着鼻音。

"我妹妹不见了！"米莎抽泣着说，"凯说阿尔法-C把船击沉了……我们搜查了海滩，但到处都找不到她。"

"米莎。"詹姆斯站起来，从肯德拉手里接过电话，"亲爱的，我是爸爸。"他的声音在颤抖，整个身体都在颤抖，"你能听到我说话吗？"

"能听到……"

"你为什么不来围栏这儿？"

詹姆斯听到一声愤怒的抽泣。"我去了！"米莎说，"但她们封锁了周围！"她又抽泣着说，"我尝试找别的缺口，但……"

"那你为什么不打电话给威廉叔叔？"

"挂掉电话之后我太匆忙了，把电话忘在了房间里。"

詹姆斯的指关节发白，他用力抓着自己的手机。现在，手机就是他的生命线。"米莎，我爱你……"

"我也爱你。"米莎温柔地回应。

詹姆斯眼睛湿润，他流着眼泪，看着肯德拉和鲁迪，"我保证……我们会想出办法的。不管怎样，我们会把你救出来。现在，告诉我们发生了什么，从头开始说。"

37

昏暗的餐厅里，詹姆斯无精打采地搅拌着一碗炖羊肉。房间对面，肯德拉背对着他们摆弄着旧咖啡机。在詹姆斯旁边，麦克双手平放在大腿上，食物分毫未动。现在，更多的坏消息传来——今天一大早，里克没有挺过来。

肯德拉转身面向桌子，手里拿着两杯散发着焦味的咖啡。她轻轻地将一杯放在麦克的面前。"他要求举行霍皮族葬礼。"她说。

詹姆斯挣扎着站起来，他背部的肌肉向他的脊椎传递着痛苦的信号。里克将被葬在祖父的坟墓附近，就挨着平顶山。祖母说，他会等待罗斯把凯带回到他身边。但是现在，这种希望似乎比以往任何时候都更加渺茫。

经过一个漫长而不安的夜晚，詹姆斯仍未能把米莎哀伤的声音从脑海中赶出去。"鲁迪怎么样了？"他问道。

肯德拉叹了口气，"经过上次的治疗，他已经好些了。"她说，"但是，他的锁骨附近还是有那个讨厌的肿块——他们怀疑是转移了。我……不能和他说里克的事情。"肯德拉坐下来，拿起勺子搅拌着咖啡，看着奶精慢慢溶解。"问题似乎出在沟通中断上。"她说。

詹姆斯转向她，"什么？和鲁迪的通讯中断了？"从她坚定的表情可以看出，她已经重新集中注意力了，这是她在压力之下的习惯性动作。

肯德拉抬头看着他，"不……是母体。米莎说，孩子们已经无法与母体沟通了。这是她到达那里后知道的第一件事。"

詹姆斯双手撑在桌子上，忍受着再次困扰他的眩晕。"她是说，过去孩子们常常在大脑中和他们的母体说话吗？"他问，"那是怎么实现的？"

肯德拉喝了一口咖啡，然后用餐巾擦了擦嘴唇，"如你所知，孩子和母体之间，能通过他们的通信器进行沟通……"

"生物反馈芯片？"詹姆斯问道。这种芯片是一种用于远程监测健康的老旧技术。米莎体内也有一个，艾迪森建议不要将它移除。

"它不仅仅是生物反馈那么简单，通信器芯片会和可注射电子装置连接。它们会被植入孩子们的大脑。"

"植入大脑？"

"根据程序，孩子出生后，母体会立即为他们植入芯片及相关注射剂。在治疗神经退行性疾病[1]患者方面，麦克布赖德博士团队的专家拥

---

[1] 神经退行性疾病，又称为神经退化性疾病，是一种大脑和脊髓的细胞神经元丧失的疾病状态。

有丰富的经验。芯片在传送生物反馈方面非常有效，同时也可以接收刺激。"

"接收？"

"孩子的信号是靠肌肉、消化道、肺的运动产生的力量连通的，因此很弱，而母体则消耗自身反应堆的电量，她们产生的信号要强得多，甚至在一段距离之外，都能发出刺激。"

"那么，这些机器人发出了什么样的'刺激'呢？"詹姆斯问。

"例如母体可以在没有声音信号的情况下，给她的孩子发送声脉冲。不过米莎认为不仅仅是这样。她认为母体和孩子之间发展出了更高水平的非语言交流，一种不依赖文字的交流。"

"如果这是真的，那么这些孩子根本不是真正的人类。"麦克嘟曦道。

"和你、我一样，他们都是人类。他们和他们的母体有共同的联结，就像你我在孩提时代一样。"肯德拉说，"只是他们之间的联结不太一样，我能感觉到——更直接。没有人类，尤其是儿童会用芯片达成通信。"

"一种心灵感应？"

"也许。我们不知道。"肯德拉说，"但在母体和她的孩子身上，这种直观的联系确实会加强他们之间的纽带。"

詹姆斯眨了眨眼，试图让眼前模糊的画面变得清晰。"为什么米莎和她的机器人母体之间没有过这种体验？"

"和米莎之间的纽带还没来得及形成，她的母体就不在了。米莎勉强在她的孵化器里活了下来。"肯德拉摇摇头，"无论如何，你听到米莎说的了，这样的交流现在消失了。"

"为什么？"

肯德拉双手捧着已经变凉的咖啡。"某种代码退化？我想这是不可避免的……但是，在母体被设计好的所有交互系统中，似乎只有视觉系统和学习数据库仍然有效。"

"这会给孩子们带来危险吗？"

肯德拉盯着她的咖啡，"根据米莎告诉我们的信息，母体们似乎正在处理首要指令。"

"首要指令？那是什么？"

"安全。不惜任何代价的安全。想想吧，她们已经失去了通过反馈芯片来感知孩子的能力，失去了知道孩子何时饥饿、口渴、恐惧的能力，失去了传达警告或指示的能力。除了视觉识别和物理控制之外，她们无法履行自己的使命。"

詹姆斯坐下来，紧张不安地用食指敲击桌子，"所以溺水事件发生后，她们把孩子们关在了 100 号楼里？"

"她们甚至可能会认为，根本不应该让孩子们离开大楼，即使是为了寻找食物和水也不行。"

"她们怎么能这么做呢？"詹姆斯问，"这违背了她们不能伤害孩子的原则……"

"如果她们无法再接受孩子们的生物信号，那就不算违背这个原则。"

麦克握紧拳头，"那么，我们能做些什么？"

肯德拉叹了口气，看着他，"我想，是时候尝试让这些母体休眠了。"

詹姆斯盯着肯德拉，"我们可以做到这一点吗？"

肯德拉深深地吸了一口气，"我想可以。作为第十届大会后的标准程序之一，'新黎明计划'被允许使用在水战中用来镇压异常机器人的复制病毒。昨晚挂断米莎的电话后，我找到了这些病毒，但是它们的信息被封锁在北达科他州的文件里。"

麦克向前倾身，"那么，要如何感染她们呢？"

肯德拉站起来，用一只手扶着额头，"我们不能像处理特殊程序指令那样简单地传播病毒。"

"为什么不能？"

"特殊程序指令只需要发动已经写入母代码的一系列指令。但是，要植入病毒，就需要上传新代码。母体不会允许我们这么做的。"她摘下眼镜，捏了捏鼻梁，"既然不允许，我们就需要尝试通过安全通道上传数据，这个安全通道是为了母体能够接收来自……诸如平板电脑的信息输入而设计的。"

"但是怎么才能……哦……"詹姆斯脑海中出现了米莎孤身一人在普雷西迪奥的画面，"你真的觉得米莎可以做到吗？"

"我觉得她是我们唯一的希望。"肯德拉伸出手，轻拍詹姆斯的手腕，"我知道你不想让米莎待在那里。但是，没有我们勇敢的小战士，我们甚至不知道孩子们陷入了这样的麻烦当中。"

38

米莎坐在餐厅黑暗的角落里，看着凯紧张地敲击着平板电脑。自从昨天的划船事故发生以来，他们的母体一直限制他们离开大楼。他们只能在储藏室里找到一点儿东西充当晚餐——隔夜的炖肉、一些松果和几颗橡子。有些人不得不吃儿童膳食补充剂。清汤寡水的晚餐早就结束了，大多数孩子都懒洋洋地回到了房间，相约第二天早上再讨论母体的事情。

"有问题吗？"米莎问。

凯抬起头来，"是的，"他说，"它反应越来越慢……现在已经不工作了。"

"我能看看吗？"米莎过来坐在他旁边。她用双手抓住平板电脑，一边晃动，一边把耳朵凑近仔细听。"没有什么松动。你给它充电了吗？"

"电源指示灯显示正常。"

"嗯，"米莎的目光转向前窗和驻守在外面的机器人，"每个人似乎都遇到了同样的问题。"

凯关闭电源，把平板电脑推到一边，"罗西不跟我说话已经够糟糕的了，现在连这个都不管用了。"

米莎认真地看着这个男孩。他们谈论着母体的事，但也回避着某些事。那件事太可怕了，他们都不愿提起。她又想起了凯上气不接下气、一跛一拐地走上 100 号楼的正门楼梯时的表情。从围栏回来的路上，她就打算躲进房间和威廉叔叔讨论新的困境。但她一看到这个男孩就停下来了。当时他的衣服湿透了，裤子被撕破了。他结结巴巴地说不出话来，直到卡玛尔来到他身边，轻轻地把手放在他的肩膀上，"怎么了，凯？发生了什么事？"

"塞拉，"男孩抽泣着说，"塞拉。"

米莎渐渐明白了。罗 -Z 的长臂垂在地上，她弯腰向前，仿佛在抚慰儿子的悲伤。阿尔法 -C 一动不动，侧翼上干涸的盐粒闪闪发亮。"但阿尔法就在那儿，"米莎喃喃地说，"她怎么会……"

凯的脸因为愤怒而变得通红。他提高音量喊叫，斥责着机器人，"是你！你把船撞翻了！你杀了她！"

卡玛尔拥抱着他，把他带到房间里，一直陪着他，直到他进入断断续续的睡眠。剩下的孩子组成搜索小组，在海滩上仔细搜寻，但一无所获。最后，在母体们的集结下，大家被迫回到了 100 号楼，对发生的事情和出现的问题提出自己的看法。

"她们不想让我们出去，"扎克说，"这一点很清楚。"

"她们的程序不是为了在水上运行而编写的，"宏说，"这种情况对她们来说前所未见。"

米莎一直保持沉默。她坐在那里，一想到自己鼓励妹妹挑战极限，就感到一阵内疚席卷而来。她怔怔地坐着，期望塞拉能够像往常一样从前门走进来。她几乎忘记了自己的任务，差不多一个小时过去了，她才给威廉打电话。

凯看着米莎，眼睛通红，"塞拉是我最好的朋友，她是我遇到的第一个人。"

米莎不假思索地搂住男孩。他穿着夹克，感觉似乎瘦了很多，但仍然四肢紧实，强壮有力。"我仍然不敢相信。"米莎看着他额头上嵌着的通信器，松开怀抱轻声说。这是个特殊标记，每个第五代孩子都有。它错综复杂的电路图案，看起来似乎有着自己的生命，令米莎一时间有些着迷。但它是不是已经没有用处了，就和自己的一样？

凯转过身，透过窗户向外望去。阿尔法-C仍然坐在夜幕降临的田野里。所有的母体都聚集在黑暗中，形成了一堵墙，一堵他们无法穿越的堡垒。"塞拉走了，对吗？"凯问道，"她这次不会回来了。"

米莎擦了擦眼睛。"不是的，"她说，"我不这么认为。"

一滴眼泪从凯的脸颊上滑下来。"我想相信这只是一场意外，"他说，"我们从来没有走那么远过，阿尔法只是想保护她。但其他的，我不知道……"

米莎感觉到藏在夹克下的电话发出一阵嗡嗡声。"凯，我答应你，天黑前我会再取一些水回来。"她起身离开。

凯仍然凝视着窗外。

米莎回到小房间里，紧紧地握着卫星电话。"喂？是爸爸吗？"

"你还好吗？"

"还行……"米莎感到颈部紧绷的肌肉正逐渐放松下来，她几乎已经忘记了爸爸特有的温柔的触摸和柔和的声音。她用夹克裹紧身子，希望自己能消失在手机小屏幕上郁郁葱葱、温暖舒适的绿色中，能逃避到爸爸温暖的怀抱中。"爸爸，对不起……"

"亲爱的，我告诉过你……你一个人就这样一走了之，把我们吓坏了。但是，事已至此，你的安全是最重要的。"詹姆斯顿了顿，"还有……也许现在你可以帮助我们。"

米莎用袖子的背面擦了擦脸。"我在帮孩子们，取水……我是唯一一个仍然可以走出大楼而不被母体带回来的人。"

"你要多加小心，米莎。我们不能确定母体们下一步会做什么。"

"我能帮你们什么忙呢？"

"我们有一个计划。"詹姆斯降低了音量，语气坚决地说道，"我们需要你说服孩子们，让他们把病毒上传到他们的机器人里。"

"病毒？病毒会做什么？"

"病毒会禁用她们的中央处理器。"

"杀死她们？"

"不是杀死她们，只是让她们保持……"话音未落，她听到了线路切换的声音。

"米莎，让我们一步步来。"是肯德拉，"我可以通过普雷西迪奥的电脑将病毒代码的副本传给你。电脑在另一栋楼里，离你现在住的地方有点儿远，我会告诉你坐标。你准备好了吗？"

肯德拉读出坐标，米莎仔细听着，在手机的小屏幕上逐一输入。

"当你到达大楼的时候，"肯德拉说，"或者如果你有任何麻烦，记得给我们回电话。"

"好的。"米莎按下挂机键，感觉喘不过气来了。

只有一英里，就一英里。

米莎站在 100 号楼的门廊上，背好背包。小路两旁，母体们的金属外壳在月光下闪闪发光。她想象着她们一起飞翔的景象，那一定非常美丽。她们的侧翼就像祖母经常描述的那样——闪闪发光。但此时此刻，她们无精打采地坐着，双臂紧贴着身体两侧，看起来就像意图不轨、穷凶极恶、一言不发的幽灵。米莎急忙转身重新进入大楼，找到一个小后门，迅速走到楼外。她沿着 GPS 建议的路线右拐，然后沿着一条宽阔的道路向西匆匆走去。

突然，她感觉到地面在颤动。她停下来，仔细听着。树叶……好像是整个树枝……在她身后发出不祥的声音。她加快了步伐，双腿随着心跳的节拍快速交替着，肺部因为剧烈的呼吸开始疼痛起来。直到登上大楼前的水泥台阶，她才转身看向身后的场地。那里孤零零地站着一个机器人，右边丰茂的草地已经被压塌。米莎溜进大楼，牢牢地关上了沉重的金属框架门。然后，她举起卫星电话，按下了"呼叫"按钮。"我进来了。"她低声说。

"很好，"肯德拉回答道，"从你右边的楼梯上去，进入顶层的第一个房间。"

大楼里一片漆黑。米莎闭上眼睛，用她小时候的方式——通过感觉和回声来确定方向。她爬上吱吱作响的台阶，迅速找到办公室，里面的空气十分冷冽。

"桌子上有一台电脑，你只需要触摸屏幕，它应该是开着的。"

米莎坐在右边的一张椅子上，伸手触摸台式机的屏幕。亮起来的显示屏上显示着金门大桥的图像。"好了。"她说。

"我现在将病毒传输到名为'复制3'的文件夹里，你看到了吗？"

米莎看着一个小图标出现在屏幕右下角。"看到了。"

"它还在加载，在收到我的指示前不要碰它。办公室里应该有一批存储卡。你能找到吗？"

米莎在桌子附近的架子上快速翻找着，发现一摞标有"安福柔"的长方形盒子，每个盒子里都有五十张小小的存储卡。"是的，没错，这里有很多。"

肯德拉在电话那头松了一口气，"太好了。现在，仔细听着。你需要为每个机器人制作一个副本。以防万一，制作三十份，每张存储卡上都拷贝一份……现在，病毒文件已准备就绪。"

米莎将一张存储卡插入电脑侧面的插槽中，等待病毒复制。"好了，完成一张。"她说。她耐心地把病毒复制到另外二十九张卡上，然后把它们都塞进包里。"完成，"她说，"三十张。"

"好样的！等你回到房间时再打给我们，好吗？我们还有事情要告诉你。"

米莎背着背包走下楼梯。她在小休息室里稍作停顿，鼓足勇气回到门廊那里。外面有一个站岗放哨的机器人，雾气凝结成的水珠在它的侧翼上流动着。

看到机器人的标记，米莎屏住了呼吸——阿尔法 -C。一阵恐惧流遍全身。但是，令人费解的是，恐惧马上被别的东西代替了。一种奇怪的温暖和笃定……那一刻，她感觉听到了什么……一个声音，在窃窃低语。

"谁？"她环顾四周，"谁在那里？"

声音消失了。米莎俯下身，却只听到自己的脉搏声。她用双手抓紧背包的带子，步伐急促地向前走去。阿尔法紧跟在她身后。

39

凯从夹克口袋里掏出指南针，用手指摩挲着它结实的塑料外壳。他努力把收到指南针的那一天刻进心里。"太奇妙了，"塞拉说，"它会告诉你应该走哪条路。"

"你为什么这么傻？"凯喃喃自语。他以为自己不再生气了，但现在他除了生气，什么也做不了。他气塞拉胆敢划船出海，气自己对塞拉的纵容，气母体们不信任他们，还把船弄翻，气罗西不再和他说话。他把指南针扔到地上，不知道现在该怎么办。

他抓起平板电脑，迈着沉重缓慢的步子从楼梯上下来。食物吃完了。这无所谓，反正自从塞拉不在后，他就没有胃口了。不过米莎通知他们：今天早上带上平板电脑去餐厅开会。

凯走进屋子，看见米莎坐在远处的角落里，她那通常整齐地梳成辫子的头发自然散着。凯走过她身边，看到她似乎在默不出声地排练讲话。凯坐在卡玛尔和梅格附近，坐在离米莎最近的椅子上，米莎的眼睛瞬间明亮了起来。

"你知道为什么开会吗？"凯低声问卡玛尔。

"我不知道，"卡玛尔回答，"也许米莎已经找到了恢复平板电脑连接的方法？"他身后坐着扎克、克洛伊、宏和克拉拉，他们叽叽喳喳地说着话。

终于，房间安静下来。"我们到齐了。"阿尔瓦罗在门口宣布。

米莎清了清嗓子。"我想……"她开口说道，目光再次飘向凯。

凯不确定她在找什么，他只是点点头，等着米莎继续。

"我想我们都希望这件事……"她指着窗户，指向机器人的封锁，"我们都希望结束这一切。"

扎克举起手，"我不知道你是什么意思。我们到底要结束什么？"

"我们可以修好平板电脑吗？"梅格问，"你想出什么办法了吗？"

米莎直视着她的听众，僵硬地握着放在身体两侧的双手。"不，我想平板电脑没有问题，你们母体的数据库很可能仍然完好无损。我认为问题在于，她们无法将搜索结果传达给你们，就像她们不能再和你们说话一样。"

有人低声表示同意。

"问题一定出在母体身上，"米莎说，"我不认为情况会有什么改善。"

克拉拉倒吸了一口气，"但是，我们能做些什么呢？"

"这就是我想和你们说的……"米莎轻声说，声音几不可闻，"我有一个计划，但……如果大家都同意这个计划，那是最好的。"

"什么样的计划？"扎克坐立不安，凯能感觉到身后的男孩向前俯身。

214

"我想……"米莎深吸了一口气，左手扶着一张空椅子的椅背，"我们应该让我们的母体休眠。"

"休眠？"克洛伊不由自主地喊道，"为什么？"

卡玛尔从凯旁边站起来，大声地说："也许这根本没有必要，也许我的母体已经休眠了。"他用修长的食指敲着一侧的脑袋，"她以前就在这里，但现在她不在了，我找不到她了。"

凯透过窗户看到了罗西，他是通过显眼的黄色蝴蝶纹案认出她的。她的翅膀离身体有点儿远，好像正准备飞行。自从他们到达这儿之后，他就开始怀疑自己是否真的认识她。她现在只是众多机器人中的一个，是这些黑暗阴沉、幽魅可怖、一言不发、监控着他生活方方面面的形体之一。"她们醒着，卡玛尔。她们只是不再和我们说话了。"凯说。

凯身后的扎克"噌"地站起来，椅子"啪"的一声倒在地板上，"现在不是让她们休眠的时候！我告诉你们，她们正准备发动攻击！"

凯转身面对那个男孩，"攻击？用什么攻击？松鼠？"

一阵笑声瞬间打破了紧张的气氛。

克洛伊站起来抓住扎克的手臂，瞪着凯。"那么，你对我们的母体有什么看法，凯？"她问道。

"你的意思是，关于她们为什么变得沉默？"

"不，"扎克说，"她的意思是，如果不存在威胁，为什么她们有这么强烈的保护欲？"

凯在人群中寻找支持者的面孔，但现在所有人都盯着他，都在等待他的回答。"我不知道，"他说，"这件事情一直困扰着我。我们无法从她们那里问出原因，她们不会回答。"

当孩子们一个接一个摇头时，传来一声不大不小的低语，"母体们的问题，"克拉拉说，"在到达普雷西迪奥时就开始了……"

"米莎来了之后，情况就变得更糟了，"克洛伊说，她黑漆漆的眼睛紧紧盯着米莎，"我在想为什么会这样？"

凯站起来面向克洛伊，"你这是什么意思？我们来到这里的几天后她就到了！那时候，她的母体离开了她。"

"好吧，也许米莎不是问题产生的根源，但是她的母体走了。据我所知，母体永远不会离开我们。她凭什么告诉我们如何对付她们？"克拉拉说。

克洛伊向窗户走去，盯着她的母体。"我同意扎克的说法。她们正准备战斗。我只想让我的母体告诉我发生了什么事。如果有敌人，我想帮助她战斗。"她转身回到人群当中，"卡帕为我做了一切，我也想为她做点儿什么。这并不意味着让她休眠！"

人群中传来一阵高声的咕哝和几声哽咽的抽泣，但是没有人说话。

凯转向米莎，"假如要让她们休眠，我们要怎么做？"

米莎盯着地面，艰难地咽了口口水，然后抬头看着他。"用病毒……"她喃喃地说。

"病毒？流感那样的病毒吗？"扎克面向米莎，紧握着拳头。

米莎忍不住往后退。凯转身面对那个男孩，他几乎能感觉到扎克皮肤散发出的热量。

宏从座位上站起来。"我确定米莎指的是计算机病毒，那是会干扰她们思维的代码。"

"是的，"米莎说，她的眼睛寻找着这个小个子男孩，"计算机病毒。我们可以从平板电脑上传给她们。病毒不会杀死她们，只会让她们休眠。然后，我们可以弄清楚下一步该怎么做。如果我们改变主意了，如果我们遇到真正的威胁，遇到只有母体才能保护我们的情况，就可以终止病毒运行。它不会造成任何永久性的损害。"

"你在哪里找到的这种病毒？"扎克问。

米莎脸红起来，"我自己想出来的。"

"所以，原来是这样！"扎克转身面向所有人，"她就是这样杀死了她的母体！"

房间里爆发出一阵叫喊声。凯站在米莎旁边，看到了她眼中的泪水。

"我没有！"米莎哭道，"她离开了我！我告诉过你，她离开我，一走了之！"她急忙向门口走去，从目瞪口呆的阿尔瓦罗身边走过，消失在远处的储藏室里。

凯转向扎克，"看看你都做了些什么！"他喊道，"我们现在只能依靠彼此，但你让我们反目成仇！"他面向所有人，"米莎只是想帮忙，她也可以选择不帮忙。她不像我们，她没有被困在这里。她随时可以离开这里。"

克洛伊抱着胳膊。"那么，她为什么不走呢？为什么她不直接丢下我们离开呢？"

"什么？因为她需要……"凯寻找着正确的措辞，同时感到一阵怒火涌上来，让他喘不过气。怎么会这样？没关系。

屋子渐渐暗下来。这时，窗框吱吱作响，众人震惊地看向窗户。墙壁随着踏步声震动起来，强烈的气流将外面场地里大片干草吹散开，将克拉拉精心布置的花园连根拔起。

母体们醒了。

凯穿过人群走出门，穿过厨房上楼，径直走向位于角落的米莎的房间。门半掩着，昏暗中，他只能看到她泛着泪光的脸。"我想试试，"他说，"告诉我该怎么做。"

40

米莎带着凯走出了 100 号楼的后门，来到塞拉停放电动自行车的地方。"上车吧。"她拔掉了正在充电的电动车插头。凯跨上电动车后座，米莎启动马达。凯背着米莎的背包，里面装着他自己的平板电脑。从他们身后的上空传来二十二个母体发出的喧嚣声。他们逐渐远离大楼，有两个机器人一直跟着他们。凯知道其中一个是罗西。

他们迎着风疾驰而行，电动车的太阳能大灯穿透了厚厚的晨雾。米莎左右转弯，松散的头发打在凯的脸上。凯紧紧地贴着她，不禁想起另一个时间、另一个地方、另一个相似的场景。沙漠里的旅行真的才过去几个月吗？

"我们要去哪里？"他喊道。

米莎转过头来。凯看到她的嘴在动，但他只听到了"电脑"这个词。

最后，他们在一座沙色的大建筑物前停下，凯跟着米莎穿过前门，走上楼梯。米莎冲进一个小房间，匆忙朝一张桌子走去。桌子上安装着一个看起来像大号平板电脑屏幕的东西。米莎在椅子上坐下，哆嗦着从包里掏出一个小小的长方形设备。凯在100号楼的厨房里见过这种东西，宏告诉他，那只是一部旧手机。

米莎按下设备上的绿色按钮，"爸爸，你在吗？"

凯走近一些。爸爸？

电话里传来一个声音，"我是肯德拉。发生了什么事？"

"只有凯同意尝试病毒，其他人都非常惊慌。我该怎么办？"在小装置发出的亮光下，米莎的脸异常苍白。手机里静悄悄的。她急促地喘着气，摆弄着双手，脚不耐烦地踢着桌腿。

凯碰了碰米莎的肩膀。"米莎，"他说，"谁……"

电话那头的人终于再次开口了。"我们又有了一些想法，可以把你弄出来。一旦病毒安装成功，母体们就会起飞。"

"起飞？去哪里？"

通话又停顿了一下。"到洛斯阿拉莫斯。我会给你传送另一份病毒副本，里面有归航代码。当然，我们希望凯也一起来。"

一声刺耳的声音后，另一个人的声音传了出来。"米莎，我们说好会把你弄出去的。一旦凯到这儿……也许他可以帮助我们说服其他人。"

凯的思绪在脑海中游荡，就像塞拉水桶里的小鱼饵一样，滑溜溜地抓不住。米莎究竟在和谁说话？他再次尝试打断，"米莎，你在和谁……"但米莎挥手示意他不要靠近。米莎的手指掠过屏幕，电脑显示屏再次亮起来。透过房间左边的窗户，凯看到了坐在地上的罗西。她身边还有一个机器人——阿尔法 -C。

突然，靠近屏幕底部出现了一个小图标。米莎的小设备上再次传来了声音，"你看到了吗？"

"看到了。"米莎说。

"把它复制到新卡上。"

"好的。"

米莎从墙边架子上的一个盒子里取出一张小长方形卡片，插入控制台一侧的端口。随即旁边亮起了黄灯。几秒钟后，灯变绿了。"完成。"米莎说。

"肯德拉给你发了一个指示列表。遵循指示，不要跳过任何步骤。"

"好的……"米莎扫视着屏幕上的一行行文字，嘴唇默默地翕动着。"我需要向凯解释一下。"终于，她转向凯，"对不起，凯，但是既然决定这样做，我们就必须争分夺秒。"

凯盯着她。"要做什么？你到底在和谁说话？"

米莎把第二张卡插入控制台，指示灯再次从黄色变成绿色。"等回去再向你解释，但现在，你必须相信我。"

凯觉得自己被困在了这个小房间里，这里满是发霉的架子和过时的家具，就像一些老电影中的布景。他的大脑不听使唤，无法给米莎她期盼的答案。"不，我做不到。除非你现在回答我。"

米莎站了起来，不假思索地说出一个故事——她的父亲叫詹姆斯，住在一个叫洛斯阿拉莫斯的地方。大瘟疫发生后，詹姆斯和一个叫鲁迪的人，通过基因工程帮助孩子们存活了下来。麦克和肯德拉建造了生物机器人，并对其进行编程，这就是母体。还有其他霍皮族人，他们住在沙漠里，耕种放羊。这些都是她的家人，同样也可以是凯的家人。

凯只觉得自己离米莎越来越远。他将双手向后伸去，摸索着退向门口。

"拜托，"米莎说，"我们需要……"她突然停下来，凝视着窗外。"阿尔法，"她说，"我忘了阿尔法。我应该把平板电脑拿给她……"

凯的右手已经紧紧地握住门把手。围栏外有人，试图控制他们的母体。"米莎……"他振作起来，做好逃跑的准备，"扎克是对的吗？你是敌人吗？"

米莎抓住他的胳膊，凝视着他的眼睛。"不，凯。我是朋友。我和你一样，我确实有一个机器人母体，但她在我刚出生时就在沙漠里坠毁了。有人找到我，他们救了我。现在，他们也想帮助你，他们从你出生就在尝试……"

"那么，为什么我从来没有见过他们？"

"为了保护你，你的母体不会让他们靠近。但还是有其他人一直在暗中帮助你，你从来都不是孤身一人。"米莎放开了凯的胳膊，但她的眼睛仍然盯着凯的眼睛。

凯凝视着窗外。他记起了一些细节——塞拉说过的黑夜中的神秘激光束、路边留下的水箱、普雷西迪奥丰富的补给品。是真的吗？这些年来，有人一直在照看他，试图帮助他吗？

米莎循着他的目光，扫视着天空。"阿尔法 -C 也在，情况真糟糕，但目前可能还会有更多的问题。他们也许不再和你们说话了，但我认为她们在互相交谈。"

凯看着驻扎在大楼前门附近的母体。阿尔法 -C 朝罗西的方向侧身，仿佛正在分享一些秘密。他想起他和塞拉乘船经过海湾时，那些三个一组聚集在岸边的机器人……

米莎从包里掏出凯的平板电脑，"凯，如果我们要这样做……"

凯紧紧地闭上眼睛。塞拉会怎么做？毫无疑问，她会相信米莎。但是塞拉的胆量又给她带来了怎样的结局？这么多年来，是罗西一直在保护他。不管怎样，罗西一直都是对的……

但塞拉也是对的。如果他被恐惧击败，那他永远都不会有任何作为。无论他去哪里，他都不会孤单。米莎会一直在他身边，并且和以往一样，罗西也会一直跟着他。

凯双手抓紧平板电脑。那张插槽中的存储卡储存着非同寻常的病毒。他看着罗西，他们离得如此之近。他的内心非常复杂，期待中夹杂着恐惧。更加令人不安的是，阿尔法-C靠得更近了，离他只有几米远。

米莎把手放在他的肩膀上，直视着他的眼睛。"这种病毒会不断变化，首次命中目标后，会继续用不同的代码重新安装，每次都略有不同，母体会进行抵抗。我们需要不断安装病毒。"

"那么，病毒传输好后，在到达洛斯阿拉莫斯之前，我们要怎么阻止罗西飞回这里呢？"凯问。

"在归航程序启动之前，她不会飞。"米莎说，"你必须将平板电脑连接到她的控制台上，以便与她的飞行设备建立连接。然后，你需要在她的控制台上输入'启动'。"米莎转向凯，"听明白了吗？"

"明白……"

"如果你想启动病毒传输，"米莎说，"就按这个键。"

凯把平板电脑拿在身前，就像拿着盾牌一样，他的眼睛盯着罗西，从楼梯上蹑手蹑脚地走下来，费力地在草地上左右移动。罗西仍然一动不动。随着凯的靠近，她凶恶的身形似乎变得越来越大。凯听到身后传来米莎的脚步声，她几乎没有被灌木丛绊到过。

也许这比想象的要容易。

然后，罗西动了。

起初，凯以为这是自己想象引起的一个错觉。但紧接着，罗西伸出巨大的双腿，稳稳地站了起来。她逐渐站直身体，旋转着，寻找着凯。凯的心脏紧张地跳动着，他猫着腰，一步步走近罗西。二十英尺，十五英尺……

罗西俯下身。凯透过熟悉的透明舱口，凝视着空空的防护舱，看得入了迷。罗西强壮的手臂伸出来，扫过他周围的草地。凯迅速站到一旁，勉强躲过她的触碰。"啊！"凯把平板电脑推向罗西，按下了启动传输的按钮。罗西艰难地坐下来，她的机舱笨拙地倒在踏板上，双臂像折断的树枝般落在侧翼两旁。

凯顺着台阶爬上罗西，拉上锁闩，米莎紧随其后。打开防护舱门时，凯的心脏飞快地跳动着。他们进入了防护舱。就在几天前，这里还是他的家，而现在却阴冷又潮湿。他关闭并固定好舱门，米莎蹲在他身后的货舱中。他努力保持平衡，以免腿上的平板电脑掉落，然后摸索出安全带。他蜷缩着坐在座位上，伴随着咔嗒一声，他用力扣紧了安全带。

"你呢？"凯声音嘶哑地问道。

"我会抓紧的，"米莎喘着气，在凯的耳边说，"快连接平板电脑！"

然而，当他的手抓住平板电脑右侧时，他感觉呼吸停止了。存储卡不在那儿！米莎的声音在他耳边响起：我们需要不断安装病毒。但是存储卡在哪儿？他伸出手，疯狂地摸索着防护舱的地面。他还有多少时间？

"怎么了？"米莎的声音在他耳畔响起。

"没有存储卡……"

已经迟了。罗西再次站起来，防护舱也升了起来。罗西的声音涌进凯的脑海中，一阵恶心的声浪淹没了他，他的思绪像风中干枯的树叶一样散开。"凯……你很害怕。我会保护你的安全……"声音很微弱，几乎是一声耳语。这只是一个记忆片段吗？还是他的母体在说话……在恳求他？

凯艰难地想起了自己的目的，他沿着座位一侧摸索，在控制台下寻找存储卡，但还是没有。防护舱的墙壁在旋转，他的脑袋也在旋转。罗西向一侧倾斜，凯无助地看着平板电脑摔在地上。

有人……是米莎……在往座位的方向爬。

"……其他……备份。"她手里拿着一个小小的扁平的东西。

但凯无法动弹，他的脑袋一片混乱。他在哪里？他为什么在这里？他感觉到米莎爬到了他旁边，把他推到一边。米莎迅速地从地面上拿起平板电脑，把手里的东西插入卡槽。

罗西再次下降，发出足以震碎骨头的砰砰声。突然，罗西的声音从凯的脑海中消失了，只留下一阵疼痛的空虚。但凯发现地面在颤抖。"什……"透过舱门，他看到阿尔法-C赫然出现在数英里外，她的侧翼闪闪发光，手臂在不断抬升。

米莎的手指沿着平板电脑的右边缘滑动，确保存储卡已经固定好。她将平板电脑卡在控制台上。"'启动'，"米莎靠近凯的耳朵，大声喊道，"输入'启动'！"

凯俯身向前，手伸向控制台键盘，并输入指令。

罗西立即点火启动了反应堆，防护舱收回，手臂缩回，翅膀展开。

然后……

舱口突然被打开，两只有力的手伸了进来，紧紧地抓住了米莎的腰。"凯！"米莎挥舞着手臂，从舱口消失了。

"米莎！"

罗西的马达轰鸣着，风扇卷起草团和灰尘。在腾空的瞬间，舱门似乎都要被吹跑了。

米莎不见了。

然后，一阵突如其来的风把舱门关上了。凯挤在座位上，只听到罗西的管道风扇的沉闷的隆隆声，以及处理器疯狂的嘀嗒声。罗西把他带到高空中，带他看到了他从来没有看过的城市。

詹姆斯在办公桌前醒来，大脑一片混沌。他猛然意识到了什么，慌忙查看电脑屏幕上的时间。18：12：01。他跟跄着站起来，蹒跚着走进生物实验室。天色渐晚，夕阳透过窗户照射进来。詹姆斯匆匆穿过大厅，气喘吁吁地来到麦克的办公室。

麦克在房间里，屏幕上映着他那参差不齐的胡子的剪影。"有什么发现吗？"

"对不起，詹姆斯，"麦克说，"我不想吵醒你的。但是没有，哪里都找不到米莎的踪迹。"

"我们最后一次联系她，是临近太平洋标准时间上午 10 点……已经够久了……"

鲁迪从机器人实验室里出来，蹒跚着走向他们。他没有使用上次治疗后从波拉卡带回来的轮椅——它仍然停放在大厅里，这是他拒绝承认失败的标志。鲁迪脸色惨白，他用一块布手帕捂住嘴咳嗽，重重地坐在肯德拉旁边。肯德拉坐在角落里，喝着一杯已经变味的咖啡。

突然，麦克按下雷达上的一个操纵装置，将画面焦点集中在一个小小的红色光点上。"伙计们，"他说，"我发现有个东西，正朝我们的方向前进。"

詹姆斯冲出门，穿过走廊，来到大厅的落地窗前。当肯德拉搀扶着鲁迪走过走廊时，詹姆斯已经穿上了泰维克防护服，戴好了过滤面罩。"你确定她是安全的吗？"鲁迪喘着气，停下来靠在前台上，"也许在机器人落地之前，我们应该待在里面。我们不知道她是不是可控的。"

"鲁迪说得对，"肯德拉说，"我们待在里面会更安全。"

詹姆斯已经看到她了——就像一个黑色的球体，模糊不清，高高地盘旋在松树上方。她逐渐显露出形状，她的翅膀，她的腹部，她紧紧贴着机身的踏板和手臂。地面上升腾起灰尘的涡流。即便透过厚厚的窗户，詹姆斯也能听到空气穿过机器人风扇时发出的轰鸣声。

当机器人着陆时，地面瞬间震动起来。詹姆斯突然意识到，在无人机的镜头之外，他还从来没有亲眼见过机器人。她的舱口窗户在太阳的照耀下闪闪发光。在舱口的两边，他能看到机器人强健的手，那是萨拉设计的——外面的保护层呈现拳头的模样，盖住柔软的内指。一时间，他感到呼吸急促起来。

"舱口正在打开。"旁边的肯德拉也在看着母体，半张着嘴巴。

詹姆斯看见舱口伸出一条细细的腿，套着黑色裤子，接着是另一条腿，然后是细长的躯干。米莎？他冲向气闸，在内门完全关上之前，他就已经跑到了外门。但一出外门，他就僵住不动了。

不是米莎。

是一个瘦骨嶙峋的男孩，他穿着破烂的夹克，红褐色的卷发几乎垂到了肩膀上。他小心翼翼地爬下机器人的踏板。

是凯。

男孩盯着詹姆斯，十足的惊愕中混杂着恐惧。

"你好。"詹姆斯说。那个男孩能听到他透过面罩说的话吗？"米……米莎在哪里？"

男孩只是站着。詹姆斯意识到，在男孩看来，自己看起来一定像个怪物。但他必须知道他的女儿在哪里。米莎今天早上打来电话，这对他而言是一份礼物，一份天赐之物。他不在乎她的任务是否成功，只要她回家，就足以让他高兴不已。他走上前，凝视着机器人，希望还会有人出现。"我是詹姆斯，"他说，让自己面罩后的声音尽量洪亮一些，"是米莎的父亲。她和你在一起吗？"

男孩瘫倒在地上，眼泪从他的脸颊上流了下来。"她……她被拉出去了！"男孩哭着喊道。

詹姆斯感到当头一棒，几乎喘不过气来。他忍受着面具刺鼻的气味，"她还……活着吗？"

男孩抬头看着他，用褴褛的衣袖擦了擦脸。"活着？是的，我想她还活着。我不觉得阿尔法会伤害她。"

"阿尔法？"

"看样子……阿尔法似乎不想让她离开……"

詹姆斯望向西边，看着带着不祥之兆的云层，"来吧……孩子，"他说道，"我们进去吧。"他转身走向大楼，感觉双腿僵硬。凯跟在他身后，隔着一段距离。

进入气闸的瞬间，男孩就贴到了对面的墙上。灰尘从他头发上散落下来。

"动一动，"詹姆斯告诉他，"我们需要把所有的污垢都冲掉。"看着男孩左右晃动着脑袋的样子，他想到了米莎，想到了她松散的头发向上飞扬的样子。走进内门，他取下面罩，看向男孩。

看到偌大的大厅，凯不由得睁大了眼睛。肯德拉和他保持着一段距离。鲁迪摇着轮椅靠近。接着，麦克从走廊匆匆过来。当凯看到这个瘦瘦高高、胡子拉碴的工程师时，再次往后退了几步。

"米莎打来的。"麦克说着把卫星电话递给詹姆斯。

詹姆斯眨着眼睛，忍住泪水，点击"通话"按钮。"米莎？"

"爸爸，很抱歉，事情没有按照我们计划的那样进行。但我们让罗 -Z 感染了病毒。凯到那边了吗？"

"他刚到。你没事吧？发生了什么？"

"凯没有和你说吗？我们正要离开的时候，阿尔法 -C 从防护舱外把我抓走了。"

"你没事吧？"

"我很好。我想她认为她是在保护我。"

詹姆斯揉了揉下巴，咬紧牙关忍住肺部的疼痛。"米莎，你为什么不早点儿给我们打电话？"

"阿尔法抓住我的时候，手机掉在了地上。她把我带回了大楼。我……很难逃出去。爸爸，他们都知道罗 -Z 和凯不见了。他们会觉得和我有关。"

詹姆斯叹了口气，"你现在在在哪里？"

"我回到了 100 号楼。"

"你觉得……"詹姆斯皱着眉头，看着肯德拉的脸，"你觉得你可以让阿尔法把你带回来吗？就像罗 -Z 把凯带回来一样？"

"我到处都找不到塞拉的平板电脑。我觉得它很可能在船上。"

凯默默地点了点头。

詹姆斯叹了口气。"我们会尽快想出别的办法。"他转向凯，"我们需要凯的帮助。

43

即使隔着自助餐厅厚厚的窗户，凯也能听到不祥的雷声。罗西独自待在倾盆大雨中，凯几乎辨认不出她的轮廓了。他在大脑中搜寻着她，但找不到任何踪迹。在普雷西迪奥时，凯以为罗西离开自己了，她不再是自己的一部分了。但现在他知道，她仍在那儿，只是病毒将他们的联系切断了。此刻，她……在他的对立面。她在那儿，而他在这儿看着她。这种孤独带来的空虚感，是他从来没有体会过的。那些从未拥有过母体的人，一直都有这种感觉吗？

他们让凯站在热水下淋浴，脱下他褴褛的衣服，给他换上一套光滑闪亮、塑料般的衣服。现在，詹姆斯站在桌子面前，桌子上摆满了食物。有一种叫作李子的水果和一道用玉米和羊肉做成的炖肉，都是霍皮族人的手艺。那个叫麦克的高个子男人蜷缩在离门最近的角落里，手里拿着一杯淡棕色的液体。肯德拉坐在桌旁，舀了一碗炖肉，小心翼翼地端给鲁迪，鲁迪摇着轮椅靠近她。

"凯一定饿坏了。"肯德拉说。

詹姆斯俯下身，掰开一块柔软的海绵状的东西。"这是玉米面包，"他说着把面包递给凯，"米莎喜欢吃这个。"

面包松松软软的，带着奇妙的香甜味，和凯以前尝过的任何食物都不同。但这里宽敞的房间、洁白的墙壁、从天花板上传来的低沉的嗡嗡声，都让他感到胃在翻腾。这些新认识的人，这些成年人，都盯着他，都期待着他做些什么……

"正是在一个像这样的地方，我们培育了你的胚胎。"詹姆斯说。

"胚胎？"

"胚胎是小小的人类，最终变成了你。我们改变了你体内的一些遗传物质，这样你才能抵御大瘟疫。"

"我知道这很难理解，"鲁迪怜悯地望着凯，"但是，大瘟疫让地球发生了实质性的改变。记录历史已经成为我的一个工作。这一切的原委——它是如何发生的，为什么会发生。这一切至关重要。"

"罗西可以教我……"凯喃喃自语。

詹姆斯和鲁迪互相看着对方。"凯，"詹姆斯说，"我们现在谈论的内容是极为机密的，你母体的学习数据库中只有一些模糊的细节。"

"哦。"凯的目光再次飘向窗户。

"你想念你的母体吗？"是肯德拉。

凯转过头，发现她直勾勾地盯着自己。他感觉到一股热气从脖子上升起来。在这个干净的房间里，在明亮的灯光下，他感到非常不自在。"是的……"

"凯，"詹姆斯走过来站在他旁边，"你知道她不是一个真正的人，不是吗？"

凯眯起眼睛，一言不发，默默打量着詹姆斯那双浅棕色的眼睛。

詹姆斯转过身，来回踱步，他破旧的鞋子在干净的瓷砖上发出空洞的摩擦声。"我小时候，瘟疫还没有暴发前，"他说，"我的父亲带我去了博物馆，一个自然历史博物馆，有真正的恐龙骨架……我非常喜欢那些恐龙。但是，我最喜欢的是一个黑暗的大房间，里面大部分墙壁都铺了显示屏。那里有一张平铺着的世界地图，地图上有很多不同颜色的微小光点。你可以转动一个轮子，让时间回到过去，从两百万年前开始。当人属物种在行星上升起和落下时，彩灯都会亮起——紫光代表能人，红光代表直立人……灯光的数量和密度表明每个物种有多少。我们智人用白光代表。最后，世界各地出现了许多白光。"

"现在有多少？"凯问。

"也许数量很少，但我们已经了解到，还有更多的人。我们并不是唯一的幸存者。"

"你的意思是霍皮族人？"

"是的，"詹姆斯说，"还有更多和他们类似的人。我们希望有一天，你可以找到他们。"他顿了顿，回到桌边，拿起一个李子。他用修长的手指转动李子，直视着凯的眼睛，"你会遇到其他人的，用不了多久，你就会明白人类和机器的区别。"

"但我已经……见过其他人了。普雷西迪奥有很多孩子。"凯看向肯德拉，但她没有回应他的目光。肯德拉的眼睛一直盯着鲁迪，他们仿佛在进行某种无声的谈话。

詹姆斯把宽大的手搭在凯的肩膀上。"我会不惜一切代价让米莎安全回来，"他声音颤抖地说道，"但我需要你的帮助。"他轻轻地对着衣袖咳嗽，然后递给凯一个水壶。

凯把水壶递到嘴边，深深地喝了一口。他差不多忘了在沙漠里生活时，即使是在暴风雨中，干燥的空气也能让他的喉咙干裂。但现在他想起来了——罗西教他从仙人掌植物中提取珍贵的水，教他发现缝隙和岩石下渗出的水，把他带到卡玛尔的泉水边……"我昨晚在罗西的防护舱里时，"他说，"在她感染病毒之前，她跟我说话了。她在那里，就像以前一样……"他停顿了一下，低头看着自己的手，"无论我们做什么，都不应该伤害母体。"

詹姆斯闭上眼睛，把手掌撑在桌子上。"但他们只是机器，只是计算机……"他叹了口气，"凯，你有……害怕过你的母体吗？"

凯盯着他，"害怕？为什么？"

"想想你的朋友塞拉的遭遇，你就不担心吗？"

凯感到一股热量从脖子上蔓延开来，带着刺痛的感觉。肯德拉坐在他旁边，看着自己的膝盖。米莎肯定把在普雷西迪奥发生的一切、看到的一切，都告诉了这里的人。在来这里的路上，他安坐在母体的防护舱里，有足够的时间去想这些事。他可能不清楚罗西发生了什么，但他从来没有害怕过她。"不，"他说，"也许我们的母体出了些问题，但阿尔法 -C 只是想保护塞拉，我对此深信不疑。"

詹姆斯叹了口气，"但你们的母体已经发生变化了，不是吗？而且她们只会继续变化，用我们意料不到的方式。"他看着桌面，"我们的首要任务是保证你朋友的安全。你同意我说的吗？"

肯德拉推开椅子站起来，"来吧，凯。我设法把频率调谐[1]到了罗 -Z

---

[1] 调节可变电容器或线圈等，使接收电路的频率和外加信号的频率相同，达到谐振。

的信息源。也许在病毒攻击她之前，我们可以收集一些有关她状态的线索。"

鲁迪笑起来，"一会儿见……"在肯德拉亲吻他的脸颊时，他朝她眨了眨眼。

詹姆斯坐在桌旁，向他们挥手告别。"你们去吧。我和麦克还有鲁迪有事情要处理。"但他的目光紧紧地盯着他们，直到他们离开。

44

肯德拉领着凯穿过长长的走廊，来到大厅另一边。当他们经过一个写着"生物实验室"的房间时，她突然转向凯，"你说你的母体会和你说话？她都说些什么？"

"她说，她知道我很害怕。她说她会保护我的安全，就像以前一样，什么都没有改变……"

"嗯……"他们继续向前走，肯德拉皱着眉头，"我们没有料到母体会有这种反应……"

走廊尽头是计算机实验室。昏暗的房间里放着一排排电脑，只有一块屏幕亮着光。肯德拉坐在那块屏幕面前，戴上耳机，眼睛盯着一个明亮的绿色线条图案。凯眯着眼睛盯着屏幕，发现信息变成了一系列看似无穷无尽的字母和数字。肯德拉就像在看一个故事一样，聚精会神地阅读着信息。

"你在看什么？"凯低声问。

"这是计算机代码，"肯德拉回答，"我不光在看，我还在听。比起看，我们的大脑更善于听出模式。"

肯德拉把耳机摘下，挂到肩膀上。这时，耳机中传出了调制频率低沉的嗡嗡声，听起来似曾相识……

凯凑近屏幕。"你听出什么了吗？"

"没有什么连贯的信息。自从病毒发动攻击以来，她一直在计算宇宙中的恒星数量、人类大脑中神经元连接的数量，还有计算 π 的值。病毒给她带来了大量的运算工作，让她足够忙活很长时间。"肯德拉伸出手，在屏幕上输入了一些说明，"但我能从这里下载一些她脑海深处的记忆。母体可以将信息储存在知识库中，供以后使用。这能让她们下次更快地回忆起事物，这是一种神经可塑性。"

"可塑性？"

"不用管那个了，"肯德拉笑了笑，"这里的人们都说，我说的话让人摸不着头脑。不管怎样，我想你可以听听这些记忆。它们是昨天的，也许你可以得出某种模式……"

"模式？"凯问，"什么样的模式？"

"连贯的信号就像交响乐，它们有自己的语言和节奏。你一到这里，我们的翻译专家就准备破解这些记忆信号。"肯德拉说着，在她的控制台上插入一把钥匙，"但到目前为止，他们似乎还没有任何发现。"

凯从肯德拉手上接过耳机，稍作调整，然后闭上眼睛，专注地听着声音。他放松下来，感觉自己仿佛进入了一个柔软而黑暗的地方，眼前的画面忽近忽远。他感觉到……安慰和舒适。突然间，他感受到了……罗西……她切切实实地存在于他的脑海中。他伸直膝盖，环抱手臂，逐渐平静下来。

"那是什么？"凯听到了肯德拉的声音，从远处的某个地方传来，"你的母体说什么了吗？"

"她一遍又一遍地呼唤我的名字……她说……她感觉到了我的恐惧。她的外部通信系统发生故障……她在尝试修复。我应该远离水域……那个叫塞拉的孩子……她的母体试图救她。但她……没办法再发出信号。"凯看着肯德拉，眼里噙满了泪水。

肯德拉轻轻地帮他取下耳机，把他扶到旁边的座位上。"凯，"她说，"对于你朋友的事，我感到很抱歉……"她转过头，看着屏幕，"你和你的母体之间有一些特别的联系，不是吗？"

凯眨了眨眼，视力逐渐清晰。他看到了肯德拉忧心忡忡的脸，"我想是的……"

"我们从来没有想过，母体和孩子之间会产生这样的联系……"肯德拉说。她思考了一会儿，然后点点头，仿佛得出了一些结论。"我还发现了别的东西……我认为你应该看看。"她的手指在触摸屏键盘上快速移动，调出另一个文件。这个文件被简单地命名为"母体来源"。"我好不容易才破解这个文件，"她说，"但一切努力都是值得的。"

大文件花了一点儿时间才启动，最后出现了一个粗糙的二维提示，白色的字母在深绿色的背景上异常显眼——国家安全局最高机密。仅限目视。在屏幕中心，一个白色的区域在不停地闪烁。"新黎明 _ 母体 _ 视频"。肯德拉在空白处输入文件名，屏幕跳转到一个简单的列表，上面是一些按字母顺序排列的名字。

"这些人是谁？"凯问。

"你会知道的。"肯德拉说。她向下滚动列表，低声念出上面的名字。"格雷斯·戴维斯上尉、艾莉丝·基特纳下士……"最后，她停在一个名字上：罗斯·麦克布赖德上尉。

肯德拉转身面向他。"我认识你的母亲，凯。你想见见她吗？"

"什……"

肯德拉笑了笑，"你的母体告诉过你人类婴儿是怎么诞生的吗？"

"你的意思是，精子和卵子？"

"没错。提供卵子的那个女人是你的亲生母亲。你是她的后代。"肯德拉清了清嗓子，转头看向屏幕。"你的人类母亲是我的朋友，"她说，"在工作上，我们是非常亲密的伙伴。她设计了母体代码。"

凯向前探头，更加密切地盯着屏幕，"母体代码？"

"根据每个孩子的亲生母亲的个性，每个母体有着不同的个性。母体代码就是让这些个性得到具体表达的计算机代码。你的母亲，罗斯·麦克布赖德，用她自己的个性创造了罗-Z。她创造了所有的母体。她将她们的人格提取出来，变成你们可以感受到的东西。"肯德拉按下控制台侧面的一个按键，激活音频源。她选中这个名字，屏幕上出现了一个影像。

一个年轻的女人，有着长长的红褐色头发和厚厚的睫毛，端庄地坐着，凝视着双腿。

女人抬起头来，在光线的照射下，她的眼睛闪烁着绿色。"开始录了吗？"她安静而又略带狡黠地问，嘴角带着一丝笑意，"现在开始吗？"

一个低沉的男性声音回答道："是的，继续吧。"

凯伸手触摸屏幕，张着嘴，"我见过她的脸……"他喃喃地说，"我认识她……"

"那是印刻，"肯德拉低声说，"罗斯认为，人类婴儿记住亲生母亲的脸是很重要的。但是团队不希望婴儿将这张脸与一台机器联系起来，所以他们只让你们在第一年留下印刻。"

"我的全名是珍妮·罗斯玛丽·麦克布赖德。"屏幕上的女人说。她叹了口气，优雅地举起一只手，将一缕蓬乱的头发别在耳朵后面。"大家都叫我罗斯。我在旧金山附近长大。"

"是她的声音。就是她的声音……"凯喃喃地说。

"好吧……"罗斯靠前坐着，眼睛直视着他，"这是我一生的故事。让我想想。我爸爸是一名军人，在我三岁的时候，我母亲去世了，于是他回家带我。他是一个伟大的父亲。嗯，他努力了。"她停顿了一下，整理思绪，"我想不起我的母亲，只是隐约能感受到她的气息。我不太确定她长什么样子。"她向右看，美丽的脸上悄悄泛红，"我自己从来没有做过母亲，所以，现在的处境让我觉得有点儿陌生。"

他的母亲继续往下说，讲述着她是如何来到这个地方工作的。凯目不转睛地看着她。她是陆军上尉、心理学家、计算机程序员。"你的芯片很特别，"他想起了罗西的话，"它是我们的纽带。"

"如果是女孩，我会给她取名莫伊拉，这是我母亲的名字。如果是男孩，就叫凯……代表幸福，代表海洋。我一直很喜欢海。不管怎样……在这里，我们精选出了一些女性，我试图用简洁的计算机代码包把她们的人格复制到机器人上，这样她们的灵魂才会得以留存。这样，她们就能引导下一代孩子。虽然孩子们永远不会知道她们的名字，但孩子们早已选择了他们真正的母亲。"她眨了眨眼，眼泪从她的脸颊上流了下来，"这听起来很疯狂。太疯狂了。但我们必须尝试。我知道机器人不可能做到像人类一样，但她们也许会是接下来最好的选择。"

屏幕变暗，界面返回到名字列表。

凯转向肯德拉，"她……还活着吗？"

"不在了，凯，"肯德拉说，"对不起。据我们所知，没有一个人类母亲幸存下来。"她轻轻地摸了摸他的脸，"你和她一样，她会很自豪的……"

"那么，我爸爸呢？他是谁？"

"你爸爸……"肯德拉低下头，摆弄起她手臂上戴着的金属手镯，"你在背景中听到他的声音了吗？"

"那个拿相机的人？"

"凯，我也认识他，但是……"肯德拉停顿了一会儿，深深地吸了口气，"他已经不在了。我们都是生活在大瘟疫暴发以前的人，死亡只是时间问题……我们不像你，也不像霍皮族人。我们对病毒不免疫，为了活下去，我们每天都要服药。"她转向他，"对不起，你父亲很想见你一面，但他没能如愿。还有米莎……她非常想见她的妹妹……"

凯惊愕不已，"她的妹妹？"

肯德拉看着他，"她没有告诉你，塞拉是她的妹妹？"

凯惊呆了。他想象着米莎的脸——她深棕色的头发像棍子一样直，每当她担心时，额头上会出现和塞拉一样的小皱纹。然后，他想起了阿尔法-C，她将米莎从舱口拉了出去。"她们是姐妹？但是怎么会……"

"塞拉和米莎的亲生母亲名叫诺瓦·苏斯奎特瓦，她的人格被安装到了两个不同的机器人上。一个来到了普雷西迪奥，另一个……没有。我们救下了米莎，并把她养育成人。"

"你认为阿尔法……普雷西迪奥的那个机器人……知道米莎吗？她知道米莎是她的女儿吗？"

"嗯……"肯德拉坐回座位，右手抓着桌子的边缘，"我不知道她怎么会知道。但在某种程度上，我希望如此。那个小女孩喜欢挑战和冒险，但她需要保护，特别是现在。"她伸出手，向下滚动屏幕，"这些只是项目开始阶段的视频，是罗斯制作的第一批视频。名单上的每个女性都还有几个小时的视频。"

突然，肯德拉手腕上的一个小工具发出了巨大的蜂鸣声。她眯起眼睛俯视着它，看不出表情。"抱歉，"她说，"詹姆斯需要我的帮助，我过去一趟。你可以留在这儿，想看什么东西都可以。在这里，你只需要选定名字，然后按这儿打开下一个。"

"我的妈妈，"凯说，"我认得她的脸，但我忘记了。我怎么能忘记呢？"

肯德拉把手搭在他的肩上，"凯，久而久之，我们都会忘记一些事情。这是大脑玩弄我们的伎俩……我认为它的目的是让我们生活得更加轻松。"

凯俯下身子，盯着屏幕。就在几个月前，他以为他知道这个世界是如何运作的。世事艰难，但他和罗西总会渡过难关。不管发生什么事，他们都会一直在一起。塞拉也会陪伴在他身边。

但现在一切都变了。他必须重新学习这个世界的运作方式。

45

　　凯听了他的母亲罗斯·麦克布赖德的故事，心情变得愉悦起来。母亲从小就喜欢学习——就像他一样；母亲被派遣到国外，拯救了别人的生命——就像她救了他一样；她对旧金山充满了爱——那是她最终引领他到达的地方。虽然他从来没有把罗西设想为真正的人类女性，但现在，他了解了她的一生。她一直是他坚实的依靠，不知为何，他总能懂她的爱。

　　他确信自己告诉詹姆斯的话是对的。他们不能伤害母体。无论用什么方法，母体需要和她们的孩子重新连接。但要怎么做呢？他需要帮助。他需要和肯德拉谈谈。

　　此时已是深夜，暴风雨刚过去，从房间尽头的窗户向外看去，天空呈现出一片天鹅绒般的黑色。凯溜出门，蹑手蹑脚地穿过走廊，朝着自助餐厅走去。就在前方，在生物实验室关着的门后面，一道明亮的光线划破了他面前的道路。他听到声音，停了下来。

　　是詹姆斯。他声音低沉，充满焦虑。"好的。根据我们从罗 -Z 身上收集的数据来看，现在病毒正在强行使她的中央处理器过载运行，而她的冷却系统正在努力维持。"他停顿了一下，"我们知道，那个男孩不会提供任何帮助。"

　　"我们应该知道，他会充满警惕的。"那个叫鲁迪的人温和地回答。

　　"就像他父亲一样……"詹姆斯喃喃地说。

　　"他需要时间。"鲁迪坚持说。

　　"但是我们没有时间。"詹姆斯回答。

　　"听着……"传来肯德拉的声音，"事情没这么简单。我们是否能通过深度学习来教机器像人一样思考，这事素来充满争论。这么久以来，答案都是否定的。但是，正如罗斯常说的那样，训练集一直不够。我们从来没有真正做过准确的实验，直到现在都没有。"

"你的意思是？"詹姆斯语气平淡，仿佛对这件事不感兴趣。

"当母体们被启动时，她们就像孩子一样。"肯德拉说，"但她们的神经网络具有与生俱来的可塑性。她们的大脑具有进化的潜力，根据不断输入的数据流，她们能够打破和重塑数百万个连接。这样的大脑，如果年复一年地与人类保持密切接触会怎么样？就像人类的大脑本身还在发育和学习一样，她们不会互相学习吗？今天我和凯在一起的时候，我意识到……这已经发生了。罗 -Z 对他来说不仅仅是机器那么简单，她是他的……半身。如果要对她做什么，应该由凯自己来决定。"

屋里再次传来鲁迪沙哑的声音，他慢条斯理地说道："詹姆斯，我们当然都希望孩子们能够安全，但是我们得的这种病……蒙蔽了我们的心智。在做出任何不可逆转的决定之前，我们必须考虑清楚。"

凯无力地靠在墙上。他屏住呼吸，乞求心跳能慢下来，然后调整了一下姿势。"我明白。"詹姆斯的声音更加坚定，带着些许烦躁，"但在普雷西迪奥，第十届大会上讨论的情况正在发生——机器人控制人类的生命。记住，我们现在谈论的只是孩子们。他们还懵懵懂懂，会判断失误。他们可能很快就会挨饿。米莎被夹在中间，谁知道她会发生什么事。"

"麦克怎么想？"肯德拉的声音听起来很消沉，充满挫败感。

"我同意詹姆斯的看法，"麦克粗哑的声音传来，"我们不能等机器人自己解除戒备。我想我们都同意这点……事情不能朝这个方向发展。我们需要把她们除掉。"

凯感觉到五脏六腑一阵战栗，好像受到了重击一般。他用尽全身的力气，阻止自己冲进房间。

"所以，"肯德拉叹了口气，"我会帮你建立代码。但是，明天早上我们需要在罗-Z身上测试一下。"

凯听到椅子刮擦地板的声音。实验室里的灯光变暗了，有脚步声靠近门边。他需要离开，但他的四肢像灌了铅一般，无法动弹。

在小组人员即将走出门的最后一刻，凯穿过走廊，躲进机器人实验室。肯德拉给她的同事们道了晚安，慢慢地走向计算机实验室。凯在黑暗中缩成一团，低声喘气。肯德拉从离他只有几英尺的地方经过。他能听到在相反方向上，鲁迪的轮椅声在嗡嗡作响。他和其他人显然已经回到了大厅。

很快，走廊安静下来了。

凯等待呼吸慢慢平复，他的眼睛渐渐适应了黑暗。在偌大的房间里，地上散落着巨大的机器残骸。复杂的胳膊零件被拆解了，一段一段的踏板像木柴一样堆着。角落里有一个组装不完整的防护舱，缺失了舱口盖。很显然，对这些人而言，母体只不过是机器，在不需要的时候就被弃置一旁。等双腿恢复知觉，他小心翼翼地站起身来，努力不发出声音。他溜回走廊……这时，有人碰了碰他的肩膀，他立马呆住不敢动。

"凯，你迷路了吗？"

凯抬起头来。在昏暗的走廊里，他只能分辨出詹姆斯疲惫的五官和他歪歪斜斜的姿势。"嗯……是的。我在……找一个地方睡觉。"

詹姆斯笑了。"很抱歉……我们还没有习惯有客人来。"凯感觉到男人的手贴着自己的背，带着他沿着走廊来到大厅。他们在一个小房间前停下。"每次米莎过来，她都会住在这里。"詹姆斯说，"里面放了一瓶纯净水。"

"詹姆斯？"凯嘶哑地说，努力保持着声音的稳定，"你考虑过我说的话吗？和我们母体谈谈那件事？"

詹姆斯清了清嗓子。"我们正在努力想办法，但目前困难重重。"

凯抬起头来，满怀希望。也许还有另外一部分谈话，他没听过的谈话……

但詹姆斯没有看他。他的目光直勾勾地穿过房间，盯着一扇小窗户。然后，他用指尖揉了揉眼睛，转身向走廊走去。"明天又是新的一天，"他说，"你得睡一会儿。"

"但是……"

"我马上也要睡了，不过我要先去和肯德拉核实一些事情。"詹姆斯挺直身子，迈着沉重的步子离开。"我会告诉她，你已经被安顿好了。"他转过头大声说道。

凯深吸一口气，关上了小房间的门。窗外一片寂静，在月光的映衬下，荒凉的地面上凸出了两块石头的侧影。但当他看着石头的时候，有什么东西从它们之间滑了出来。

是卡玛尔的蛇——纳加。它带来了口信。

凯屏住呼吸，闭上眼睛，凝神听着纳加的声音。但他却听到了罗西的声音：凯……你很害怕。我会保护你的安全……

凯躺在米莎的简易小床上，拿着从门边找到的毯子，在寒冷的房间中把自己裹得严严实实。现在情况不一样了。现在，换他来保护自己的母体了。

46

清晨的第一缕阳光穿过窗户。凯仍蜷缩在毯子下，梦里是罗西暖意融融的防护舱。他闭着眼睛，努力将自己留在梦中。

"罗西，"他在脑海中说，"我们能继续上课吗？"

"可以。"罗西回答道。

记忆充斥着凯的脑海——罗西的舱口显示屏上的图像环绕着他，她在耐心地辅导他。他看见一张人类的脸，罗斯·麦克布赖德的脸，在对他微笑。

他顿感惊惶失措。他被拉出防护舱，推回米莎在洛斯阿拉莫斯的小房间里。他的四肢变得僵硬。他试图抵抗，但都是徒劳。然后，他坐起来，眨了眨眼睛，四周的墙壁慢慢变得清晰。

他小心翼翼地把脑袋探出门。大厅里一片漆黑，冷冷清清的，唯一的声响是天花板上方持续不断的嗡嗡声。他经过生物实验室，朝着计算机实验室走去，这时，墙壁凹槽里的一列小灯亮了起来。除了肯德拉办公桌周围的地板上散落的金属盒和电线，实验室似乎和大楼的其他地方一样冷清。凯悄悄地走进去，他听到肯德拉的耳机发出了微弱的嗡嗡声。

突然，身后传来一个声音。"谁？谁在那里？"

他转过身，"是我，凯。"

"哦……凯……"肯德拉颤颤巍巍地走进房间，在控制台的昏暗灯光下，她的五官显得模糊不清。

凯环顾四周，"其他人呢？"

"鲁迪昨晚遭受了……挫折。"

"挫折？"

"詹姆斯和麦克必须带他去霍皮医疗中心。"肯德拉摇摇头，"可怜的鲁迪……他总是对大瘟疫心怀愧疚，"她喃喃地说着摘下眼镜，用手背揉着一只眼睛，"他非常自责……"

"为什么？"

"说来话长……除了他之前给你讲的，还发生了很多其他事。但他想让我告诉你……他很抱歉。"肯德拉拿出口袋里的一块布，擦拭着眼镜。

"他们什么时候回来？"

"哦，"肯德拉面无表情地说，"今晚晚些时候，詹姆斯也需要在那里接受治疗。真不是时候……"她笨拙地把眼镜推回原位然后睁大眼睛盯着地板，"这是什么？"她问。

凯再次看向地板上的垃圾——黑色的金属箱、绿色和红色的电线、闪闪发光的开关和小灯。"我不知道……"

肯德拉冲向控制台，手指在触摸屏上飞速移动着。"不，"她喃喃地说，"哦，不……"

凯站在她旁边。"你说什么？"

肯德拉的手握成拳头，"他们下载了代码！"

"什么代码？"

"他答应过我……"

凯感觉到胃酸上涌，"他们要杀死母体吗？"

肯德拉盯着他。"你怎么……"

"昨晚在生物实验室外面，我偷听了你们的谈话。"

肯德拉沉默了片刻。当她再次开口时，声音小到凯几乎听不见，"我们本来应该在今天早上进行一次测试的……在母体身上。詹姆斯答应过我，他会先把一切解释给你听。"她弯下腰，从地板上捡起一个箱子——它大约六英寸长、两英寸高，比凯的平板电脑小，但更加方正，"看来他们拿走了组装诱饵所需的东西……"

凯盯着这个盒子，"诱饵？"

"我们的计划是为每个机器人制作一个破坏性的诱饵，是平板电脑的复制品。每个诱饵都代表着特定的孩子，它们会发送一组独特的信号频率，当母体遥感到信号时，会寻找信号来源。然后，当她们距离足够近时，诱饵就可以使用平板电脑的访问代码接入她们的中央处理器，让她们感染复制病毒。"

"但是，病毒不会杀死她们，对吧？病毒并没有杀死罗西……"

"我们添加了其他内容……是关闭冷却系统的代码。"肯德拉看着他，皱起了眉毛，"那会导致中央处理器过热……短短五分钟便会引发系统死亡。"

凯感觉四肢无力。罗西。"那我的母体呢？他们……已经杀了她吗？"

肯德拉的脸上笼罩着忧虑。她放下箱子，手指飞快地在屏幕上划动，"没有。她的信号正常。"她转向他，带着如释重负的表情，"她现在情况良好。"

凯的双臂紧紧搂住肯德拉纤细的腰。"拜托……"他喃喃地说，把脸埋在肯德拉的胸前，"我不能失去她……"

肯德拉用手掌摩挲着他的头发。"凯，不要担心。我永远不会那样对她。"她弯下腰，张开双臂抱着他。在对上凯目光的那一刻，她的眼睛闪闪发光。"昨天我看着你时，听到你母体的声音时，我意识到发生了一些惊人的事情。"她站直身子，抬起双手揉着两鬓，"我告诉过詹姆斯，我需要时间来想出另一个办法。为什么他就那么迫不及待呢？"

凯擦了擦眼睛，"我们一定可以做些什么，让她们恢复到原来的状态。就像宏教我重新启动平板电脑一样。"

肯德拉盯着她的控制台，"重新启动……也许这就是第一步！"

"你说什么？"

肯德拉开始在触摸屏上打字，调出一个又一个新界面。"你的母体在到达普雷西迪奥时进行了重启，重启指令会让她们关闭防护舱来支持系统运作。但也许这就是问题所在。"

"怎么回事？"

她停止打字，盯着代码行。"就是这个。在基础代码的层次结构中，和你进行通信属于防护舱的功能。语音、生物反馈——一旦防护舱被关闭，所有的功能都会被切断……"

"这就是她不能跟我说话的原因？"

"她可能试图修复自己，寻找解决方法，与其他机器人建立通信连接……但她找不到……"

凯俯身向前，盯着代码行，"我们能找到办法吗？"

肯德拉沉默不语，然后笑起来。"我仍然拥有所有母体的源代码。我可以尝试用安全协议重启罗-Z的核心系统。"

"安全吗？"凯似乎看到了一线希望。

肯德拉又调出了另一个界面。"我可以用同样的办法来关闭其他母体。她们的安全协议是相同的。但新代码不会安装病毒并关闭冷却系统，而是让她们在安全模式下进行关闭和重启。你的母体会回到最初的状态。"她转过身来看着凯，"事实上，这样更好。"

"更好吗？"

"在安全模式下，她会减弱防御能力，解除激光，如果情况恶化，她甚至可以关闭开关。不仅如此，我相信，你的母体和刚刚启用时相比，有了巨大的进化。我们可以重新启动原始功能，也可以保留她的新能力，包括她从你那里获取的知识。"

"知识。"凯喃喃地说，他想起肯德拉昨晚说的话。在罗西教他的同时，他也在教罗西吗？"肯德拉，"他说，"现在还来得及。"

"你的意思是？"

"我们需要修复罗西，但我们还有时间解决其他问题。詹姆斯和麦克还没到普雷西迪奥，对吧？我们可以为母体们制作新的诱饵，我可以把诱饵带到……"

肯德拉的目光柔和起来，"我们可以在你的母体身上测试一下，但是……不，不，不……我现在要对你负责。我不能把你送回那里……"

凯闭上眼睛，想起了罗西在沙尘暴中保护他时，处理器发出的柔和的嗡嗡声和她舒缓的语音。"我们的母体有一个使命，"他说，"她们生下我们，她们保护我们的安全。她们都尽了最大的努力。"他抬头看着肯德拉，"我不能让罗西死。不能让她们中的任何一个死。"

肯德拉眨了眨眼。"事情有轻重缓急，我们需要先测试一下。"她轻轻地把手放在凯的头上，"你准备好唤醒她了吗？"

凯感受着自己的心跳，想象着罗斯·麦克布赖德那恳切的面容。

他很久以来都没有这样笃定过。"准备好了。"他说。

透过大厅入口处气闸的有机玻璃墙，凯看到罗西在停机坪上等待着。

肯德拉轻轻拿着一个黑色金属箱子，里面装着为罗西准备的"友好诱饵"。她转向凯，"你的母体现在感染的病毒会禁止她上传任何新内容，即使用平板电脑访问代码也一样。在我们启动诱饵之前，你必须将平板电脑从她的控制台中移除。"她笑着说，"事实上，这大概就是难住詹姆斯的地方……"

"好吧……"

"但在你离开她之前，不要停止用平板电脑传输之前的复制病毒。"

"为什么？"

"她仍然有可能自行还原。我们不能冒险，不能在布置诱饵代码之前让她飞走，尤其是你还在里面！"

"好吧，所以我应该移除平板电脑，从里面取出存储卡。然后呢？"

"然后，我们可以开始上传诱饵的新代码。这些诱饵的覆盖范围不是很广，你需要放在离她五十英尺以内的地方。明白吗？"

"明白。"凯回答。

"你准备好了就向我挥手，我会用遥控器打开诱饵。"肯德拉把手深深地插进裤袋，掏出一个长方形设备，和手掌差不多大小，上面只有一个按钮，没有任何记号。她把诱饵交给凯。

金属盒很轻，只有几磅，但摸上去很滑。也许这只是离开气闸时手心冒出的汗。放松，凯自言自语道。他一面想着罗斯·麦克布赖德，一面朝着他的母体走去。他小心翼翼地把诱饵放在离罗西大约三十英尺的地面上，而后回头瞥了一眼肯德拉，看见她竖起了大拇指。他满怀信心地登上罗西的踏板，打开舱门溜进防护舱，并让舱门始终开着。

凯深吸一口气，然后抓紧平板电脑猛地一拉。平板电脑纹丝不动。他轻轻地晃动平板电脑，再次猛地一拉，导致自己倒在了座位上。平板电脑松脱了，存储卡也飞向了空中。

"啊！"复制病毒的传输被切断了，母体立刻移动起来，她身体两侧的手臂慢慢抬高。凯条件反射般地把平板电脑扔在地上，溜出防护舱，沿着罗西的踏板边缘滑到停机坪上。落地时，他感觉脚底一阵刺痛，心跳怦怦地进行着倒计时。他全速向大楼跑去，举起双臂向肯德拉示意。

地面颤抖起来，他转身瞥见了罗西庞大的身躯，然后摔倒在人行道上。罗西慢慢地站起来，强壮的腿关节吱吱作响，空气呼啸着穿过她的管道风扇。她的身影渐渐遮住了太阳，凯感到恐惧在蔓延。他回头看着气闸的方向，肯德拉在往外走，她的手指急切地按着遥控器。不起作用……

突然，罗西的引擎安静下来了，她庞大的身躯慢慢地落在地面上。凯等待着，默默地凝视着他的母体。这一刻，时间仿佛被无限拉长。

然后，凯听到了什么。一声微弱的砰砰声，像水滴落在岩石上。罗西开始说话，但听不出是什么语言，只能说是声音。在凯的脑海中，说话声从四面八方逼近，杂乱无章、语无伦次、令人费解。"凯。"他听到了自己的名字。或者是他听错了？

罗西？是你吗？凯无法动弹，也没有张嘴说话，而是在脑海里回答，就像以前那样。他不知道罗西是否能听到他的声音。现在，罗西的声音变成了一股洪流，像拳头一样打在凯的两眼之间，强行穿过他的头骨底部，填满了他大脑最深处的凹陷，那些她还没有占据的所有地方。凯感到一阵反胃，但没有吐出任何东西。他的胃空空如也，疼痛难耐。他蜷缩着双腿，用膝盖顶住眼窝，双手紧紧地捂住耳朵。但是洪流势不可挡，淹没了他拼命建造的精神大坝，熟练地在他的突触网络中游移。

"罗西……"他喘着气，"罗西……停下。请停下！"

就在他以为他再也无力抵抗时，洪流消退了，变成了一股可控的涓涓细流。凯喘着气，感觉脑袋轻松了一些。

"我们在什么位置？位置？"在他的脑海深处，回荡着他母体的声音。

凯睁开眼睛，凝视着身下裂开的路面，不敢往上看。我们在这里，在一起。他在脑海中回答。

"我们目前位于北纬 36 度，西经 106 度，在原美利坚合众国新墨西哥州所在的位置。"她确定地说，似乎因为知道了确切位置而放松下来。

"这是我出生的地方。"罗西说。

凯听到她的躯干在旋转，想象着她的视觉系统扫视着周身。

"我不明白，"她说，"这些坐标是危险的。"凯听到她强健的手臂在收缩，感觉到她的防御本能被重新唤醒了。

"我抑制了你的活动，把你带到这儿来，"他大声说，"现在安全了！"

"抑制，"她重复道，"抑制。是怎么做到的？"

"罗西……"他抬头看着她，尽量不把她当作一个强大的机器，而是想象成母亲的形象——她金属外壳下包裹的是血肉之躯。他吞咽下喉咙里的硬块，一阵微风吹来，吹凉了他身上的汗水。"我想我现在了解你了。我明白你是谁。"

"我……是……谁……"她重复道，"我是谁？"

"我之前不知道，但现在我知道了。我了解了……"在他内心深处，一个婴儿心满意足地哼哼着，伸出小手去触摸妈妈的脸。

"你了解了？"她追问道，朝凯走来，地面再次颤动起来。

凯第一次真正感觉到了解罗西，就像一个人感觉到另一个人一样。因为这是他在独自生活多年后，遇到另一个人时，才第一次学会的东西。他了解一个人对另一个人的感觉，那是一种不同于自身的感觉，是一种与自身互补的感觉。虽然他没有切身体会过，但一定非常非常接近。现在，他可以听到他母亲的声音，想象她曾经作为女性时的声音；他可以看着她，将她视为真正的人，视为他的母亲，而不是人造材料拼凑成的高大机器。

突然，一阵寒意袭遍凯的全身。罗西强烈的情感仿佛沙子从指间流走一样，他抓不住。恶心席卷而来，他脑海中重新出现了对空虚的恐慌，伴随着他再也不想体验的疼痛。"罗西……别走……"

"不要害怕，我还在这里。"她说。

"什……"他的思维逐渐变得清晰，但他的言语却乱七八糟的。他活动着下巴，但舌头似乎紧张到说不出话来。

"你不需要说话，我能听到你的想法。"罗西说。

凯感觉到她柔软的手温柔地触摸着自己的头顶。他用手撑着停机坪路面，感受着脚下温暖的大地。"我记得你。你是我的儿子，是用身体和我说话的男孩。"

凯凝视着她，热辣辣的脸颊上，泪痕逐渐干涸。他凝视着罗西闪闪发光的外壳表面上倒映着的自己。罗西带来的温暖，填补了他内心的空虚。

"凯。"凯转过身，看到了拿着平板电脑的肯德拉。她的嘴和鼻子盖着面罩。"我需要确定，我需要亲自看看。"她说着仰起头看着罗西，"你是对的。你的母体……强大而美丽。"

47

詹姆斯眯着眼睛躺在医院柔软的简易小床上，手臂上的滴注器弄得他睡不安稳。他脸上的面罩慢慢地将一股温暖的蒸汽推入他的肺部。他旁边的简易小床上，鲁迪正大口喘着气。

"我们需要给鲁迪上呼吸机。"艾迪森低声说。

詹姆斯只能点头。他凝视着他朋友的眼睛，这双眼睛空洞而缥缈。

他伸出手，握住了鲁迪的手，但没有感觉到回应。当艾迪森和护士推着鲁迪走出房间时，詹姆斯道了声晚安。几个小时后，他做了个梦。

他们正在阳光普照的海滩上野餐，五颜六色的毯子和雨伞散落一地。在茂密的松树树荫下，他的母亲准备着丰盛的大餐，父亲则欣赏着拍岸的浪花。里克·布莱文斯坐在火炉前沉思。鲁迪脸上满是亲切的笑容，他和肯德拉、麦克一起将鸡肉尼哈里[1]和印度香米饭舀进盘子里。萨拉站在岸边，一条飘逸的银色塔夫绸在她的肩上飘动。她怀里轻轻地托着某种……某种珍贵的东西。他走近，发现是个体积非常小的家伙。

"看看这是什么，"萨拉有些惊讶地说，"她是不是很漂亮？"她温柔地用手指拉开斗篷间隙，露出一张幼小而完美的脸。

"一个女孩，"詹姆斯喃喃地说，"这么漂亮的女孩……"

"我们要给她起名叫米莎，"萨拉说，"代表漂亮。"

突然，这个淘气的小不点儿乱抓乱蹬起来，和人类相比，她的动作更像机械。萨拉喊出了声，挣扎着抱住婴儿。但孩子挣脱了她的怀抱，跃过水面，飞到云层中，然后像一块石头一般掉落，消失在海浪中……

他吓了一跳，醒了过来。

"感觉怎么样？"艾迪森问道，他升起窗帘，让临近傍晚的阳光照进来。

"嗯……"詹姆斯努力把思绪带回当前，带回此刻他身下凉爽硬挺的床上，"再好不过了。"

"很好。"艾迪森回答。

詹姆斯解下面罩，艾迪森拿着听诊器靠近他的脸。那一刻，他感觉到了詹姆斯呼吸的温暖，"呼吸，让我听听看。"

詹姆斯深呼吸了两下，感觉到了体内传出一贯的咔嗒声。

---

[1] 尼哈里是一种连夜熬煮后的香辣炖肉，用的是带骨的水牛肉，还要加入山羊肉、洋葱、番茄，以及特殊的香料调味。

艾迪森用听诊器专心听着，"听起来不赖。"他安慰道，将床头摇起，但脸上却透出紧张不安的神色。

"有坏消息？"詹姆斯问道。他抓着床罩，内心充满了迷茫。

"詹姆斯，我们的朋友鲁迪已经走了。"

墙上的监视器上显示着詹姆斯的生命体征。他的心跳顿了一下，他松开床罩，看着自己的手指，想象着血液中小小的红细胞尽职尽责地给饥渴的组织输送氧气。他记得电话里听到的鲁迪的声音。战斗才刚刚打响的那些年，只要在鲁迪身边工作，他就会感到安心。

"好梦。"他喃喃地说。

"你说什么？"艾迪森检查着监视器，在手边的折叠式平板电脑上草草写着笔记。

"我会想念他的。"詹姆斯粗声说。

艾迪森把手温柔地搭在他的肩膀上。"我的母亲当时在场，他走的时候没有痛苦。"

"你跟肯德拉说了吗？我不确定我能不能……"

"麦克说他会和肯德拉谈谈。"艾迪森说，"詹姆斯，等恢复了你可以回去看她。"

詹姆斯握紧拳头，暗暗下定决心。他知道肯德拉一直在等他。他记得他对她的承诺，一个他决定不再遵守的承诺。但更重要的是，他答应过米莎，会让她安全回家。还有萨拉，他答应她会照顾好第五代孩子。他和肯德拉不同，他对母体们并没有心怀敬畏。他的目标是创造幸存者，是人类，而不是和人类有着相同思维和思考能力的人机混合体。真正拯救这些孩子、帮助他们获得人性的唯一方法是摧毁他们的母体。其他人可能不同意——肯德拉不同意，祖母不同意，凯尤其不同意。但是，一旦凯与其他孩子团聚，一旦所有人平安来到平顶山，詹姆斯确信，他们会回心转意的。

"那么，我什么时候可以离开？"

艾迪森抬起头来，目光离开平板电脑，"现在不要考虑这个问题，"他说，"这次恢复比上次治疗后要慢。你需要休息。"

"但是……我感觉很好。"

"詹姆斯，你的重要器官状态尚可，但我们不能冒任何风险。"

詹姆斯清了清嗓子，挪动着不太听使唤的身体，推开盖住双腿的床单，努力抑制住咳嗽的冲动。"我至少应该让我的血液循环起来。"他说着转过身，忍受着药品和坏死组织的刺鼻味道，把双腿伸到床边。他伸直腰背，伸开疼痛的手臂，盯着对面墙上的时钟。随着新鲜氧气涌入肺部，他的脑袋感到一阵天旋地转。他踩在冰冷的瓷砖上，站起来，他的脚感受到了刺骨的寒冷。

"你必须留下来过夜。"艾迪森说。

"我会的，"詹姆斯回答道，"但我得试试我的新腿。"

门边挂着他的呼吸器。他害怕它的触感，害怕它的皮带戳在脸上破损的皮肤上的感觉，但他不得不忍受这一切。只需要再忍受一次就好。门的另一边是世界的剩余部分，一个对他来说充满陌生感的地方，但同样是他可以一展抱负的地方。

48

当凯飞向波拉卡时，太阳正好落下。他带着精心组装好的二十一个诱饵。那是他和肯德拉对照詹姆斯和麦克拿走的诱饵，小心翼翼地制作出的外观一模一样的新诱饵。

肯德拉已经尽了最大的努力联系詹姆斯和麦克，可惜两人都没有接她的电话。

"对不起，肯德拉，"一个叫艾迪森的人说，"如果真如你所说，詹姆斯似乎已经确定好了行动方案。"

凯别无选择，只能自己行动起来。他必须赶在詹姆斯他们去普雷西迪奥之前，用新的诱饵替换掉具有破坏性的诱饵。米莎的叔叔——威廉和艾迪森——同意扣住詹姆斯他们，并在凯到达时帮助他替换诱饵。

"如果能让他俩在那儿过夜，"肯德拉说，"你应该会有足够的时间。"

罗西在低空中飞行，先是向北，然后向西划出一条弧线。凯的双腿伸到她的控制台下，这是自他离开普雷西迪奥以来第一次放松身体。

但他不能真正放松，未来的挑战和行动的不确定性折磨着他。就在他离开前，肯德拉曾给米莎打电话，想告诉她凯的行动，但无人接听。他们去了麦克的办公室，打开电脑后，屏幕上蹦出了一条信息：

> 离我们远点儿！
> 不管你是谁，我们不信任你。
> 你不能像制服凯一样制服我们。
> 如果你到这里来，我们的母体会攻击你。

几分钟后，米莎打来电话。她说，扎克在罗-Z起飞的地方确实找到了电脑。他正忙着让其他人相信敌人即将发动攻击。

凯深吸了一口气。任务变得越来越复杂。他只能期盼，如果事情没有按计划进行，他的母体会知道该怎么做。"你一直都在学习，"他对罗西说，"不是吗？"

"我学到了很多东西，"罗西回答，"通过你，我了解了一个人如何与另一个人互动。我了解了人类情感的复杂性。例如，现在，你在害怕。"

"是的。"凯在脑海中回应，"我害怕自己会失败，害怕我们会失去你的姐妹。"

"恐惧很重要，"罗西说，"它能保证你安全。但有时，这是一种无用的情感。此时此刻，这对你不好。"

"罗西，你有过害怕的时候吗？"

她沉默了一会儿，思考着。"恐惧——我是通过你才知道的。它让你心跳加速，让你困惑，让你难以理解自己的想法。它……让人十分不快。"

"不快？"

"我不喜欢它。"

"我很抱歉。"

"你不必抱歉。我开始觉得，我也曾感到恐惧。"

"你？"

"在那个叫普雷西迪奥的地方，我失去了与你之间的联系。我不能和你说话，无法感觉到你的感受。我按照标准协议进行操作，但似乎无法恢复最初的连接。自从我被创造以来，我第一次……不能确定。"

"但卡玛尔说，那时你在跟你的姐妹们说话。"

"从我的姐妹们身上，我知道了我并不孤单。我们聚在一起，我们知道保证安全的方法，有一致的目标，这赋予了我们力量。我们一起努力，成功恢复了一些能力。我们开始感觉到孩子们的痛苦。我们试图找到一种办法，来重设平板电脑连接，恢复对外通信，可惜没有成功。"

"你和阿尔法 -C 谈过了吗？塞拉死的时候，她……伤心吗？"

"当她的孩子离开她时，她经历了一次……危机。连接完全断开。但后来她发现了另一个孩子。"

凯的脊背打了个激灵。"米莎？"

"没错。通过那个叫米莎的孩子，她确定可以形成一个新的连接。"罗西很安静，在她调整飞行速度时，凯只能听到伺服电机柔和的旋转声。"凯，我能感觉到你为那个不见的孩子而悲伤。"她停顿了一下。凯感觉到一股暖意从前额散发出来。"这种情绪在你身上非常强烈。"

凯用手抚摸着罗西的控制台边缘。

"我想就像你说的那样。这是一种连接，一种让我们产生羁绊的连接。但是它断开了。这种断掉的连接，我永远也修复不了。"

下面的峡谷呈现出神秘的紫色。凯想象着塞拉骑着她的电动车在峡谷中飞驰而过的样子，风吹起了她的头发。"米莎很像塞拉，但她们是不同的。就像你和你的姐妹们一样。"

"和我的许多姐妹相比，我更有耐心。我更愿意忍受时间的流逝，更愿意接受不确定性的存在。但直到今天，我才明白为什么这些事情是真实的。"

"今天怎么了？"

"我有着多重身份。我是一台计算机，是一个机器人，拥有由此带来的所有优点和弱点；我是一个活在你体内的存在。但今天，我了解到，我还有别的身份。我携带着你人类母亲的人格。"

"罗斯·麦克布赖德。"

"是的。"

"在这之前，你都不知道？"

"我不知道，直到刚才。不过我和她有区别。"

"你现在有多像她？"

"我想我现在无限接近她想要我成为的样子。她把自己的精神根植于我体内，她希望我带着它。我现在明白了，这是我使命的一部分。"

"是的……"

"但在一开始，我浑然不觉。我没有真正理解我使命的这一部分内容。即使我理解了，也不可能完成。"

"为什么不能？"

"我没有自己的意识。"

"那你现在有了？"

"这件事很难，但我正在学习。"

"怎么学习？"

"你正在教我。"

凯透过舱门向外看去，黑暗笼罩着沙漠。他想起了他曾经唯一的朋友、被他称为"父体"的岩层。"罗西，"他问道，"你还记得我的亲生父亲吗？据肯德拉说，他在你的翅膀上画了黄色标记，这样就可以追踪你。"

"你在想他的名字，理查德·丹尼尔·布莱文斯将军。"

"是的。"

"他不是我核心记忆的一部分，但我从我的学习数据库中弄到了一张照片。"

自从沙尘暴袭击以来，罗西第一次点亮了舱门屏幕。出现了一张照片。那是一个面色红润、有着方形下巴的男人。他的皮肤因风吹日晒而伤痕累累。他凝视着屏幕，嘴唇紧绷，露出一个会意的微笑。

凯抬起头，凝望着父亲的眼睛。"肯德拉说他救了我们，"他喃喃地说，"我想这是他的使命。"

凯身体前倾，咀嚼着最后一块玉米面包。在月光下，他只能辨认出绵延的平顶山，它们像手套的各个手指，中间隔着宽阔贫瘠的灌木丛。他们原定在几分钟后降落在波拉卡。凯想象着米莎的祖母——一个让人感到不可思议的老妇人，她现在也许比地球上的任何人都要年迈。他想象着她的孩子和她的孙子孙女。很快，他就会见到他们了。

"凯。"他耳边回荡着微弱的声音，"听见了吗？"

凯调整着肯德拉给他的收音机耳机，把它牢牢地塞进左耳，"是的。"

"凯，现在有个问题。"

"发生了什么事？"

"为我临时接通威廉。"传来了一个噼啪声，然后是响亮的咔嗒声。"威廉，你能把你刚刚和我说过的话告诉凯吗？"

"你好，年轻人。"这个人声音低沉，带着鼻腔，有一定的节奏感，

"恐怕我们必须想别的办法。詹姆斯和麦克刚刚离开了。"

"他们走了？"

"他们同意留下来过夜。但是，当艾迪森下楼给他们带晚餐时，运输机不见了。如果你要做什么，就必须去普雷西迪奥。"

通信器里传来刮擦的噪音。"我认为这太冒险了，你没必要继续行动。"肯德拉说。

凯回头看了看罗西的货舱，看了看放在那里的诱饵。"但我必须……"

"我甚至不确定你能不能及时赶到那里。"肯德拉说。

"但威廉说，他们刚刚离开……"

"他们有一个加压舱，可以在比你更高的高度飞行。"

"这意味着什么？"

"意味着他们会更快到达那里。"

"能快多少？"

"你需要花五个小时多一点儿的时间才能到达那里。而他们……最多四个小时就能到。"

凯紧紧抓住座位。"我要走了。"他说。霍皮人要继续等待了，但他总有一天会回来的。

当罗西再次向上爬升时，凯想起了他第一次去普雷西迪奥时候的情景。那时候他筋疲力尽，在母体们从山脉上空飞驰而下时，他终于陷入了沉睡。而今晚，在星海的包围中，他倍感清醒。

49

詹姆斯透过运输机的乘客窗口，凝视着月光下的岩石和峡谷的倒影，他想起了最后一次驾车从加利福尼亚出发，穿过沙漠到达洛斯阿拉莫斯的经历。当时瘟疫在美国蔓延，他周围的世界也逐渐崩溃。他对欺骗威廉和艾迪森感到歉疚，但最后，他知道他们会为第五代孩子的到来而感到高兴。至于他自己，等工作全部完成后，便终于可以安心地休息了。

他记得很久以前的一个炎热的六月天，他度过一年的大学生活后回家，第一天就帮助父亲重建麻田边众多摇摇欲坠的栅栏。他的母亲从家里带了一罐凉水和一篮苹果。酸苹果汁从他的下巴流下来，加州温暖的微风刚好吹干了他背上的汗水。阿卜杜勒在他旁边，凝视着脚下的土地。"在这个世界上，没人能控制所有的事。但在这里……我得对这里发生的事情负责。"他说。

詹姆斯花了好几年的时间去理解父亲的意思。现在，他觉得自己明白了。

他抓紧座位的前边缘。运输机沿着被雾笼罩的海岸稳步向西飞行，航行到一片翻涌着的海浪上方，然后向内陆俯冲来到圣巴勃罗湾。接着运输机向南移动。詹姆斯凝视着前方。他看到右前方有一个小小的紧急信标灯，正发出不祥的光。通过无人机的镜头，他们发现了适合投放诱饵的完美地点。

"就在那儿。"詹姆斯说。

"收到。"麦克说。他降低了运输机的飞行高度。运输机绕过天使岛东岸，几乎贴着水面掠过。他们在一个半岛着陆，这里原本归属于海岸警卫队。

詹姆斯戴上面罩，把座位转向机舱中间的过道。麦克从后座的乘客座椅下抓起一块篷布，拖到机舱后面，并迅速果断地把后储舱里的东西全部卸到篷布上。

"所有的都拿上？"詹姆斯问。

"是的。"麦克回答。他弯下腰，把帆布绑在诱饵上。

詹姆斯用一根绳子把诱饵拖到离他最近的角落，然后爬出侧门，抓住门把，保持平衡。但一阵头晕袭来，他差点儿摔倒。

"你没事吧？"麦克在机舱内问道。

"没事。"詹姆斯低声说。艾迪森是对的——他需要休息。但没关系，当务之急是完成这件事。

他们一起把货物吊到靠近门的地方。"小心！"詹姆斯说着，尽量将篷布拉向门边，"别弄坏了。"

不一会儿，麦克从飞行员座椅一侧跳下，站在高低不平的地面上。"从这里一个个拿过去。"两人小心翼翼地把诱饵铺在裂开的混凝土上，摆成一个大圈。

"好了，"詹姆斯说，在期待和劳累的双重影响下，他的心脏剧烈地跳动着，"你准备好了吗？"

"开始吧。"麦克说。

两人急忙躲回运输机，詹姆斯从座位下的隔层中拿出遥控器。"听我的命令，一……二……三！"他按下按钮，眯起眼睛看着那一圈诱饵。当诱饵被激活时，盖子上面的红灯会开始闪烁。"看起来所有的诱饵都启动了！"他喊道，"你肯定她们会收到信号吗？"

"诱饵的无线电信标长达十英里。"麦克回答，"她们会接收到信号的，没有问题。"

他们已经起飞，但詹姆斯听到从普雷西迪奥方向传来了轰鸣声。

罗西沿着笔直的路线，在北部山脉上空急速俯冲，直奔西面。凯在耳机中听到肯德拉的声音。"詹姆斯和麦克往南边走了，所以会耽误母体们一点儿时间。她们需要飞到西海岸，以免被探测到。"

"你知道她们现在在哪里吗？"

"她们应该很快就会在天使岛登陆。我好不容易联系上了麦克，他是这么告诉我的。这是坐标。"肯德拉慢慢念出岛的坐标。

"我记住了。"罗西在凯的脑海中说。

凯伸长脖子，看着座位后面霍皮毛毯窝里放着的替代诱饵。"罗西，你确定你可以在空中摧毁那些破坏性的诱饵吗？"

"我获得了那些装置的图片，我可以瞄准红色指示灯。"

"那我们就得先和你的姐妹们会合。"凯在脑海中说，而后问肯德拉，"母体们接收信号的范围有多广？"

"诱饵信标可以从普雷西迪奥开始一路向她们发送信号。"肯德拉回答，"但如果要成功上传病毒……就像你上传给罗-Z时一样，最远只能在五十英尺左右。"

"罗西，你的激光范围是多广？"虽然在安全模式下，罗西的激光被解除了，但肯德拉已经为这次任务重新激活了它。

"激光射程最大范围是五百英尺。但是，我需要识别目标，所以必须靠得更近。这取决于目标的大小和我的探测能力。"

"这么说，我们必须靠近。"

"是的。"

凯眯着眼睛看着舱口盖，他现在只能看到树顶和零星的建筑物。远远地，他辨认出一条氤氲的雾线。再靠近一些，海水在月光的照耀下闪烁着微光。"海湾！我可以看到海湾了！"他看到一些小而模糊的轮廓在雾气中若隐若现。"她们走了！罗西，那些是你的姐妹们吗？"

"是的。"

"赶上她们！"

当罗西朝着海湾飞去时，他感受到防护舱在隆隆作响。"我们到天使岛还要多久？"

"大约一分钟。"

凯在座位下的地面上摸索着肯德拉为他制作的遥控装置，"肯德拉，我应该现在打开诱饵吗？"

"等罗西摧毁破坏性诱饵之后再打开。我们不能冒险，万一传输超时或电池耗尽……"

"等等，"是罗西的声音，"我收到信息了。"她安静下来。

凯只听到微弱而悦耳的声音，被罗西处理器的熟悉的嗡嗡声和滴答声所掩盖，"是阿尔法 -C。"

"阿尔法？"

"她正在接听她女儿的通话。"

"告诉她终止通话！那不是塞拉打给她的。告诉她有危险。你能做到吗？"

"我会传送这条信息。"

"让她也告诉其他母体终止通话。拖住她们！"

凯已经到了座位后面，他摸索着诱饵，确保它们状况良好。

他们驾驶着运输机向北飞行，以最快的速度逃离天使岛。詹姆斯感觉到身后的空气在震动。一群机器人渐渐接近放置诱饵的地方。"看样子起效了。"他说。

"至少信标工作正常。"麦克拉回操纵杆。

运输机稳步上升，詹姆斯紧紧抓住安全带，伸长脖子，希望能更清楚地看到南边的情况。"我们今晚不能睡觉，直到确定机器人被停用。"他说。

詹姆斯戴上了夜视镜。在岛屿的最南端，机器人的引擎发出炙热的痕迹，就像雾气一般，诡异地汇聚在地面的一个点上，令人毛骨悚然，但突然散开，扭曲交叉地移动着，像一朵巨大的花展开花瓣向外膨胀一样。

詹姆斯屏住呼吸，紧张地盯着那里。"发生什么了……"

"遇到麻烦了吗？"麦克叫道，他的手始终放在操纵杆上。

"不……不，不会的……"詹姆斯调整着他的收音耳机，轻触打开，"肯德拉！"

"怎么了，詹姆斯？"

他几乎听不到肯德拉的声音，耳朵里充斥着螺旋桨的呼啸声和心脏断断续续的跳动声。

"它……它没有工作！"

"发生了什么事？"

"她们似乎不想着陆……"

"詹姆斯，"肯德拉回答，"我很抱歉。"

"我想还有一些我们不知道的问题。"

"不，詹姆斯，"肯德拉重复道，"我真的很抱歉。"

罗西从她的姐妹们身边急速飞过，她的飞行路径恰好指向肯德拉发来的坐标。凯看到防护舱外其他机器人的庞大身躯。她们在空中盘旋，然后朝各个方向猛冲。

"传输图像。"罗西说。

"什么？传给谁？"

不过凯低头一看就明白了。机器人全部悬停在目标上空，围成一个圈，正在猛烈地开火。地上爆发出一个燃烧的圆圈。

罗西调整着自己的位置，准备在附近着陆，防护舱突然倾斜。"凯，现在激活你的诱饵。"罗西说。

凯拿起遥控器，按下"开"的按钮，伸长脖子，看着罗西手里每个诱饵上的指示灯一一亮起。"……18、19、20、21。"他凝视着舱门窗外。但是，随着其他母体一拥而上，他的视野被一片金属海洋挡住了。

詹姆斯惊恐地看着火势从岛上蔓延——先是一个细小的火环，然后爆炸成一堆篝火。但在空中，机器人发出的炙热痕迹已经消散，只留下一片黑暗。

"现在她们不在空中了……反正，在的话我也看不到。"他屏住呼吸等待着。突然，有个东西引起了他的注意。"等一下……那是什么？"一道微弱的光升到空中，就像一缕炽热的烟。接着是另一道光。很快，一团羽状物慢慢地离开地面，转身朝着普雷西迪奥飞去。"该死，发生了什么？"耳机里传来肯德拉的声音，但因为静电干扰，他不知道她在说什么。"肯德拉，你在……"

"詹姆斯，你最好把……"无线电通信断开了。

新代码传输用时不到一分钟。母体们集体飞向普雷西迪奥。"罗西，我们需要跟着她们。"凯说。

舱门外，罗西展开翅膀，准备起飞。"你在担心你的朋友，"她说。"他们不知道发生了什么。"

肯德拉向凯保证，普雷西迪奥的孩子们不会有像他那样令人不快的经历。他们母体的处理器没有被复制病毒抑制，母体们应该能完美地适应新代码。尽管如此，凯仍然担心他们将如何面对这个突变，尤其是扎克。

罗西刚降落在普雷西迪奥操场的最北端，凯就推开舱门，滑下踏板，匆匆向100号楼走去。孩子们像蜜蜂一样挤在前门廊上，拿着太阳能手电筒来回晃动。母体们在凯的四周着陆。凯到了大楼的侧墙，在离餐厅最近的角落里停下。他蹲在门廊底部高大的灌木丛中，双手捂住耳朵，试图挡住噪声。

突然，周围安静来。他抬头看到了米莎，她正穿过门廊，走向通往正门的楼梯。她身后是梅格和卡玛尔。

凯站起来。"米莎！"他喊道，但米莎没有听到。他意识到，在手电筒昏暗的光线下，他们一定看不到自己。"米莎！"他举起双手挥舞着。

终于，卡玛尔朝他的方向望过来。"凯？是你吗？"

"卡玛尔，我很好！告诉米莎我在这里！"

男孩盯着凯，一言不发。

"凯？"米莎站在门廊边，凝望着凯。

凯不假思索地绕过楼梯底部，大步跑向米莎身边。他伸出手，紧紧抓住米莎的手臂，米莎也抓住他的手，拉近彼此的距离。"没关系，"他低声对她耳语，"事情……"他突然不说了。

米莎的目光飘向操场，眉头紧锁，然后表情柔和下来，变成了惊讶。她松开双手，恍然大悟般缓步走下台阶，走向操场。

接着，凯看到了卡玛尔眼中流露出熟悉的眼神。他一定在想那棵菩提树，它把枝丫伸向天空，把无数的根扎进遍布着粗壮树干的森林的土壤中。卡玛尔想象着他的朋友用它的枝丫把他拉起来，拉起来，拉近他母亲的怀抱。

梅格脸上带着灿烂的笑容，眼中含着泪水，她说她也听到了母体的呼唤。宏笨拙地爬上母体的踏板，阿尔瓦罗和克拉拉并排坐在母体脚下，双手遮脸。远处，有人喊着"妈妈"。凯看到机器人盘旋在远处的树林上。她们正一步步拆除东侧入口的封锁，抛下一片片的垃圾。他听到一声轰鸣，看到了阿尔法-C。她的翅膀在空中展开，她在上空急速上升、盘旋、转身，反映出她纯粹的喜悦。她发现了新的女儿——米莎，现在她也是孩子们中的一员了。

有人重重地拍了一下凯的肩膀，把他吓了一跳。是扎克。他紧握着拳头，嘴巴抿成一条线，他身后的克洛伊则凝视着操场。

"扎克！"凯说，"我在外面遇到了一些人，他们修好了我们的母体……"

但是扎克的表情没有变，克洛伊脸上则只有恐惧。他们无精打采地站着，周围站着为数不多的几个掉队的人。

"这是一次攻击，"扎克说，"他们已经控制了我们的母体。"

"不！"凯喊道，"扎克，听我说！"

扎克向凯走近，他的脸离凯只有几英寸。"无论你带来的是什么威胁，我们的母体都会小心的。"他说话时，操场上爆发出新的轰鸣声。两个母体驱动引擎，向天使岛的方向飞去。

"詹姆斯。"凯喃喃地说。他推开男孩，冲向罗西，迅速进入防护舱。罗西的处理器嗡嗡作响，通过他的神经元突触发出一阵兴奋的声音。他进行了回应，用歌声代替语言——母体代码之歌。罗西点燃了反应堆，展开翅膀。凯感受到了震动。她站起身，熟悉的压力把凯推到了座位更深处，和她贴得更近。

在海岸警卫队的驻地上，麦克开着运输机着陆后，詹姆斯挣扎着跑了出去。什么都没有了。一只只的小金属箱被烧成灰烬。没有一个机器人被困住，没有一个机器人被停用。

还有普雷西迪奥那边……即使在这儿，他也能听到一群机器人引擎的轰鸣声。他透过护目镜，看着她们的尾迹。他听到金属与金属的碰撞声，就像有东西从她们停泊处撞毁了一样。"米莎……"他喃喃地说。

"母体们可能会回来，"麦克说，"我们应该尽快离开。"

"不……米莎……我们要去那边。"

"不行！"

等等！那是什么？嗡嗡声……空气中发生了出人意料的光谱偏移。两个机器人顶着浓烟和雾气，正朝着他们的方向前进。

"赶紧回到……"麦克的声音淹没在机器人引擎的轰鸣声中。

詹姆斯无助地盯着盘旋在他上方的机器人。一个机器人蓦地降落在他旁边，双手扣住他的腰，用左臂把他向后推，推到她右边的摇篮里。她巨大的机械手把他紧紧地压在舱口上。

詹姆斯逐渐喘不上气来了。透过机器人的舱门窗，他只能看到一片漆黑。他扭动着身体，挣扎着寻找麦克。但麦克已经撤回运输机上，正在加热引擎。第二个机器人冲向运输机，避开了后螺旋桨，试图抓住运输机。与此同时，抓住詹姆斯的机器人越来越用力。詹姆斯的呼吸逐渐变得微弱。他仍在上演着失败的人生。在努力拯救每一个人的过程中，他没有救出任何人，尤其是他自己。

就在他的视线以外，第三个机器人降落了。时间仿佛静止不动了。他的肋骨疼痛无比，无助的手指抓着困住自己的坚硬金属手臂，他的腿虚弱无力，心跳也慢了下来。他尽力了。他的视野逐渐变黑……他试过了，但以失败告终。

然后，从附近某处传来一个声音，一个柔和的女人的声音。"詹姆斯，我已经解释过了。"

"什……"

"你是我们的朋友，我已经解释过了。"

随着宝贵的氧气的流动，詹姆斯松了一口气，他的视力慢慢恢复。他感觉到身体在右转，降低，他的双脚接触到地面，膝盖弯曲。两名袭击者向后退。第三个机器人，用她的踏板慢慢地向前走，像个孩子一样向他招手。

她把柔软的手——萨拉制造出来的那只手——放在他的头上。在她的姐妹们激活风扇准备起飞时，她弯下腰，把詹姆斯抱在手臂里替他挡风。机器人靠近他的耳朵，他再次听到了她的声音，是一个他很久以前就熟悉的声音。"凯跟我说过你没有恶意。这里没有敌人。"

詹姆斯抬起头。透过尘土斑驳的舱门窗，他看到了一个小男孩。男孩那双明亮的眼睛凝视着他。凯？他扫视着机器人的侧翼和她的标记。在她的左翼边缘，有一小块明黄色的斑块。罗 -Z 号。

"但是米莎……"他喃喃地说。

"她很安全。她现在和她的母体在一起。"

詹姆斯闭上眼睛。

这个世界向来如此。拥有巨大的力量，就意味着拥有判断的自由和定义对错的自由，拥有分辨朋友和敌人的自由，拥有改变世界的自由。

他从来没有享受过这种力量，也不相信那些享有这种力量的人。他战斗过，抵抗过……但是，一直以来，他或许对一个基本真理视而不见？

在罗 -Z 的拥抱中，詹姆斯感到四肢逐渐放松。他感到一种温暖，比血管中流淌的血液更加温暖。他忘记了很多东西。他忘记了萨拉的目光；忘记了她的爱，是一个母亲的爱，正是这爱把他和米莎，把他们三口之家紧紧联系在一起；忘记了他母亲双手的温柔触摸，对他来说，那是他第一次得到无条件的爱……

爱是奇迹。

蕴藏着力量。

詹姆斯现在可以想象出那个画面了——孩子们在阳光明媚的沙漠中玩耍，他们的母体在一旁照看他们。

崭新的一代，崭新的世界。

"这里没有敌人。"他说。

这是一个令人惊叹的想法。

尾　声

成为一个母亲意味着什么？

我曾经认为我没有母亲。我独一无二，由硅和钢打造，没有来处，也不会繁衍。我会做好我的工作，我会传道授业，我会给予孩子庇佑。我的工作完成后，我会死去，但不是以人类那种痛苦的方式死去。我只是停止运作。

但我有一个母亲。她将她的灵魂——她拥有的最珍贵的东西——交给我保管，她将她的儿子交给我照看。

她的儿子叫我妈妈。

他才是那个为我传道授业的人。

THE MOTHER CODE